KB064549

제2회 한국과학문학상 수상작품집

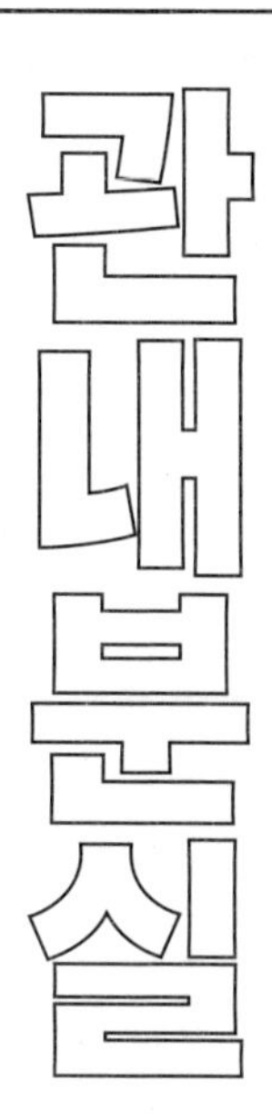

제2회 한국과학문학상 수상작품집

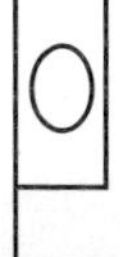

허블

차례

대상

가작

대상

관내분실

김초엽

포항공대에서 화학을 전공했다. 모니터 속에서 시간여행을 하거나 비현실과 비일상의 논리적 세계를 탐독하며 밤을 새우는 삶을 살다 결국은 SF를 쓰게 되었다.
추상적인 삶의 속성들을 구체적인 과학의 언어로 포착하고, 그럼으로써 또 다른 질문들을 발굴해내는 글을 쓰고 싶다고 생각한다.

관내분실

"관내분실인 것 같습니다."

사서의 말에 지민이 눈썹을 찡그렸다. 분실이라니?

"무슨 말씀이세요?"

"그러니까… 도서관 내에서 마인드가 분실된 겁니다. 검색 결과가 없고, 반출된 흔적도 없습니다."

"그럴 리가 없는데요. 분명히 이거, 여기서 받은 건데요."

지민이 들고 있던 카드를 뒤집어 다시 확인했다. 이 도서관에서 발급된 카드가 확실했다. 복잡한 고유 부여 코드와 도서관 이름이 선명히 새겨져 있었다. 지민이 황당해하며 물었다.

"일시적 오류 아닌가요?"

"죄송합니다. 오류가 아닐 거예요. 저도 이런 상황은 처음인데…."

"…그게 무슨."

지민은 사서의 표정을 보고 항의하려던 것을 멈추었다.

사서는 곤란해하는 얼굴로 화면을 응시하고 있었다. 반대편에서 있던 지민에게도 화면이 반투명하게 비쳤다. 해석할 수 없는 복잡한 문자들이 어지럽게 떠 있었다. 하지만 화면 가운데에 뜬 메시지는 지민도 알아볼 수 있었다.

[김은하: 2E62XNSHW3NGU8XTJ

인덱스 내역 없음.]

사서는 짧은 침묵 끝에 다시 입을 열었다.

"은하 씨는 여기 어딘가에 계실 겁니다. 다만 찾을 수가 없어요."

*

엄마가 실종되었다.

그러니까, 죽어서야 실종되는 사람은 흔치 않을 것이다. 생전에도 지민은 엄마가 실종되리라고는 상상해본 적이 없었다. 오히려 엄마는 너무 찾기 쉬운 사람이었다. 지민은 엄마가 죽기 전 몇 년 동안 다녔던 장소를 한 손에 모두 꼽을 수 있었다. 그랬던 엄마가 이제 와서 언제, 어디로 사라져버린 걸까. 그 시점도 위치도 지금은 알 수 없다. 지민이 엄마를 찾아온 날은, 그녀가 이 도서관에 기록된 지 벌써 3년이 지난 후였으니까.

살면서 처음으로 찾은 도서관이었다. 둥근 지붕과 야트막한 부지, 건물을 둘러싸고 꾸며진 정원과 연못은 이곳을 첨단기술의 집약체라기보다는 차라리 오랜 전통을 가진 관광명소처럼 보이게 했다. 건물에 들어서거나 나오는 사람 중 실제로 책을 쥔 사람은 아무도 없었지만, 사람들은 이곳을 도서관이라고 불렀다.

한때 도서관이라고 불렸던 장소 중 일부는 박물관이 되었고 그럴 가치가 없는 곳들은 대부분 전산화되었다. 지금의 도서관은 다른 개념이다. 이곳에 있는 건 책도 논문도, 그 비슷한 자료들도 아니다. 이제 도서관엔 끝없이 늘어섰던 책장 대신 층층이 쌓인 마인드 접속기가 자리하고 있다.

사람들은 추모를 위해 도서관을 찾아온다. 추모의 공간은 점점 죽음과 거리가 멀어 보이는 장소로 변해왔다. 도시 외곽의 거대한 면적을 차지했던 추모 공원에서, 캐비닛에 유골함을 수납한 봉안당으로, 그리고 다시 도서관으로. 도서관을 드나드는 이들 중에 헌화하기 위해 꽃을 가져오는 사람은 없다. 대신 도서관에서는 마인드에게 건넬 수 있는 데이터를 판다. 꽃이나 음식, 생전에 고인이 좋아했던 물건들을 모방하는 데이터 조각들이다.

사후 마인드 업로딩이 보편화된 것은 수십 년 전의 일이다. 처음에 사람들은 영혼이 데이터로 이식되는 것이라고 생각했다. 육체는 죽어도 정신은 영원히 살아남게 될 것이라는 기대도 있었다. 하지만 곧, 이식된 데이터는 고유의 자아와 의식을 가지지 않는다는 반론이 쏟아져 나왔다. 수없이 많은 심리학 실험과 자아의 존재 여부를 확인하는 실험이 마인드들을 대상으로 행해졌다. 오랜 논란 끝에 마인드들은 단지 생전의 망자들을 그럴싸하게 재현해낼 뿐이라는 것이 중론이 되었다. 외부 자극에 반응하는 것으로 보이지만 실제로는 단지 과거의 기억에 근거하여, 죽은 사람의 반응을 가상하여 보여줄 뿐이라는 의미다.

그래도 마인드를 살아 있는 사람처럼 대하는 이들은 많았다. '아빠는 지금 이곳에 없지만, 도서관에 가면 언제든지 아빠를 볼 수 있어요.' 그렇게 활짝 웃으며 말하는 어린아이가 다큐멘터리에 나왔다. 짧은 광고 영상에서는 한 여자가 사별한 남편과 마인드 접속기를 통해 감동의 재회를 하는 장면을 보여주었다.

학계에서 마인드를 어떻게 정의하든, 마인드 도서관은 삶과 죽음에 대한 사람들의 생각을 바꾸어놓았다. 여전히 누구나 죽음을 두려워하지만 남겨진 사람들의 상실감은 달라졌다. 타인의 죽음이 우리에게 남기는 질문, 이를테면 '그 사람이 지금 살아 있었다면 뭐라고 말해주었을까?' '살아 있다면 이 이야기를 듣고 분명 기뻐해줄 텐데…' 같은 질문에 대한 답을 도서관이 채워주었기 때문이다.

3년 전에 죽은 엄마는 이 도서관에 기록되었다. 엄마의 사망 소식 이후에 지민이 우편으로 받은 수십 장의 마인드 매뉴얼에 따르면 그랬다. 하지만 지민은 한 번도 도서관을 찾지 않았다. 죽은 엄마를 만나고 싶다는 생각도, 만나서 무슨 말을 해야겠다는 생각도 없었다. 만약 엄마가 이렇게 허탈하게 사라져버릴 줄 알았더라면 늦기 전에 이곳을 찾았을 텐데. 때늦은 후회였다.

집에 도착했을 땐 이미 저녁이었다. 식사를 준비하던 준호가 지민을 향해 고개를 돌렸다. 궁금해하는 눈치였다. 준호도 지민이 3년 만에야 도서관에 갔다는 것을 알고 있었다.

지민은 한숨을 쉬며 말했다.

"못 봤어. 분실이래."

"분실?"

"응. 검색이 안 된다고 하더라."

준호는 잠시 당황했지만, 이내 대수롭지 않다는 듯 말했다.

"자기가 뭘 잘못 챙겨갔겠지."

"그런 거 아니야."

"카드 확인해봤어? 어머님 카드는 맞고?"

"그 정도는 당연히 확인했지."

무심코 신경질적인 대꾸가 튀어나왔다. 그제야 준호도 조금 놀란 표정을 지었다. 지민은 무안한 기분이 되어 입을 다물었다. 뜻밖의 일에 예민해진 모양이었다. 준호는 머쓱해하며 사과했다.

"미안. 분실이라니. 그런 이야기는 처음 듣다 보니…."

지민은 대꾸 없이 한숨을 내쉬었다. 사실 준호의 반응도 이해가 되었다. 마인드가 도서관 내에서 분실되었다는 이야기는, 지민에게도 황당하다 못해 어이가 없기까지 했으니까. 설령 진짜 종이책을 보관하는 구식 도서관이라면 이해라도 갈 텐데. 집에 오는 길에 도서관 내 분실, 마인드 업로딩 분실, 태그 실종 등으로 온갖 키워드를 넣어가며 검색해보았지만 도통 비슷한 사례를 찾을 수가 없었다. 데이터가 지워진 거냐고 물으니 그것도 아니라고 하고, 도서관 어딘가에 저장이 되어 있을 텐데 검색이 안 된다는 말뿐이었다. 하지만 그건 애초에 엄마의 이름이나 인적사항 중에 무엇 하나라도 제대로 기록되어 있었다면 도저히 일어날 수가 없는 일 아닌가.

사서는 당장 파악할 수 있는 내용이 별로 없다며 내일 다시 연락을 주겠다고 했다. 지민은 차라리 그게 도서관 측의 착오였다면 좋겠다고 생각했다.

자초지종을 들은 준호 역시 표정이 어두웠다. 하지만 준호는 다시 침착한 태도로 돌아와 지민을 달래기 시작했다. 시스템 오류가 있었을 것이라고, 재차 항의하면 분명히 찾을 수 있을 거라는 이야기였다.

"방법이 있겠지. 일단 천천히 알아보자."

걱정 어린 준호의 시선이 지민을 향했다.

"한창 중요할 시기인데, 이런 일로 스트레스를 받으면 안 되니까…."

지민은 고개를 끄덕였다. 저녁을 준비해서 내오겠다는 준호의 뒤를 지나서 욕실로 향했다. 탁, 하고 문이 닫혔다. 세면대 위로 쏟아지는 물소리가 날카로웠다.

몸을 대강 씻고 방 안으로 들어서자, 유리창에 병원에서 보낸 알림 하나가 떠 있었다. 임신 초기의 주의사항을 재차 강조하는 안내 메시지였다.

임신 8주는 위험한 시기이다. 자연유산 대부분이 이 무렵에 일어나므로 몸을 조심해야 한다는 이야기를 지겹게 들었다. 뜨거운 물로 목욕하는 것도, 커피를 한 잔 마시는 것도 모두 '주의사항'에 해당된다. 무엇을 해야 한다는 말과 하면 안 된다는 말이 다 달라서 지민은 머리가 아팠다. 이 시기에는 복용할 수 있는 약도 별로 없는 데다가, 놀라거나 스트레스를 받는 사소한 일도 모두 유산이나 태아 발달 문제의 원인이 될 수 있다고 했다. 아직 인간의 형상은커녕 제대로 된 신경체계조차 구축하지 못한 세포가 어떤 살아 있는 인간보다도 강한 존재감을 지니는 셈이다.

아이를 가지게 된 건 의도한 바가 아니었다. 정확히 말하면, 의도한 바는 있으나 간절히 원한 일은 아니었다. 지민보다 일찍 결혼한 친구들이 보여주는 아이 사진을 보면서도 귀엽다는 생각 외에는 별 감흥이 없었다. 그 생명을 온전히 책임진다는 것은 완전히 다른 이야기였으므로. 지민은 좋은 엄마가 될 자신도 없었고, 아이를 위해서 많은 것을 희생할 자신도 없었다.

준호는 끈질기게 지민을 설득했다. 설득은 그럴싸했다. 임신과 출산의 고통은 과거에 비해 크게 줄었다. 임신 초기의 입덧은 감안해야 했지만, 유산 가능성이 높은 시기를 지나면 입덧 안정제를 복용할 수 있었다. 그 외에도 임산부의 불편을 경감시키면서 태아에는 영향을 주지 않는 안전한 약들이 많이 나와 있었다. 출산도 특별한 문제가 없으면 통증이 거의 없는 분만법을 이용할 수 있었다. 이제 저렴한 비용에 육아를 보조해주는 서비스도 많이 있고, 아이를 낳는다고 해서 직장에서 해고되거나 하는 시대도 아니었다.

"처음에만 좀 고생하면 돼. 아기는 금방 크잖아." 주위 친구들도 결혼한 부부는 아이가 있어야 사이가 더 좋아진다며 지민을 구슬렸다. 지민은 아이를 간절히 원하지는 않았지만, 준호를 사랑했다. 사랑하는 사람이 원하는 일이고, 남들도 다 겪는 일이니까. 그렇게 생각하면 마냥 거절할 수만 있는 문제는 아니었다.

하지만 섣부른 선택이었는지도 모른다. 피임 칩을 남편의 팔에서 빼낸 이후부터 곧장 후회가 밀려왔다. 각오는 했지만, 예상보다도 빠르게 덜컥 임신한 후에도 마찬가지였다. 지민의 임신 사실을 알게 된 직장 동료들은 이제 지민의 안부 대신 배 속 아기의 안부를 물어왔고, 그제야 지민은 자신이 임산부가 되었다는 사실을 실감했다. 마주치는 사람들이 모두 뭘 조심해야 한다며 한마디씩 하는 탓에 원래 좀 둔감하다는 소릴 듣던 지민조차 나날이 예민해져 갔다.

속옷에 비친 출혈에 놀라 병원으로 달려간 날, 의사는 아주 걱정할 바는 아니지만 유산될 가능성도 있으니 며칠 쉬기를 권했다. 사흘 뒤에는 심한 입덧이 시작되었다. 다행히도 마침 맡고 있던 중요한 프로젝트를 마무리한 뒤라 휴가를 쓸 수 있었다. 결국 공휴일까지 연달아서 사이사이에 병가를 냈고, 열흘의 휴가를 얻었다.

휴가 첫날 지민은 병원에 갔다. 의사는 전통적인 방식으로 청진기를 이용해 태아의 심장 소리를 들려주었다. 태아의 심장은 임산부보다 두 배나 빠른 속도로 뛴다. 그만큼 생의 의지가 강하기 때문일까. 의사는 미소를 지으며 심장박동 수도 정상적이고, 태아도 건강한 상태라는 말을 건넸다. 그러나 진료실을 나와 접수 창구 앞으로 올 때까지도 지민의 표정은 굳어 있었다. 지민을 본 간호사가 친근하게 말을 걸어왔다.

"많이 긴장되죠? 저도 지금은 다 자란 딸이 하나 있는데, 어떻게 그 시기를 다 버텼는지 모르겠다니까요. 그래도 아기가 밖에 나오면 그때부터 진짜 고생이니까 지금은 마음 편히 먹고, 좋은 생각만 하세요."

지민이 임신 때문에 긴장하고 있다고 생각했던 모양이었다. 고생이라고는 말했지만, 막상 딸 얘기를 하는 간호사의 말투에서는 애정이 묻어났다. 문득 지민은 그녀의 모성애가 어디서 온 것인지 생각했다.

무언가 잘못된 게 아닌가. 배 속에 태아가 있고 그 심장 소리를 듣기까지 했는데 애정이 생기지 않는다. 오히려 설명하기 힘든 감정들이 치민다. 최근에 지민은 다른 임산부들이 온라인에 쓴 글을 많이 읽었다. 다들 비슷한 글이었다. 기다리던 임신을 해서 너무 행복하고, 배 속의 아이를 이미 사랑하고 있다는 이야기였다.

지민은 아니었다. 태아의 사진을 보고 심장 소리를 들으면 조금씩 설렘이나 기대감이 생겨날 것이라고 생각했지만, 그렇지도 않았다. 그제야 생각은 자신의 과거로 돌아갔다. 어쩌면 지민 자신이 건강한 사랑을 받아본 적이 없기에, 줄 준비도 되지 않은 것일까. 복잡한 생각이 이어졌다. 간호사가 지민을 보고 있었다.

"아, 네. 감사합니다."

어두워진 표정을 감추기 위해 지민은 얼른 몸을 돌렸다. 황급히 지갑을 챙겨서 병원을 나오는 자신의 뒤로 걱정스러운 간호사의 눈빛이 따라붙는 것 같았다.

엄마는 죽었다. 그 사실이 더는 자신의 삶에 어떤 영향도 주지 못할 것이라고 지민은 생각했다. 하지만 기억 저편으로 밀어놓았던, 무의식이었든 의식해서였든 생각하지 않았던 엄마의 부재가 물밀 듯이 지민을 덮쳤다. 한번 자각하자 무작위로 떠오르는 생각들을 제어할 수 없었다. 다른 임산부들이 친정엄마 이야기를 자연스레 하던 것도 떠올랐다. '요즘 호르몬 때문인지 기분이 들쭉날쭉한데, 친정엄마 생각이 그렇게 많이 나더라고요….'

그날 지민은 엄마의 '마인드'가 도서관에 남아 있다는 사실을 떠올렸다. 하지만 이제 와서 엄마를 만난다는 게 어떤 의미가 있을지는 그녀도 알 수 없었다. 남들과 같은 방식으로 관계 맺었던 엄마는 아니었으니까. 집 안을 다 뒤져서 아무 데나 처박아두었던 카드를 꺼내 도서관으로 가는 동안에도, 만나서 무슨 말을 하고 싶은 것인지 잘 정리되지 않았다. 어차피 진짜 엄마도 아니니 될 대로 되라는 심정도 있었다. 원망의 말을 할까. 왜 그랬냐고 물어보기라도 할까.

어쨌든 다 소용없는 생각이 되어버렸다. 묻고 싶은 말들을 채 가다듬기도 전에, 엄마가 분실되었다는 사실을 통보받았으니.

감동적인 재회를 기대한 것이 아니었다. 단지 그곳에 있다는 사실을 확인하고 싶었을 뿐인지도 모른다. 어쩌면 그래서였을까. 지민은 더욱 허탈한 감정에 사로잡혔다.

다음 날 아침 지민은 주방에서 풍겨오는 냄새에 속이 뒤집힐 것 같은 기분으로 일어났다. 준호가 아침을 준비하고 있었다. 그제부터는 기름 냄새만 맡으면 도저히 버틸 수가 없었다. 물을 한 잔 따라 마시고 시계를 보았다. 오전 10시였다.

창문을 열어 환기를 하며 거의 5분마다 시계를 보았다. 아직 도서관에서는 연락이 없었다. 고민하던 지민은 결국 단말기를 들어 전화를 걸었다.

"송지민 씨라고요?"

"그건 제 이름이고, 찾는 사람은 김은하 씨요. 어제 갔더니 조회가 되지 않아서, 분명 먼저 연락 주신다고 했는데…."

"잠시만요."

옆 사람과 이야기를 나누는 목소리, 자판을 두드리는 소리가 들려왔다. 지민은 인내심 있게 기다렸다. 단말기를 붙잡은 채 입을 꾹 다문 지민의 모습을 보고 준호가 고개를 갸웃하며 방으로 들어올 때쯤에야, 전화 건너편의 목소리가 말했다.

"죄송합니다. 도서관으로 다시 방문해주실 수 있으신가요? 상황이 좀 복잡하게 되어서 설명을 드려야 할 것 같네요."

준호의 차를 타고 도서관으로 향하는 내내 지민은 말이 없었다. 차 안의 분위기는 무거웠다. 준호가 어제 종일 지민에게 단순한 착오일 테니 걱정할 것 없다며 위로한 차였기에 더더욱 그랬다.

도서관에 도착해 연락을 받고 왔다고 말하자 전화를 받았던 사서가 자리에서 일어나 누군가를 데려왔다. 마르고 피곤해 보이는 얼굴을 한 남자였다. 그는 자신을 이 도서관의 데이터베이스 관리자라고 말했다. 지민과 준호는 그를 따라 도서관 안쪽에 딸린 작은 방으로 갔다. 방문객을 접대할 때 사용하는 공간이었다. 소파 두 개와 테이블이 놓여 있었고, 몇 종류의 간식거리들이 갖춰져 있었다.

"그래서 어떻게 된 거죠?"

지민은 결국 참지 못하고 먼저 묻고 말았다.

"우선 여기 앉으세요. 이야기가 좀 깁니다."

"긴 말이 필요한가요? 관리 실책으로 보입니다만."

지민이 그의 말을 잘랐다. 책임을 회피하려는 의도의 중언부언이라면 딱 질색이었다. 남자는 굳은 표정을 지었다.

"엄밀히 말해 저희 측의 잘못이나 데이터 관리 부실은 아닙니다. 다만 이런 일은 매우 드물다 보니, 당시 직원이 자세한 설명을 못 드린 것 같습니다."

잘못이 없다니. 지민이 인상을 찌푸렸다. 옆에서 지켜보던 준호가 물었다.

"문제가 뭔지 말씀해주시죠. 어떻게 된 겁니까?"

"지민 씨."

남자가 지민과 시선을 마주했다. 그는 마치 이 상황을 어떻게 납득시킬 수 있을지를 고민하는 것 같았다. 그가 차분히 말을 골랐다.

"결론부터 말씀드리죠. 누군가가 의도적으로 어머님을 검색망에서 분리했습니다. 인덱스를 제거한 겁니다. 데이터가 삭제된 건 아니에요. 소멸되거나 도서관 밖으로 이관되는 데이터들은 반드시 기록이 남게 되어 있습니다. 하지만 소멸 목록에는 없었어요."

누군가가 의도적으로 분리했다니?

"어머님은 이 도서관의 데이터베이스 어딘가에 있습니다. 사서가 말한 '관내분실'이라는 게 그런 의미입니다. 하지만 솔직히 말씀드리면 지금으로서는 그분을 찾을 방법이 없어요. 김은하 씨의 마인드에 접근 권한을 가진 분 중 누군가가 은하 씨를 검색할 수 있게 하는 모든 종류의 인덱스를 지운 것으로 추정됩니다. 지민 씨가 한 일이 아니라면 주위 가족분일 겁니다. 저희 권한을 벗어나는 일이지요."

이야기는 점점 알아들을 수 없는 쪽으로 가고 있었다. 지민이 물었다.

"인덱스를 지웠다는 게 무슨 말인가요? 데이터베이스에 있는데 어떻게 찾을 수가 없죠? 데이터를 검색하면 되잖아요."

"그래서 설명이 필요하다고 했던 겁니다. 아마 두 분도 어느 정도는 들어서 아시는 내용이겠지만…."

남자는 테이블에 놓여 있던 물을 한 모금 마셨다.

"저희 도서관은 고인들의 기억과 행동 패턴을 마인드 업로딩을 통해서 저장합니다. 그건 단지 텍스트나 이미지, 동영상과 같은 쉽게 분석 가능한 데이터와는 달라요. 마인드는 한 사람의 일생에 이르는, 매우 막대하고도 깊이 있는 정보의 모음이죠. 수십조 개가 넘는 뇌의 시냅스 연결 패턴을 스캔하고 마인드 시뮬레이션을 돌려서 구현된 결과물입니다."

남자는 패드를 들어 도서관의 홍보 영상 일부를 보여주었다. 지민은 별달리 시선을 주지 않은 채로 그의 말을 들었다.

"따라서 직접 마인드 데이터를 검색하는 일은 몹시 어렵습니다. 기억들이 직접 언어화할 수 없는 형태로 저장되기 때문이죠. 아직 시냅스 패턴 자체를 해석하는 것은 불완전합니다. 그래서 저희는 마인드마다 일종의 인덱스를 붙이는 방식으로 마인드를 분류합니다. 혹시 구식 도서관에 가보신 일이 있다면, 도서관들이 서지 분류에 따른 작은 라벨을 붙여 책을 분류하고 있는 것을 보셨을 거예요. 종이책들만 하더라도 단순히 텍스트를 검색해서 찾기에는 담긴 정보들이 너무 방대하기 때문에 제목, 작가, 책의 핵심적인 요소를 요약하는 몇 가지 키워드 등으로 책을 찾을 수 있도록 했었죠."

지민은 구식 도서관에 가본 적이 없었다. 하지만 어릴 적에 누군가가 도서관에서 빌려 온 책들을 보았던 기억은 있다. 색색의 라벨이 책등 아래쪽에 붙어 있었다. 남자가 흘끗 지민의 표정을 살피고는 말을 이었다.

"마인드 도서관 역시 마찬가지입니다. 각 마인드들에는 인식을 위한 인덱스가 붙어요. 가장 주된 것이 임의의 영문자와 숫자의 조합으로 만들어지는 고유 인식 코드입니다. 그리고 혹시나 이 코드를 찾지 못할 경우를 대비해서 고인의 이름, 생전의 주소, 유족분들의 동의가 있다면 친지분들의 신원 번호를 추가로 수집합니다. 보통 이 정도만 되어도, 무언가 오류나 착오 때문에 데이터를 찾지 못할 가능성은 거의 없습니다. 하지만 지민 씨 어머님의 경우에는…."

"그 인덱스가 전부 지워져서 찾기 어렵다는 겁니까?"

"그렇습니다. 적어도 현재 확인 가능한, 지민 씨가 가진 카드나 고유 신상으로 조회할 수 있는 마인드는 없어요. 한 가지 희망이 있다면, 데이터 자체가 완전히 소멸된 것은 아니기에… 가망이 전혀 없는 것은 아닙니다만. 우선 접근 권한이 있는 다른 가족분들에게 어떻게 된 상황인지를 파악해보셔야 할 것 같습니다."

"접근 권한이 도용되었을 가능성은요?"

"마인드에 접속하거나 정보를 수정할 때는 여러 단계의 생체 인식을 거칩니다. 도용 가능성은 극히 낮습니다."

지민에게 남은 가족은 고작해야 둘뿐이다. 7년 전에 연락을 끊어버린 아버지와 드물게 전화를 주고받을 뿐인 동생. 어느 쪽일까?

"하지만 대체 왜 그런 일을 하게 놔뒀죠? 인덱스를 지우다니요."

준호가 황당해하며 물었다. 지민도 같은 생각이었다.

"유족분들에게는 마인드의 접근 권한과 관련된 어떤 설정이든 변경하실 권한이 있습니다. 마인드를 소멸하는 일도 가능하니까요. 처음 마인드 업로딩을 할 때 모두 안내해드린 사안입니다."

"아무리 그래도, 이게 소멸과 다른 게 대체 뭡니까? 접속할 수 없다면 의미가 없잖아요. 이렇게 중요한 사안을 다른 유족들의 동의를 받지 않고 그냥 진행하는 게 말이 됩니까?"

준호가 따져 물었지만 궁색한 답만이 돌아왔다.

"죄송합니다. 하지만 분명 소멸과는 다릅니다. 접속할 수는 없지만, 마인드 자체는 이 데이터베이스 어딘가에 있는 겁니다. 살아 있는 사람의 사망과 실종이 다른 것처럼… 그렇게 생각해주시면 되겠습니다. 마인드는 단순한 데이터가 아닙니다."

아무리 그렇다고 해도, 지민의 입장에서는 엄마를 더는 만날 수 없게 되었으니 소멸된 것이나 마찬가지였다. 그런데 왜 하필 이런 식으로 엄마의 마인드에 손을 댄 걸까. 아버지와 동생 둘 중 짐작 가는 바는 있었지만, 이렇게까지 한 이유만큼은 떠오르지 않았다.

남자가 다시 입을 열었다.

"유족분들 사이의 합의가 없으셨던 것 같군요. 사과드립니다. 이런 상황을 미처 염두에 두지 못했습니다. 보통은 마인드를 소멸하는 것으로 처리하다 보니, 합의 사항인지 확인 절차를 거칩니다만. 인덱스 일부를 변경하거나 하는 일은 의외로 흔한 일이어서 그런 절차가…."

이런 식으로 그냥 넘어갈 수는 없었다. 하지만 이어서 항의하려던 차에, 옆에서 어디론가 분주히 연락을 하고 있던 직원이 갑자기 남자에게 무언가를 보여주었다. 패드에 띄운 자료는 반대편에서는 잘 보이지 않았다.

지민은 맞은편의 두 사람이 소곤거리는 것을 가만히 지켜보면서 울컥하는 기분을 느꼈다. 자책감도 들었다. 엄마는 언제 사라진 것일까? 만약 엄마가 죽은 이후로 바로 도서관에 찾아왔다면 만날 수 있었을까?

앞에서 소곤거리며 이야기하던 남자와 직원의 목소리가 조금 커졌다.

"아, 그건 아직 테스트 단계에… 불가능하지 않나?"

지민과 준호가 의아한 얼굴을 하고 기다리는 동안 맞은편에서는 알아들을 수 없는 기술적인 대화가 오가고 있었다. 자신들을 앉혀놓고 한동안 눈길조차 주지 않는다는 사실이 불쾌해질 무렵, 관리자의 목소리가 밝아졌다. 지민의 시선이 남자에게 향했다.

"그 과정에서 손상될 가능성이… 그렇지. 우선 허가를 요청해

보면 되겠어."

남자가 두 사람을 향해 고개를 돌렸다. 그의 표정이 바뀌어 있었다.

"방법이 있을지도 모릅니다."

*

"뭐 때문에 이제 와서 엄마를 찾는데? 관심도 없더니만."

카페에서 만난 유민은 그녀를 보자마자 퉁명스레 말했다.

남자는 해결 방법에 대해 검토한 다음 며칠 안에 연락을 주겠다고 했다. 지민은 그날 밤 남동생에게 곧장 전화를 걸었다. 자신은 전혀 모르는 일이라는 동생에게 지민은 직접 만나서 이야기하자고 했다. 아버지는 전화를 받지 않았다. 예상하지 못한 것은 아니다. 아버지와의 마지막 연락은 엄마의 부고 소식이었다. 그 이후로, 단 한 번도 연락하지 않았다.

오랜만에 얼굴을 마주한 동생은 엄마의 행방에는 그다지 관심이 없었다. 엄마의 마인드가 도서관에서 분실되었다는 이야기에도 "그럼 송현욱 그 인간이 또 무슨 짓을 했겠지." 하고는 무신경하게 반응했다.

그동안 엄마의 마인드를 한 번도 찾지 않은 건 동생 역시 마찬가지인 듯했다. 유민은 지민보다도 더 빨리 엄마를 포기했다. 그녀에 대한 감정이 무엇이든 이미 많이 희석되었을 것이다. 유민은 엄마의 실종 자체보다 지민이 이제 와서 굳이 엄마를 만나려는 이유를 더 궁금해하는 것 같았다.

"어차피 진짜 사람도 아니잖아. 무덤이나 뼛가루처럼 뭐가 진짜로 남은 것도 아니고. 그거 다 그냥 동영상 같은 거야. 반응할 수 있으니까 기분이야 좀 다르겠지만. 무슨 대단한 거라도 되는 듯이 홍보하던데, 내가 보기에는 그냥 과장 광고야."

분실 사건이 아니었다면 지민도 동생의 말에 동의했을지 모른다. 하지만 이건 단순히 영상 파일을 잃어버린 것과는 달랐다.

"…그래도, 난 기분 나빠. 예전으로 치면 허락도 없이 관을 못 찾게 옮긴 거나 마찬가지잖아."

"그렇게 말하니까 좀 섬뜩하다."

한 모금 마신 홍차는 쓴맛이 너무 강했다. 커피 전문점에서 홍차를 시키는 것이 아니었는데.

유민은 한숨을 푹 내쉬고는 말했다.

"하긴. 어떤 사람들은 그걸 진짜 사람처럼 대하더라. 난 소름 끼칠까 봐 근처도 안 가봤지만."

"직원들도 그냥 단순한 데이터처럼 보는 것 같지는 않았어."

"그래. 직접 보면 생각이 바뀔 수도 있겠지. 근데 엄마는 왜, 갑자기?"

유민의 묘한 시선이 지민을 향했다. 아직 동생에게는 임신 사실을 알리지 않았다. 지민은 모른 척 되물었다.

"특별한 이유가 있어야 해?"

"그건 그렇지. 그런데 누나는 엄마 싫어했잖아."

"…."

말문이 막힌 지민을 물끄러미 지켜보던 유민이 고개를 내저으며 시선을 돌렸다.

엄마와 딸이라는 관계는 흔히 애증이 얽힌 사이로 표현된다. 예컨대 딸을 사랑하지만 자신의 모습을 투사하는 엄마와 그런 엄마의 삶을 재현하기를 거부하는 딸. 착한 아이 콤플렉스를 앓는 딸과 딸에 대한 애정을 그릇된 방향으로 표현하는 엄마. 여성으로 사는 삶을 공유하지만 그럼에도 완전히 다른 세대를 살아야 하는 모녀 사이에는 다른 관계에는 없는 묘한 감정이 있다. 대개는 그렇다. 한때는, 지민도 엄마와 자신 사이에 그런 애착과 복잡미묘한 감정이 있었을지도 모른다고 생각해보았다.

하지만 그랬던 시기는 일찍 끝나버렸다. 그게 언제부터였는지 지민은 정확히 짚어낼 수 없었다.

언젠가 엄마가 어린 시절 양극성 장애를 앓았다는 이야기를 들은 적이 있었다. 아버지가 그런 병력을 알면서도 엄마와 결혼한 건, 그녀의 정신질환이 단지 어렸을 때의 일시적인 문제라고 여겼기 때문이었다.

엄마의 병은 지민을 출산한 이후에 재발했다. 많은 산모들이 출산 직후에 산후우울증을 겪는다고 한다. 대개는 일시적인 현상이다. 아이가 자라면서 자연스럽게, 혹은 간단한 처방과 상담을 통해 해결된다. 그러나 엄마는 그 전으로 돌아가지 못했다.

관계를 완전히 돌이킬 수 없게 된 건 어느 시점부터였을까. 엄마의 병이 점차 심각해진 이후였을까. 어쩌면 그 전부터 삐걱거렸던 것 같기도 하다. 지민은 엄마의 집착이 싫었고, 자신을 소유물처럼 통제하는 것이 지긋지긋했다. 근본적인 원인이 어디에 있었는지는 모른다. 엄마의 병이 원인이었는지, 아니면 틀어진 두 사람의 관계가 엄마를 더 약하게 만들었는지, 무엇이 선행했는지는 명확하지 않다. 어쨌든 분명한 것은, 은하와 지민은 어느 날부터 서로를 포기했다는 것이다.

처음부터 보통의 엄마와 딸일 수는 없었던 것인지도 모른다. 엄마가 무너진 계기가 산후우울증이었다는 점에서 지민 자신에게는 일종의 원죄가 있는 게 아닐까 생각한 적도 있다. 자신을 낳지 않았다면 엄마는 자신의 삶을 멀쩡하게 살지 않았을까 하는 죄책감과 그럼에도 불구하고 그런 대우를 받아서는 안 되었다는 생각이 지민 안에서 상충했다.

"아무리 좋게 포장해도 사이가 좋았다고는 못 하지. 누나 잘못은 없었지만."

유민은 중얼거리듯이 내뱉고 다시 시선을 단말기로 옮겼다. 부인할 생각은 없었다. 지민은 컵에 꽂혀 있던 빨대의 끝을 손톱으로 구겼다.

"그래도 그냥… 이미 죽은 사람인데."

빨대에 구겨져 접힌 흔적이 남았다.

"더 원망해서 얻을 것도 없잖아."

"누나는 그래? 난 지금도 엄마가 날 왜 낳았는지 궁금한데."

유민이 말했다.

"누나를 낳고 나서 그렇게 스트레스를 받았잖아. 딸 하나 책임지지도 못하고 인생이 망가졌으면. 아, 나는 애를 키워서는 안 될 사람인가 보다. 그러고 딱 마음 접어야 하는 거 아니야? 하나 더 낳으면 뭐가 달라질 거라고 생각했으려나."

유민은 빈정거렸다.

"마인드에게 물어보면 말해주려나? 만약 그게 진짜 엄마라면, 입 다물고 한마디도 안 하겠지. 누나가 왜 뜬금없이 엄마를 찾는지 모르겠어. 분실된 게 중요한가? 없으면 없는 거지 뭐."

짧게 표정이 변했던 유민은 다시 태연한 얼굴로 돌아왔다.

"일단 내가 한 짓은 아니야. 마인드고 뭐고 만날 생각도 없고 관심도 없었어. 정 궁금하면 아빠한테 연락해봐. 근데 그 사람… 연락을 받긴 해?"

지민은 고개를 저었다.

"그럼 그렇지."

유민이 픽 웃으며 중얼거렸다. 그리고 다시 패드로 시선을 향했다.

이제 유민은 말이 없었다. 지민은 얼음이 다 녹아 묽어진 홍차를 마시면서 생전의 엄마를 생각했다. 유민의 말은 틀리지 않았다. 지민에게는 엄마에 대한 긍정적인 기억이 거의 남아 있지 않았다. 대개의 기억은 방에서 혼자 울고 있거나 멍하니 상념에 잠겨 있던 엄마의 뒷모습이 다였다.

그래도 어떤 기억만은 유독 선명하게 떠오른다. 그날 문을 열었을 때 가장 먼저 보인 것은 넘어진 보조 테이블이었다. 전등이 침대 위로 쓰러져 있었고, 알약들이 흩어져 있었다. 엄마가 또 환각을 본 걸까. 누군가가 자기를 공격한다고 믿은 걸까. 조울증은 점점 악화되어서 새로운 증상들이 나타났다. 지민을 보고는 엄마가 비명을 질렀다.

"송지민. 너도 이제 너희 아빠처럼 밖으로 나도는 거니?"

또 시작이다.

지민은 친구들과 놀다가 밤 10시가 조금 넘은 시각에 들어왔을 뿐이다. 하지만 그걸 설명해보아야 엄마는 듣지 않는다. 어차피 신경질적인 비난만이 돌아올 것이다. 정신적 학대. 지민은 엄마가 자신에게 가하는 것이 일종의 정신적 학대라고 생각했다. 자신의 잘못이 있다면 단지 엄마의 전화를 받지 않은 것뿐이다. 어쩔 수 없었다. 전화를 받으면 엄마는 소리를 질러댔을 것이고, 자신은 속이 콱 막히는 그 기분을 다시 느껴야 했을 것이다.

"어떻게 그놈의 유전자는 어디 가질 않니. 나는 엄마 노릇 제대로 하려고 정신이 돌아버려도, 너희들 밥 차려주려고 이렇게 온안간힘을 쓰는데, 내 새끼라는 녀석들은 어떻게 제 아비 하는 것처럼…."

평소처럼 넘기려던 지민도 그 순간에는 울컥하는 기분이 들었다. 딸에게 할 말이 있고 못 할 말이 있는 게 아닌가. 요즘 아버지가 집에 잘 들어오지 않고 이따금 다른 여자의 사진을 들여다보는 걸 알고는 있었다. 하지만 어떻게 귀가를 늦게 한 것과 아빠의 불륜을 비교할 수 있을까. 지민은 역겨운 심정을 억누르며 말했다.

"엄마. 왜 집에서 이렇게 버티고 있어? 제발 입원해. 입원 안 하겠다고 고집부렸던 건 엄마잖아. 이게 무슨 엄마 노릇이야?"

엄마의 흔들리던 시선이 지민을 향했다. 어떻게 그런 말을? 또 그렇게 반응할 것이 뻔했다.

"난 엄마가 해주는 밥이나 빨래, 설거지 같은 거 필요 없어. 굶어도, 집이 더럽고 냄새나도, 그냥 엄마랑 떨어져 있는 게 더 좋아. 엄마 노릇? 언제 엄마 노릇을 했어? 밥만 차려주면 나한테 내내 소리를 지르고 옆에서 물건을 부숴도 그게 엄마 노릇이 되는 건가?"

빈정거리는 지민의 앞에서 문득 엄마의 표정이 변했다. 그녀가 그렇게 상처받고 슬픈 표정을 지을 때마다 지민은 가슴을 팍 쑤시는 듯한 통증을 느꼈다. 엄마의 뺨을 타고 눈물이 흐르고 있었다.

엄마는 언제나 스스로를 피해자로 만들었다. 그럴 거면 우리에게 소리를 지르지 말지. 아빠에게 저주의 말을 퍼붓지 말지. 집 안의 유리란 유리는 다 깨고, 벽에 피를 묻히고, 우리가 한 시간만 전화를 받지 않아도 비명을 지르는 대신 그냥 떨어져 살지. 유민이가 집을 나갔을 때라도 정신을 차리지. 멀쩡할 때는 사랑한다는 말을 했다가 돌아서는 순간 너 때문에 인생을 망쳤다고 말하지나 말 것이지. 서로가 없는 존재인 것처럼, 일찍부터 서로를 체념하고 살았더라면 더 편했을 텐데. 어디서부터 잘못되어버린 것인지 알 수 없었다.

“지민이 너는 엄마한테 남은 전부야. 그런데 말을 그렇게 해?”

엄마는 여전히 울고 있었다. 동정심은 들지 않았다.

“왜 몰라주는 거니? 내가 이렇게….”

눈앞에는 여전히 엄마가 벽에 던져서 깨진 그릇의 파편이 늘여져 있었다. 상처 입히고, 다시 사과하고, 또 상처를 주고, 다음 날에는 없었던 일처럼 행동하는 그 모든 것이 다 지긋지긋했다. 사랑한다는 말은 면죄부를 주지 않는다.

“엄마한테는 나 말고 아무것도 없어? 그렇게 될 때까지 뭘 했는데.”

지민은 그녀와 자신 사이에 남아 있던 약한 끈마저 잘라내고 싶었다.

“누가 엄마더러 자기 인생을 포기하랬어?”

그 대화는 지민이 기억하는 엄마와의 마지막 대화였다. 그 이후로 지민은 엄마를 없는 사람처럼 대했다. 엄마의 질환은 점점 더 악화되었고, 지민은 엄마를 포기했으며, 아르바이트로 모은 돈으로 따로 월세방을 얻었다. 엄마는 결국 병원에 들어갔다. 지민은 대학을 도중에 그만두고 한국을 떠났다.

지금도 엄마를 원망하느냐고 한다면, 잘 모르겠다. 엄마는 사랑할 수 없는 사람이었다. 그러나 죽은 사람을 상대로 분노할 기력도 남아 있지 않았다.

지민의 표정이 점점 어두워지자 유민이 손가락으로 톡톡 책상을 쳐서 그녀의 시선을 끌었다.

"누나도 참 이상하다. 난 그냥 잊으려고 할 것 같은데."

분명 가능하다고 생각했다. 잊고 싶었다. 엄마를 만나려고 한 것은 마지막 남은 감정까지 모두 정리하기 위해서였는지도 모른다.

지민은 엄마가 기억 속에서 자신을 사랑한다고 말하던 것을 반복 재생했다. 그러면서 한편으로는 지금 지민의 배 속에서 심장이 뛰고 있을 아이를 생각했다. 아직 지민은 그 아이를 사랑하지도, 애틋하게 느끼지도 않았다. 엄마는 어떻게 지민을 사랑했을까. 사랑할 수 없는 관계를 사랑할 수 있다고 믿었기에, 두 사람은 더 불행해진 게 아닐까. 그렇다면 이제야 엄마의 마인드를 만나서 대화를 나누는 것도 아무런 의미가 없는 행동인지도 몰랐다.

하지만 문제가 있었다. 엄마의 분실이 생각보다도 훨씬 더 지민을 당혹스럽게 한다는 사실이었다.

*

휴가는 금방 끝이 났다. 지민은 다시 출근을 했다. 팀장은 그녀를 불러 업무 분장이 끝났다고 통보했다. 새 프로젝트를 맡게 될 것이라는 예상과 달리 지민의 업무는 약간의 변동만이 있었다. 그녀가 맡아왔던 프로젝트는 이제 거의 완료되었다. 현황을 정기적으로 보고해주는 일만 남았다. 지민은 프로젝트를 받을 줄 알았는데, 팀장은 지민이 곧 출산과 육아 휴가를 가질 것을 염두에 두고 이제 새로운 일은 당분간 맡기지 않을 생각인 것 같았다. 지민은 약간 불만스러웠다.

"아무래도 아이가 생기면, 가정에 집중해야 하잖아. 그런 걸 다 고려했어. 지민 씨가 일 욕심이 많은 건 알지만… 그래도 나는 처음에는 엄마가 아이를 직접 키우는 게 좋다고 생각하거든. 지민 씨도 그렇게 생각하지?"

당분간 지민이 맡게 될 업무를 설명해주면서, 그녀보다 열 살은 많은 팀장이 머쓱한 듯이 웃었다. 나름의 배려라고 생각하는 모양이었다. 그녀는 결혼도 하지 않았고 아이도 없었다. 지민은 그녀의 말을 딱히 부인하지는 않았다.

휴가를 갔다 온 동안 쌓인 업무를 처리하느라 꼬박 하루를 보냈다. 퇴근하기 전 내일 할 일을 정리하는 동안 모니터 화면 한쪽에 영상통화 메시지가 떴다. 업무 관련으로 온 전화는 아니었다. 지민은 주위 눈치를 흘끔 보고, 헤드폰을 쓰고 전화를 연결했다. 도서관에서 온 전화였다.

"송지민 씨 되시죠?"

남자는 자신을 마인드 도서관의 연구기획부서에서 일하고 있는 연구원이라고 소개했다. 그는 먼저 지민이 겪은 일에 대해 사과했다. 원칙적으로 유족들은 마인드를 소멸하거나 인덱스를 제거하는 등의 권한을 가지는 것이 맞지만, 유족들 사이에 전혀 소통이 없는 경우에 대비해 새로운 규정을 검토하고 있다고 했다.

소멸의 경우는 유예 기간을 두고 유족들 모두에게 공지하는 절차가 있지만, 이번과 같은 사례는 없었다는 이야기였다. 지민은 고개를 끄덕였다. 다음으로 남자가 본론을 꺼냈다.

"예전에 말씀드린 방법 말인데요. 지민 씨의 일에 저희가 새롭게 개발하고 있는 마인드 검색 기술을 도입해보려고 합니다. 괜찮으신가요?"

지민이 설명을 기다리며 눈을 깜빡이자 남자는 헛기침을 몇 번 하더니 장황한 설명을 시작했다.

이미 지민도 들어서 알고 있는 대로, 마인드는 단순한 데이터의 묶음이 아니었다. 여러 문제들이 복합적으로 얽혀 마인드 업로딩을 사후에만 가능하도록 제한하지만, 그중 가장 결정적인 문제는 아직 뇌의 시냅스 패턴이 어떻게 자아를 구축하는지에 대한 이해가 부족하다는 것이었다. 현재 마인드 업로딩은 뇌의 시냅스 패턴을 직접 고해상도로 스캔하여 패턴을 그대로 시뮬레이션으로 구현하는 방식을 이용한다. 스캔 과정에서 원래의 뇌가 손상되므로 업로딩은 뇌사 상태나 사망 선고가 내려진 사람, 그리고 생존 가능성이 없다고 판정받은 환자만을 대상으로 시행되고 있었다.

과학자들은 마인드 시뮬레이션을 구현하는 데에는 성공했지만, 그 내부의 개별 데이터를 이해하는 데에는 아직 다다르지 못했다. 일반적인 데이터와는 다르게 물리적인 뉴런 세포는 근접한 모든 뉴런에 상호 연결이 가능하므로 이론적으로 인간의 뇌가 포함하는 연결은 수십조 개가 넘는다. 마인드 업로딩이라는 엄청난 기술이 아직도 고작 봉안당을 대체하는 수준에 머무르고 있는 것도, 그 수많은 시냅스 패턴들이 정확히 무엇을 의미하는지를 파악하지 못했기 때문이었다. 학자들은 시냅스 패턴 중에서도 특별히 생각과 기억, 외부에 대한 반응 같은 자아 구성의 흐름을 나타내는 것들을 통틀어 '사고 언어'라고 불렀다. 사고 언어에 관한 연구는 아직 갈 길이 멀었다.

연구원은 도표와 그림을 띄우며 지민에게 마인드 기술의 원리에 대해 부가 설명했다. 여태까지 마인드 검색 기술이 고유하게 부여된 인덱스에만 의존하는 것도 그 때문이라고 했다. 예컨대 인간이 쉽게 데이터화할 수 있는 형태의 글자나 문장, 그림, 영상, 음악 같은 미디어들은 검색하기가 쉽다. 같은 형태의 입력 신호를 넣어주면 된다. 하지만 마인드 데이터를 직접 검색하기 위해서는 마인드가 저장된 형식, 즉 시냅스 패턴 자체를 검색해야 하는 셈이다. 게다가 설령 어떤 시냅스 패턴을 검색할지를 정할 수 있다고 해도, 방대한 마인드의 바닷속에서 한두 가지의 단서를 가지고 특정 인물을 찾는다는 것은 불가능에 가깝다.

"이번에 하려는 일은 조금 다른 접근 방식입니다. 저희가 이번에 저장된 마인드들을 기반으로 표준형 인공 뇌 시뮬레이션을 개발했거든요. 그리고 이 인공 뇌에 외부 자극을 기록하면, 시냅스 패턴을 형성할 수 있어요."

새로 개발한 시뮬레이션을 이용하면 특정한 상황이나 물건을 마치 마인드 업로딩을 하는 방식으로 데이터화할 수 있다. 그렇게 만들어진 데이터는 뉴런 세포들이 상호작용하는 시냅스 패턴을 흉내 낸다. 새로운 검색 기술은 바로 그 패턴 자체를 입력 신호로 이용한다는 이야기였다. 그러면 그 패턴을 입력했을 때, 가장 강력한 상호작용을 보이는 마인드가 정렬된다는 것이다.

“하지만 표준형 시뮬레이션이라는 것이 수많은 개인들에 모두 들어맞지 않다 보니 한계는 있습니다. 입력 신호가 해당 마인드와 아주 유의미한 관계가 있어야 하죠. 예를 들어서, 돌아가신 분이 이런저런 바깥 활동을 자주 하셨으면 비교적 찾기가 쉽거든요. 개인을 고유하게 특정하는 물건이나 상황일수록요. 고인과 많이 연결된 것, 많은 기억을 자극할 수 있는 것이 검색에 필요합니다.”

“그러니까, 정확히 뭐가 필요한 건가요?”

“시험 단계에서는 보통 유품을 많이 활용했습니다. 특별한 의미가 없는 유품들은 성공 가능성이 매우 낮고요. 사진도 보통 그 장면 자체가 기억에 강렬히 남지는 않는 편이라…. 유사한 종류의 물건이라면 여러 개를 연속으로 스캐닝해서 확률을 높일 수 있습니다만, 그 자체가 고인과의 연관성이 낮다면 역시 성공은 장담할 수 없습니다. 저희도 아직 내부 테스트 중이라 무어라고 확정지어 말씀드리기는 어렵고, 사실 고인을 가장 잘 아시는 송지민 씨에게 맡길 수밖에 없습니다. 사람의 인생은 모두 고유하고 개별적이다 보니 기억과 가장 강력한 상호작용을 보이는 물건들도 모두 다르거든요.”

그는 특정한 텍스트나 이미지 같은 곧장 데이터화 가능한 것보다는 실체가 있는 유품을 가져오라고 했다. 사람의 시각이나 촉각, 후각과 같은 감각적 기억 역시 연결에 중요하기 때문이었다. 기억이 많이 얽혀 있을수록 검색에 성공할 가능성이 커진다고 했다. 그렇지만 모두가 공산품을 사다 쓰는 시대에, 한 사람을 고유하게 특정할 수 있는 물건이 있단 말인가? 남자는 테스트 과정에서 성공했던 물건들의 목록을 읊어주었다. 대개는 직접 만든 물건이나 고인이 아주 특별한 의미를 부여했던 물건이었다. 얼마 전에는 생전에 가죽 공예가 취미였던 사람의 작품을 스캐닝하여 입력했을 때, 검색에 성공했다는 이야기도 들었다. 또 다른 예시로 배우자에게 선물 받아서 평생 간직했던 시계, 직접 정성을 들여 주고받았던 편지 등이 제시되었다. 직장에 다녔다면 일하면서 남긴 결과물들도 입력 신호로 시도해볼 만하다고 했다.

지민은 연구원의 설명을 들으며 고개를 끄덕였다. 엄마와 사이가 좋은 편은 아니었지만, 그런 물건 하나쯤은 찾을 수 있으리라고 생각했다.

그날 퇴근해서 집에 가자마자 엄마의 유품 상자를 꺼냈다. 엄마가 죽은 이후에 현욱이 보낸 상자였다. 잡동사니들이 들어 있다는 것만 알았지, 무엇이 들어 있는지 제대로 확인해보지는 않았다. 이제야 이런 일로 상자를 열어보게 될 거라고도 생각해본 적이 없었다.

마인드 업로딩이 과거의 장례 문화와 봉안당을 대체한 이후로,

유품을 납골함 옆에 두는 문화도 사라졌다. 유가족에게 특별한 의미가 있는 물건이 아닌 이상은 대부분의 유품이 폐기된다. 아마 유품이 상자를 가득 채울 만큼 많이 남아 있는 건, 현욱이 상자 안을 제대로 살펴보지도 않았기 때문일 거라는 생각이 들었다.

상자에는 대개 엄마가 입던 옷들이 있었다. 코트와 모자, 니트 스웨터를 보자 엄마가 죽은 계절이 겨울이었다는 것이 떠올랐다. 그때 지민은 남반구에 있었다. 찌는 듯한 더위 속에서 격무에 시달리다가 짧은 부고 소식을 메일로 받았을 때는, 엄마에 대한 어떤 원망도 그리움도 다 지워졌다고 생각했다. 하지만 엄마의 물건들을 보고 있자 다시 복잡한 기분이 치밀어 올랐다.

옷과 시계, 낡은 장신구 들을 꺼내면서도 지민은 무언가 의미 있는 물건 하나는 찾을 수 있을 거라고 생각했다. 그러나 박스 바닥이 보일 때까지도, 그 안엔 엄마를 특정할 만한 물건이 없었다.

지민은 기억을 더듬어 엄마가 가끔 책을 읽던 걸 생각해냈다. 대부분은 전자책이었으니 유품으로서의 의미는 없었다. 게다가 그 책을 읽은 사람들이 한둘도 아닐 터였다. 엄마가 또 무엇에 관심이 있었더라. 더는 떠오르지 않았다. 아주 어릴 때 지민에게 엄마는 그냥 엄마일 뿐이었고, 자라면서 엄마를 또 다른 개인으로 인식하게 되었을 무렵에 엄마는 이미 깊은 무기력에 빠져 있었다. 자신과 유민을 낳기 전에는 어땠을까? 지민이 기억하는 한 언제나 엄마는 엄마였으므로, 그녀가 그냥 '김은하'였던 시절은 깊이 생각해본 적이 없었다.

지민의 기억 속 엄마는 늘 집에 있었다. 병이 심각해지기 전까지는 지민과 유민이 손이 많이 가는 나이였으니 그랬을 테고, 둘 다 학교에 들어간 이후로는 병이 악화되어 집에만 머무르게 되었다. 휴대폰도 어느 순간부터 쓰지 않았고 일기를 쓰거나 기록을 남기지도 않았다. 별다른 취미 생활이 있는 것도 아니었으므로, 그녀가 남긴 물건은 최소한의 생활을 유지하는 데에 필요한 것 정도가 다였다.

엄마가 특별히 지민에게 남긴 물건도 없었다. 지민이 아주 어렸을 때 입던 배내옷이 두 벌, 스튜디오에서 찍은 듯한 어색한 미소의 가족사진 한 장이 전부였다. 이것들조차도 방치되어 남아 있었을 뿐이다.

엄마는 마치 없는 사람 같았다. 최소한의 흔적만을 남기고 그냥 그렇게 살다가 가버린, 이제는 없는 사람.

그래도 혹시나 하는 마음에 지민은 집에 있을 잡동사니들을 좀 더 찾아보았다. 거주지를 옮기면서도 계속 가지고 다녔던 상자 하나가 있었다. 대부분 지민이 어릴 적 썼던 물건이었다. 당장에라도 집을 떠나고 싶었던 고등학교 수업 시간에 몰래 친구들과 주고받던 쪽지도 남아 있었다. 그때까지만 해도 드물지만 수업에서 종이를 사용하던 때였다. 사진과 영상을 백업해둔 드라이브도 연도별로 정렬해서 찾아보았다. 하지만 지민이 찾는 자료는 없었다. 집을 나온 이후에는 엄마와 전혀 만나지 않았으니 보나 마나였고, 어린 시절의 사진과 영상도 별로 남아 있지 않았다. 디지털 자료의 특성상 제대로 챙기지 않으면 쉽게 소실되기 때문이기도 했고, 아마 그 시절이 기록으로 남길 만큼 행복하지 않았기 때문이기도 할 것이다.

그렇다고는 해도 이렇게까지… 지민은 가슴이 싸해지는 기분을 느꼈다. 지민이 스무 살이 될 때까지 그 긴 시간 동안, 엄마의 흔적은 왜 단 하나도 제대로 남아 있지 않단 말인가. 엄마의 유품 상자에도, 지민의 물건들 중에도, 엄마를 특정할 물건 하나가 없었다.

엄마는 세계에서 분리되어 있었다. 인덱스가 지워지기 전에도.

수천 장이 넘는 사진을 넘겨보고, 어릴 때 썼던 일기 노트 파일과 편지들을 읽어보고, 이따금 찍은 영상을 돌려보는 동안에도 엄마에 대한 언급은 없었다. 지민이 혼자 사진을 찍을 때 언뜻 옆에 보이는 모습, 꾸며낸 가족사진, 영상에 나오는 목소리. 그게 전부였다. 일기에조차 원망 어린 짤막한 흔적들이 다였다.

"너, 혹시 엄마 유품 가지고 있어?"

피곤함이 묻어나는 유민의 대답이 돌아왔다.

"나한테 그런 게 있겠어?"

유민은 어이없다는 듯이 웃었다. 지민보다도 어린 나이에 집을 나갔으니 당연한 일인지도 몰랐다. 하지만 화면 앞에 선 지민의 얼굴이 여전히 굳어 있자, 유민도 머쓱한 표정을 지으며 다시 입을 열었다.

"한번 찾아볼게."

"있지, 유민아."

"응?"

"엄마가 하나도 없어."

유민은 조금 당황한 것 같았다. 지민이 그런 말을 하는 이유를 잘 모르겠다는 듯한 얼굴이었다.

유민이 어색하게 웃었다.

"그야… 우린 별로 사이좋은 가족도 아니었잖아."

"하지만, 엄마랑 우리는 20년을 같이 살았는데. 어떻게 흔적이 없지."

"그게 중요한가? 이제 와서 뭘 새삼스레 그래."

반응은 시큰둥했다. 지민이 느끼는 혼란과 복잡한 마음을 어떻게 설명할까, 고민하는 사이에 유민이 무신경하게 덧붙였다.

"송현욱한테 연락해봐. 양심이 있으면 뭐라도 갖고 있겠지."

영상통화를 종료한 지민은 힘이 빠져서 소파에 주저앉았다. 이제 와서 엄마를 동정하겠다는 것이 아니었다. 그녀는 자신과 유민을 정서적으로 학대했고, 제대로 된 사랑을 준 적도 없었다. 단지 궁금했다. 엄마는 왜 그렇게 고립되는 선택지를 택한 걸까. 그녀는 왜 딸에 대한 집착에 가까운 애착 외에는 가질 수 없었을까. 무엇이 엄마를 그렇게 몰아갔을까. 그럼으로써 세상에 단 하나의 유의미한 흔적조차 남기지 못하게 된 이 상황은 불가피한 것이었을까.

엄마는 지금, 아무도 찾아오지 않는 도서관 어딘가에서 무슨 생각을 하고 있을까. 원래 그 자리가 자신의 자리라고 생각할까.

지민은 TV를 켰다. 계속해서 채널을 돌렸다. 뚝뚝 끊기는 목소리들이 저마다 다른 이야기를 하다가 허공으로 사라졌다.

문득 지민의 시선이 고정되었다. 한 채널에서 마인드 업로딩에 관한 이야기를 하고 있었다. 지민은 채널을 돌리던 손을 멈추었다.

"인간의 영혼을 구성하는 물질은 무엇일까요? 마인드 도서관의 등장 이후로 사서들이 가장 많이 받은 질문 중 하나라고 하죠."

한 명의 여성 MC를 둘러싼 네 명의 남성 패널들이 마인드와 영혼이라는 주제로 토론을 하던 중이었다. 패널 중 누군가가 뇌에서 일어나는 모든 일은 전기적 신호와 화학적 신호의 연속으로 해석할 수 있고, 마인드를 구축하는 데에 성공한 것은 뇌 속의 다양한 화학적 신호들, 펩타이드와 신경전달물질의 영향을 전기적 신호로 데이터화할 수 있었기 때문이라고 설명했다. 여자가 말했다.

"그러나 최근의 연구 결과들은 부정적입니다. 마인드가 영혼이 아니라는 가장 결정적인 반박은, 그렇게 스캐닝된 시냅스 패턴이 더 이상 가소적으로 변형되지 않는다는 관찰로부터 나왔죠. 한 사람의 자아는 끊임없이 변해갑니다. 성장하고, 배우고, 반응하고, 노화하면서 개인의 정체성을 구성하는 것이죠. 그렇다면 변형되지 않는 마인드는 영혼 그 자체가 아니라 죽은 시점에서 고정되어버린, 일종의 박제된 정신에 가까운 것이 아닐까요?"

패널들은 현재 학자들이 연구 중인 주제들을 제시하며, 미래에는 마인드를 완벽하게 이해하게 될지도 모른다는 가능성에 주목했다. 만약 우리가 사고 언어에 대해서 완벽하게 이해하게 된다면,

그래서 시냅스 패턴을 변형하는 방식으로 자극을 줄 수 있다면, 그러면 도서관 안에 저장된 마인드들은 나름의 영혼과 자아를 가지게 될까? 그들은 몸을 잃었지만 그 안에서 살아 숨 쉬게 될까? 보고 듣고 냄새 맡고 주어지는 자극들을 느낄 수 있다면, 그들을 도서관 밖의 사람들과 다른 존재라고 말할 수 있을까?

토론은 서로 비슷한 질문을 던지다가 싱겁게 끝났다. 질문들에 대한 답은 아직 알 수 없지만, 사고 언어에 대한 학자들의 연구가 여전히 활발하게 진행 중이라는 어정쩡한 마무리 멘트가 이어졌다.

지민은 다시 엄마를 떠올렸다. 마지막에 그녀는 세상을 완전히 떠나고 싶어 했을 것이다. 그래서 지민은 엄마가 마인드 업로딩에 동의했다는 사실도 조금 믿기 어려웠다. 정말로 지민이 기억하는 엄마라면, 그녀는 마인드조차 남기지 않고 완전히 사라지고 싶었을 것이다. 아무리 그것이 박제된 정신에 불과하다고 해도 말이다.

게다가 지민은 마인드에 대한 동생 유민의 의견에 동의하는 편이었다. 그것이 아무리 생전의 사람들을 잘 모방한다고 할지라도, 그들을 또 다른 자아를 가진 진짜 정신으로 대하는 것은 마음을 불편하게 만들었다. 하지만… 끊어진 인덱스와 생전의 엄마에 대해 생각할수록, 머릿속의 실타래가 엉켜갔다. 풀리지 않았다.

토론 프로그램은 이제 검은 화면으로 페이드아웃 되며 내레이터의 목소리만을 남겼다.

"그래도 확실한 것은 있습니다. 마인드들은 우리가 생전에 맺었던 관계들, 우리가 공유했던 것들, 우리가 다른 사람의 뇌에 남기는 흔적들과 세상에 남기는 흔적들을 자신들의 방식으로 기억한다는 것이죠. 설령 마인드와 자아의 관계에 대한 의문이 영원히 미해결로 남는다고 해도, 적어도 우리는 마인드를 통해 그들의 삶을 더 선명하게 이해할 수 있을 겁니다."

지민은 자리에서 일어났다.

*

현욱은 여전히 전화를 받지 않았다. 지민은 현욱의 집을 직접 찾아가기로 했다.

"괜찮겠어?"

같이 가주겠다는 준호에게 지민은 고개를 저었다. 대답하든 대답하지 않든 그곳으로 가겠다는 문자메시지를 남기고, 현욱이 살고 있을 집으로 향했다. 마지막으로 이사했던 곳은 도시 외곽에 있는 작은 주택이었다.

외곽의 오래된 도로를 달려 현욱의 집으로 가는 길은 무척이나 길게 느껴졌다. 현욱에 대한 기억은 엄마보다도 더 적게 남아 있었다. 현욱은 늘 일을 하느라 바빴다. 엄마의 상태가 악화된 이후에는 그녀를 돌보기보다 집에 들어오지 않는 편을 택했다. 지민은 현욱을 없는 아빠라고 생각했다. 집 앞에 도착하기 전까지, 몇 번이나 방향을 돌릴까 하는 생각도 들었다. 초인종을 누른 다음에는 목이 바짝 말랐다. 여기까지 찾아왔는데도 혹시 만나는 것을 거절하면 어쩌나 하는 생각도 했다.

그러나 잠시 뒤에 문이 열렸다. 기억하는 것보다 더 나이 든, 그리고 움푹 팬 눈주름을 가진 남자가 지민을 쳐다보았다. 현욱은 동요하는 기색이 없었다. 여기까지 찾아온 이상 쫓아낼 생각도 없는 듯했다. 한국을 떠났던 이후로 그를 만나는 것은 처음이었다.

집은 좁고 어두웠다. 현욱은 거실로 지민을 데려갔다.

소파에 앉은 지민에게 현욱이 툭 내뱉듯이 물었다.

"이제 와서 뭘 어쩌겠다는 거냐."

지민은 답하지 않았다. 그는 여태 의도적으로 지민을 피해온 것 같았다. 현욱은 피곤해 보이는 얼굴로 지민을 물끄러미 응시하다가 잠시 뒤 부엌에 가 티백 차를 한 잔 내왔다. 머그잔에서 올라오던 김이 사라질 때까지, 그리고 목이 타는 기분이 들어 차를 한 모금 마시고 내려놓을 때까지, 두 사람 사이에는 침묵만이 흘렀다. 결국 지민이 먼저 입을 열었다.

"도서관에 갔는데 엄마의 인덱스가 지워져 있었어요. 당신이 그랬죠?"

"그랬지."

"…."

생각보다도 순순히 시인해버린 탓에 지민은 울컥 화를 낼 타이밍을 놓쳤다. 지민은 입술을 깨물었다. 어차피 정상적인 아버지의 모습을 바란 적도 없었다. 하지만, 엄마를 그렇게 혼자 둔 것도 모자라서….

"그건 네 엄마의 부탁이었다."

현욱이 지친 표정으로 말했다. 지민은 무어라 말하려다 입을 다물었다.

"원래는 마인드를 남기는 것도 완강히 거부했어."

현욱은 무덤덤하게 말했다.

"어차피 의식이 남는 건 아니라고 설득했지. 마인드를 남기는 대신 너희 엄마는 세상에서 잊히는 걸 조건으로 건 거다. 그게 마지막 부탁이었으니, 그대로 해줬을 뿐이다."

너희 엄마, 라는 말이 유난히 따갑게 들려왔다. 현욱이 그녀를 자식들의 엄마가 아닌 한 사람으로서 대한 적이 예전에는 있었을까. 있었더라도 그건 아주 오래전이었을 것이다. 그렇지 않았더라면 적어도 엄마를 집에 두고 그렇게 밖으로만 나돌지는 않았겠지. 지민의 엄마에 대한 감정은 체념이었지만, 가족을 버리다시피 한 현욱에 대한 감정은 분노에 가까웠다. 하지만 그런 이야기도 이제는 오래된 일이다. 그에게 불필요한 감정을 낭비하지 않겠다고 마음먹었다.

"당신이 엄마를 마인드로 남긴 이유는 굳이 묻지 않을게요. 그래놓고 다시 연결을 끊은 이유도요. 그런 걸로 죄책감을 어떻게든 무마해보려는 시도였겠죠. 어쨌든 저는 엄마를 만나봐야겠어요."

지민은 감정을 꾹꾹 눌러 담으며 말했다. 현욱이 왜 굳이 사랑하지도 않았던 엄마를 마인드로 기록했는지는 알 수 없다. 그냥 변덕이었을 수도 있다. 의미를 부여하고 싶지 않았다. 지민은 대신, 엄마를 검색하기 위해서는 현욱의 도움이 필요하다는 이야기를 꺼냈다.

"그러니까… 가지고 있는 유품을 보게 해줘요."

"왜 만나려는 거냐?"

현욱이 물었다. 지민은 말문이 막혔다. 현욱은 무신경하게 말을 이었다.

"살아 있는 동안 이미 서로에게 상처를 많이 주었다고 생각하는데. 그냥 그대로 놔두는 게 나을 수도 있어."

이제 와서 마치 엄마를 생각해주는 것처럼 이야기하다니. 지민은 현욱에게 무어라 쏘아붙이고 싶었지만, 입을 다물었다.

사실 지민도 그랬다. 처음부터 엄마를 간절히 만나고 싶어 했던 것은 아니다. 시작은 충동에 가까웠다. 하지만 엄마가 분실되었다는 사실을 알고 나서는, 무언가 달랐다. 지민은 가라앉은 목소리로 말했다.

"아직도 엄마에 대해서 모르는 게 너무 많아서요."

엄마는 좋은 엄마가 아니었다. 하지만 그래도 그렇게 원래 없었던 존재처럼 사라져서는 안 되는 거라고, 지민은 생각했다.

현욱은 지민을 집에 딸린 다락방으로 데려갔다. 그곳에 엄마의 유품을 보관해두었다고 했다.

그가 엄마의 흔적을 모두 내다 버렸을지도 모른다는 예상과 달리 그곳엔 많은 물건들이 남아 있었다. 그렇지만 그중 대부분은 엄마의 유품이라기에는 모호한 물건들이었다. 유민과 지민의 어린 시절 앨범들, 장난감과 옷, 교과서, 그리고 낡은 육아 일기가 있었다. 지민은 육아 일기를 몇 장 넘겼다. 산후우울증이 출산 직후에 발병한 것은 아니었는지 비록 한 달 정도였지만 성실하게 기록되어 있었다. 한때 그녀는 좋은 엄마였을지도 모른다.

그러나 결국 여기에 있는 물건들도, 전부 김은하 본인에 대한 것이 아니라 타인에 관한 물건들이었다. 입맛이 썼다. 고개를 돌려 현욱을 보니 그는 무덤덤한 표정으로 가만히 서서 지민이 하는 양을 지켜보고 있었다.

"더 없어요?"

현욱은 다락방의 다른 면에 있던 책장을 가리켰다.

그곳에는 수십 권쯤 되는 종이책들이 꽂혀 있었다. 대개는 요리와 육아를 다룬 실용 서적들이었다. 지금은 모두 입체 전자책으로 대체되었지만, 엄마가 젊었던 시절만 해도 종이책을 출간하는 곳들이 남아 있었다. 현욱이 엄마의 책들을 아직 버리지 않았다는 점은 조금 의외였다.

하지만 책들을 찬찬히 둘러보던 지민은 내심 실망한 기분을 숨길 수 없었다. 이런 책들을 가지고 마인드를 찾을 수는 없을 것이다. 아무리 종이책이 드물었다고 해도 어차피 엄마에게는 몇 번 읽은 것이 전부인 책들일 테고, 특별한 기억이 얽혀 있다고 볼 수는 없을 테니까.

아무래도 도움이 될 만한 물건은 별로 없어 보였다. 차라리 엄마가 남긴 몇 안 되는 육아 일기를 가져가야 할까. 그나마 가능성이 있을지도 모른다.

시선을 돌리려던 지민에게, 문득 무언가가 눈에 띄었다.

책장을 채운 실용 서적들 사이에 네 권쯤 되는 책들이 있었다. 제목으로 보아 소설 같았다. 다른 책들과 달리 보관 상태가 좋아 보였다. 그렇지만 단순히 사놓고 읽어보지 않은 책이라 깨끗한 것인지도 모른다. 지민이 아는 엄마는 소설을 즐기지 않았다. 글을 썼다는 이야기를 들은 적도 없다.

그래도 혹시나, 하는 마음에 책을 꺼내봤지만 역시나 저자는 다른 이름이었다. 짧은 순간 품었던 괜한 기대가 스스로도 우스워서 지민은 김이 새는 기분이 들었다.

지민은 실망한 기색을 비치며 책을 다시 책장에 꽂았다. 그때 현욱이 입을 열었다.

"한 번도 말해주지 않더냐?"

"뭘요?"

현욱은 턱짓으로 책을 가리켰다.

"맨 뒷장을 봐라."

마지막 페이지를 폈지만 출판사 이름이 적힌 여백과 접힌 날개 외에는 없었다. 혹시나 해서 날개에 있는 책 리스트를 쭉 훑어보았으나 엄마의 이름은 보이지 않았다. 대체 뭘 찾아보라는 거야? 지민은 다시 그 앞으로 페이지를 넘겼다.

현욱이 고개를 끄덕였다.

하지만, 이건 그냥 서지 정보인데.

그렇게 생각하며 페이지를 훑어보던 지민의 시선이 흠칫 멈췄다. 작은 책갈피가 꽂혀 있었다. 표지 삽화가 그려진 얇은 코팅 종이를 자른 것이었다.

책갈피를 들어 올리자 가려져 있던 글씨가 보였다.

표지 디자인, 김은하.

열흘 만에 처음으로 찾은 은하의 이름이었다.

현욱이 말했다.

"너희 엄마가 일하던 곳에서 펴낸 책이야. 지금은 이런 종이책을 찾아보기도 어렵지만."

지민이 손으로 책갈피를 만지작거리며 물었다.

"엄마가, 출판사에서 일했어요?"

"너를 낳기 전까지 다녔을 거다."

인덱스가 있었다.

생각지도 못한 곳에.

애초에 엄마의 과거를 깊이 생각해본 적이 없었다. 직장에 다니고 어딘가에 소속되어 그녀의 이름이 쓰인 무언가를 만들었으리라는 생각도. 지민이 알던 엄마는 언제나 집 안에서 무기력한 얼굴을 한 모습이었으니까. 하지만 왜 몰랐을까. 너무 당연한 일이었다. 은하에게도 지민을 낳기 전의 삶이 있었을 것이다. 우울증이 재발하기 전의 삶. 아이라는 족쇄에 아직 걸리지 않았던 때. 그리고 어쩌면, 그녀의 진짜 삶을 가졌던 때가.

지민의 표정이 어두워지는 것을 본 현욱이 덧붙였다.

"어차피 출판사는 다 망해가고 있었어. 미디어 회사들에 모두 통합되어서 책 위주로 출간하는 곳은 사양산업이 된 지도 한참이었고."

지민은 멍하니 엄마의 이름을 쳐다보았다.

"뭐, 버티고 있었으면 1년, 아니면 2년쯤 더 일할 수 있었을지도 모르겠지만. 그게 의미가 있는 것 같지는 않다. 하필 그때 출산휴가를 낸 너희 엄마가 우선순위에 올랐을 뿐이지. 그게 네 탓은 아니었어."

현욱은 지민의 표정이 굳는 것을 보고 건넨 말이었겠지만, 그의 말이 틀렸다고 할 수는 없었다. 임신이 아니었더라도 언젠가 은하는 출판사를 그만두어야 했을 것이다. 지민의 어린 시절 기억에도 종이책들은 대부분 사라진 지 오래였으니까.

하지만 가슴이 싸늘해졌다. 그녀에게 주어진 유일한 선택지가 종이책 표지를 만드는 일만은 아니었을 것이다. 버티고 있었다면, 어떻게든 붙잡고 있었다면, 그녀는 다른 일을 할 수 있었을지도 모른다. 그림을 그리거나, 무언가 다른 인쇄물을 디자인하는 일이나….

"그냥 운이 나빴다고 생각한다, 나는. 네 엄마의 병이 하필 출산과 같이 재발할 줄은 몰랐지. 그것만 아니었어도."

"…."

"어차피 아이를 가지면서 일을 잠시 그만두는 건, 언제나 있어 온 일이었으니까."

지민은 얼마 전 자신이 팀장에게 들었던 말을 떠올렸다. '그래도 처음에는 엄마가 아이를 직접 키우는 게 좋다고 생각하거든.' 혹시 그게 엄마의 발목을 붙잡았던 걸까.

언제나 있어온 일이었다고? 지민은 현욱처럼 속 편하게 생각할 수 없었다. 모든 상황은 도미노처럼 연쇄적으로 사람을 무너뜨린다.

만약 그때, 엄마가 선택해야 했던 장소가 집이 아니었다면 어땠을까. 어떻게든 어딘가에서 무언가를 만들고 있었다면. 표지 안쪽, 아니면 페이지의 가장 뒤쪽 작은 글씨, 그도 아니면 파일의 만든 사람 서명으로만 남는 형편없는 존재감으로라도. 자신을 고유하게 만드는 그 무언가를 남길 수 있었다면. 그러면 그녀는 그 깊은 바닥에서 다시 걸어 나올 수 있지 않았을까. 그녀를 규정할 장소와 이름이 집이라는 울타리 밖에 하나라도 있었다면. 그녀를 붙잡아줄 단 하나의 끈이라도 세상과 연결되어 있었더라면.

그래도 엄마는 분실되었을까.

"유품이 필요하다며? 그걸 가져가. 너희 엄마에게 중요한 물건이었는지는 잘 모르겠다만."

"아빠."

현욱이 돌아서려던 순간 흠칫했다. 그의 발걸음이 부자연스럽게 멈추어 섰다.

"아빠는 그동안 한 번도 엄마를 찾은 적 없어요? 그럼 접속해본 것도 아니고. 고작해야 유언을 들어준답시고, 가서 인덱스를 지워버린 게 다예요?"

정확히 누구를 원망하고 싶은 것인지도 이제는 알 수 없었다. 지민은 그냥 누군가를 향해서 화를 내고 싶었다.

"그렇게 엄마를 세계에서 고립시키고, 완전히 죽지도 못한 채로, 어디에도 연결되지 않은 사람으로 만들면서, 단 한 번도 미안한 적이 없었어요? 후회한 적도?"

그건 지민 스스로를 향한 질문인지도 모른다.

정적이 흘렀다. 현욱의 표정은 알 수 없었다. 그의 뒤통수를 뚫어져라 보고 있으면, 그의 생각을 알 수 있을까 싶었다.

한참이 지난 후에야 현욱의 낮은 목소리가 침묵을 깨고 들려왔다.

"지민아. 넌 마인드에 한 번도 접속해본 적이 없다고 그랬지."

현욱의 목소리가 잠겨 들었다.

"나는 봤어. 그건 너무 진짜 같았다."

"…."

"죽어서까지 나를 만나는 게… 고통일 거라고 생각했어. 단 한 번이었지. 더는 만날 수가 없었다."

지민은 마른 침을 삼켰다. 숨이 목에 걸린 듯 넘어가지 않았다.

현욱은 틀렸다. 엄마를 찾아야 했다.

*

스무 살의 엄마, 세계 한가운데에 있었을 엄마, 책의 화자이자

주인공이었을 엄마. 인덱스를 가진 엄마. 쏟아지는 조명 속에서 춤을 추고, 선과 선 사이에 존재하는, 이름과 목소리와 형상을 가진 엄마.

지민은 엄마를 상상했다. 어쩌면 한때 그녀는 지민을 닮았을지도 모른다. 그녀도 아이를 가져서 두려웠을까. 그렇지만 사랑하겠다고 결심했을까. 그렇게 지민 엄마라는 이름을 얻은 엄마. 원래의 이름을 잃어버린 엄마. 세계 속에서 분실된 엄마. 그러나 한때는, 누구보다도 선명하고 고유한 이름을 가지고, 이 세계에 존재했을 김은하 씨. 지민은 본 적 없는 그녀의 과거를 이제야 상상할 수 있었다.

그녀를 용서하거나 그녀에게 용서를 구할 생각은 없다. 그러기에는 너무 늦었다. 한때 그녀가 누구였건, 지민과 관계 맺었던 은하는 자신에게 한 번도 제대로 된 사랑을 준 적 없는 형편없는 엄마였다. 살아 있는 동안 너무 많은 상처를 주고받았다.

하지만 해야 할 말이 있었다.

다급히 도서관에 도착했을 때, 짐을 한가득 들고 있는 지민을 직원들이 놀란 얼굴로 보았다. 지민의 얼굴을 알아본 직원이 다가와 짐을 거들었다. 지민은 곧장 관리자를 찾았다. 그는 사서와 함께 인포메이션 창구로 와서 물건들을 살펴보기 시작했다. 그중 지민이 내민 것은 현욱의 집에서 가져온 책들이었다. 네 권의 종이책은 무거웠다. 이제는 거의 쓰이지 않는 종이책이 도서관에 등장하자 지나가던 사람들이 흘끔거렸다. 책의 표지는 일관성이 있었다. 은하가 가졌을 감각과 취향이 보였다.

시냅스 스캐닝으로 특정한 마인드를 찾아내면, 보안카드에 있는 인덱스와 연결되고 화면에 이름이 뜰 것이라고 사서는 설명했다. 한 권의 책을 시냅스 스캐닝하는 데 5분이 조금 넘는 시간이 걸린다고 했다.

첫 번째 스캐닝에서 지민은 셀 수 없이 많은 이름들이 정렬되어 나오는 것을 보았다. 엄마의 이름은 보이지 않았다. 초조했다. 시선이 발끝에서 떨어지지 않았다. 그러나 지민은 확신하고 있었다. 사서도 머뭇거리지 않고 다음 책을 스캐닝했다. 화면의 퍼센티지가 올라가는 것을 지켜보며 그가 조심스럽게 물었다.

"혹시, 그분이 직접 쓰신 책인가요?"

"아뇨. 그건 아니지만…."

두 번째 책을 스캐닝할 때까지도 결과는 크게 좁혀지지 않았다. 너무 많은 마인드들이 연결되어 있었다. 하지만 점차 줄어드는 것은 분명히 보였다. 아직 지민의 표정에는 실망한 기색이 없었다. 세 번째 책이 끝나고, 네 번째 스캐닝. 주위에 있던 직원들이 모두 지민을 둘러싸고 결과를 기다렸다.

정적. 이따금 침묵을 파고드는 기침 소리. 초조한 시선들.

"아, 나왔어요."

사서가 손을 내밀어 모니터에 뜬 이름을 가리켰다.

수많은 문자 사이에서 지민은 엄마의 이름을 알아보았다.

김은하.

지민은 고개를 끄덕였다. 목이 탔다.

마인드 접속기는 카드를 인식하고 접속을 시작하게 되어 있었다. 사서가 긴장된 눈빛으로 옆에서 기계를 건네주었다. 지민이 은하의 이름이 적힌 카드를 가져다 대자 파란색 조명이 켜지면서 접근 허가 안내가 떴다. 접속기는 단출한 구성이었다. 대뇌 피질에 신호를 보내는 가상현실 구현 헤드셋을 착용하고, 기계의 안내에 따라 의자에 앉아 눈을 감는다.

눈을 떴을 때, 지민의 앞에 펼쳐진 장면은 흐릿했다. 엄마는 소파에 앉아 있었다. 그녀는 지민에게서 반쯤 등을 돌린 채로 장벽 너머에 있는 무언가를 주시하고 있었다. 지민이 마지막으로 기억하는 엄마의 모습보다 조금 더 나이 들어 보였다. 입가에 팬 주름과 약간은 희끗희끗하게 센 머리가 보였다.

조금씩 주위의 풍경이 선명해졌다. 이제 지민은 이곳이 어디인지 알 수 있었다.

지민과 엄마는 작은 서재에 있었다. 한 번도 실제로 본 적은 없는 가상의 공간이다. 책과 노트, 벽을 채운 그림들, 은하가 지민의 엄마이기 전에 사랑했던 것들, 자신의 삶을 구성했던 것들로 채워진 공간. 지민은 책상 한쪽에 놓여 있는 자신과 유민의 사진을 보았다.

공간 속에서 은하는 어느 때보다도 선명해 보였다. 그녀가 살아 있던 때에, 지민은 이따금 엄마가 공기 중에서 사라져버릴 것 같다고 생각했었다. 문득 떠올린 것은, 엄마와 함께 살던 집에는 엄마만의 방이 없었다는 사실이었다.

은하는 고개를 돌려 공간 속으로 들어온 지민을 보았다. 그녀의 표정은 해석할 수 없었다. 너무 사람 같다고 하던 사람들의 말은 틀린 게 아니었다. 지민은 속으로 되뇌었다.

엄마는 죽었다. 여기에 있는 건 엄마가 아니다. 나는 엄마를 용서할 수도, 용서를 빌 수도 없다. 모든 것은 끝난 뒤에 덧붙여지는 사족이다.

하지만 이대로 떠날 수도 없다. 무슨 말을 해야 할까? 미안하다거나, 그녀를 용서한다는 말을 하고 싶은 것은 아니었다.

"갑자기 찾아와서 놀랐죠? 하고 싶은 말이 있어서…."

은하는 지민이 입을 열어 말하는 것을 멍하니 보았다. 그리고 다시 시선을 돌렸다. 이제 그녀는 자신의 물건들이 진열된 책장을 보고 있었다. 하지만 지민은 은하가 자신의 말을 기다리는 것 같다고 생각했다.

어떤 사람들은 마인드가 정말로 살아 있는 정신이라고 말한다. 어떤 이들은, 이건 단지 재현된 프로그램일 뿐이라고 말한다. 어느 쪽이 진실일까? 그건 영원히 알 수 없을지도 모른다.

그러면, 어느 쪽을 믿고 싶은 걸까?

"무슨 말을 하더라도, 그게 진짜로 엄마의 지난 삶을 위로할 수 있는 건 아니겠지만…."

지민은 한 발짝 다가섰다. 시선을 비스듬히 피하던 은하가 마침내 지민을 정면으로 바라보았다. 지민은 알 수 있었다.

"이제…."

단 한마디를 전하고 싶어서 그녀를 만나러 왔다.

"엄마를 이해해요."

정적이 흘렀다. 은하의 눈가에 물기가 고였다. 그녀는 손을 내밀어 지민의 손끝을 잡았다.

|수상 소감|

실패와 오류투성이의 과학소설 쓰기

SF를 좋아하기 시작한 순간이 언제였는지는 정확히 기억이 나지 않는다. 소녀 시절의 나는 과학 논픽션 책들의 세례 속에 자랐고, 어쩌면 그 작가들이 이미 현실인 것마냥 천연덕스레 외계인과 우주여행, 가상현실, 지구와는 다른 방식으로 진화한 생명체들을 이야기하고 있었기 때문인지도 모른다. 아니면 좋아하던 드라마의 주인공이, 한 우주탐사 시리즈에 나오는 바가지 머리 외계인의 열렬한 팬이었기 때문인지도.

그렇게 SF는 내게 익숙한 공기였지만, 막상 직접 쓰겠다는 결심을 하기까지는 오랜 시간이 걸렸다. 써보자고 어렵게 마음을 먹은 이후로도 정말 엉망진창이었다. 나보다 훨씬 큰 전투 로봇에 올라탄 느낌이었다. 손발은 허우적거렸고, 뜻대로 되지 않았다. 시행착오의 순간들이었다.

그건 내가 과학을 해보고 싶다며 실험실에 들어가 겪은 일들과도 비슷했다. 아니, SF를 쓰는 과정은 정말로 일종의 실험 같다. 세계를 만들고 인물들을 세우고 예측한 길을 가도록 굴려보지만 항상 어디선가 문제가 생긴다. 애초부터 가설이 틀린 건지, 내가 손이 서툴러 잘 안 되는 건지 원인도 모르겠다. 나름대로 과학적이라고 생각했던 설정은 항상 어디선가 구멍이 나 있고, 얼기설기 채워 넣다 보면 어느새 예측과는 다른 진실이 드러난다. 결과는 갈릴레이의 수평면처럼 매끈하지도 않다. 그럴싸한 설명을 제시해보려고 했는데, 남는 것은 또 다른 질문들뿐이다.

그래도 최악인 건 아니다. 과학의 좋은 점 중 하나는 실패가 완전한 실패를 뜻하지는 않는다는 것이다. 틀리지 않는다면 새로운 무언가를 찾아내는 일도 불가능하다.

오랜 시도 끝에, 나는 글을 쓰는 일도 비슷한 것 같다고 생각하게 되었다. 실패는 그리 나쁘지 않다. 그게 과학소설이라면 더더욱.

탈고를 마치고 접수 메일을 보낸 이후에, 한동안 나는 나를 다른 세계로 데려가준 글들에 대해 곰곰이 생각했다.

세상이 그 한 편의 SF에 대해 무엇이라고 말하든, 내가 사랑하는 글들은 나의 인식을 조금 확장시켜왔다. 너무 작은 확장이어서 사실은 잘 눈에 띄지도 않지만, 그래도 원래의 경계선 밖으로 약간 밀어 넓혔다. 나는 SF가 주는 그런 감각을 사랑했다. 지구의 이 좁은 시공간에 갇힌 내가 어느 다른 우주를 유영하며 다른 존재를 만나는 꿈을 꾸면 늘 숨이 트였다. 가능하다면 나도 함께 그 경계에 있고 싶었다. 들고 있는 도구라고는 초라한 글쓰기뿐이라고 해도.

그러니까, 사실 실험의 성공 여부는 중요하지 않았던 것이다.

그래도 어쩌다 보니 운이 좋아 하나의 작은 실험을 공개하게 되었다. 더없이 기쁘고 감사하다. 여전히 갈 길은 까마득히 멀고, 또 수없이 실패하게 될 것임을 알고 있다. 하지만 계속 가보고 싶다. 그러다 보면, 언젠가 그 경계에 닿을 수 있을지도 모르겠다.

가작

우리가 빛의 속도로 갈 수 없다면

김초엽

포항공대에서 화학을 전공했다. 모니터 속에서 시간여행을 하거나 비현실과 비일상의 논리적 세계를 탐독하며 밤을 새우는 삶을 살다 결국은 SF를 쓰게 되었다.
추상적인 삶의 속성들을 구체적인 과학의 언어로 포착하고, 그럼으로써 또 다른 질문들을 발굴해내는 글을 쓰고 싶다고 생각한다.

우리가 빛의 속도로 갈 수 없다면

노인은 이미 자리를 잡고 앉아 있었다. 입구를 등진 채로 정거장 밖을 바라보는 뒷모습이 보였다. 남자는 짧게 갈등했다. 놀라게 하지 않기 위해 인기척을 내야 하나 생각하던 차였다. 노인이 고개를 돌려 남자를 흘끗 보았다. 남자는 무심코 목을 살짝 숙여 인사했다. 그녀는 빙긋 웃고는 다시 유리창으로 시선을 돌렸다. 신경 쓰지 않겠다는 건가. 당혹감이 밀려오는 순간, 그녀가 말을 걸어왔다.

"미안하지만 오렌지 주스밖에 없네. 건강검진 장치의 조언에 따르면 더는 카페인을 섭취해서는 안 된다더군."

남자가 눈을 끔뻑거리는 동안, 그녀가 손에 들고 있던 작은 오렌지 주스 팩을 들어 올렸다.

"자네도 한잔하겠나?"

"죄송하지만, 저도 저당류 식단을 권유받아서요."

남자가 사람 좋은 웃음을 씩 지으며 대꾸하자 노인은 어깨를 으쓱했다.

"무가당 주스도 내 개인 우주선에 준비되어 있네. 맛이 좀 끔찍하지만."

아무렇지 않은 척 대꾸하기는 했지만, 노인의 첫인상은 어딘가 당혹스러웠다. 게다가 개인 우주선이라니. 남자는 얼굴을 찡그리면서 그녀가 가리키는 통로를 보았다. 외부에서 이곳 대합실로 오려면 거쳐야 하는 통로였다. 통로 끝에는 평소와 달리 다른 우주선과의 도킹 상태를 의미하는 초록색 조명이 밝혀져 있었다. 오면서 보았던 초라한 우주선 하나가 그녀의 소유였던 모양이다. 물론 우주선이라고 하기에는 지나치게 작았다. 고작해야 지구 지표면과 이 위성 궤도를 오갈 수준의, 우주선보다는 셔틀이라고 부를 만한 것이었다.

남자가 잠시 생각에 잠긴 동안 노인은 다시 유리창으로 고개를 돌렸다. 쪼르륵, 하고 거의 다 비어버린 팩 주스를 빨아올리는 소리가 정적 속에 울렸다. 노인은 다 마신 팩을 손으로 흔들어보더니 옆의 의자에 올려놓았다.

노인이 앉은 자리는 유리창 바로 옆이었다. 그녀의 뒤로 네 칸짜리 긴 의자가 일렬로 놓여 있었고, 푹신한 가죽 시트는 금속 손잡이로 각 칸이 구분되어 있었다. 그제야 대합실이 시야에 들어왔다. 이 장소는 오래된 교통수단들의 역 로비를 충실히 재현하고 있었다. 남자는 오래전 버스나 기차의 로비 사진을 본 적이 있다. 아마 그곳에 가본 사람이라면, 이 정거장에서 어떤 정취를 찾아내리라는 생각이 들었다.

고개를 돌리자 다른 것들도 보였다. 벽에는 공용어로 '우주 여행자들을 위한 운행 시간표'라고 적혀 있었고, 그 밑에는 흐려져 정확히 알아볼 수 없는 시간들이 빼곡히 있었다. 서너 개가 넘어 보이는 로고들로 판단할 때 여러 회사의 공용 정거장 같았다. 로비 구석에는 인포메이션 창구가 자리했고 창구의 투명한 유리창 안쪽에는 안내 로봇이 서 있었다. 놀랍게도 로봇은 아직 작동했는데, 이마의 불빛을 깜빡이며 안내 방송을 반복하고 있었다.

대합실 한쪽 벽면은 바닥부터 천장까지 투명한 유리창이었다. 궤도를 따라 도는 인공위성들이 각각 다른 속도로 옆을 스쳐 갔고 뒤로는 둥글고 푸른 지구가 배경처럼 펼쳐져 있었다. 남자는 말없이 지구를 바라보고 있는 노인의 옆에 가서 앉았다. 그녀는 신경 쓰지 않는 듯했다. 남자는 선뜻 입을 열지 못했다. 처음부터 본론을 꺼내면 실패할 수 있으니 우선 노인의 이야기를 들어보라던 조언이 떠올랐다. 남자가 물었다.

"저, 혹시, 어르신은…."

"안나라고 부르게."

"아, 네, 안나 씨는 어디로 가시는 겁니까?"

그녀는 시선을 창밖에 둔 채로 대꾸했다.

"슬렌포니아 행성계."

"그곳은 아주 멀 텐데요."

"그래서 여기에 와 있는 것이지."

노인은 품에서 무언가를 꺼내 들었다. 오래된 티켓 한 장이었다. 모퉁이가 낡았지만 티켓 자체는 잘 보관된 듯 아주 빳빳했다. 노인이 티켓을 남자 가까이 내밀었다. 티켓에는 언제든지 원하는 시간에 떠날 수 있다는 문구와 목적지가 적혀 있었다. 슬렌포니아 행성계, 제3행성.

"먼 우주로 가는 우주선들이 여기서 출항한다고 들었네. 물론 가까운 우주로 가는 우주선들이 더 많은 모양이네만…. 그래도 여기는 나 같은 사람들의 유일한 희망이지."

"여기에 슬렌포니아로 가는 우주선도 있나 보군요."

남자가 쾌활한 어조로 말했다. 안나는 잠시 눈을 가늘게 뜨고 콧등을 찡그리더니 남자에게 물었다.

"자네는 여기 무슨 일인가? 승객으로는 안 보이는데, 직원인가?"

직원이냐는 말에 남자는 흠칫했다. 승객처럼 보이는 데는 실패한 모양이다.

"말하자면 그런데요. 사실 이 정거장은 처음 와봅니다."

"직원인데 그럴 수가 있나?"

"그냥 파견직이니까요. 지구 궤도에만 해도 어마어마한 수의 인공위성들이 있는데, 회사들이 일일이 관리하기 귀찮으니 위성 관리 업체에 떠넘긴 거죠. 워낙 여러 궤도를 다니다 보니 제대로 파악하기도 어렵습니다. 오늘은 이 정거장에 있지만, 일주일쯤 뒤엔 다른 곳에 가 있을 수도 있거든요. 아, 그때는 안나 씨도 여기 계시지 않겠군요."

그사이에 두 개의 대형 인공위성이 두 사람의 옆을 스쳐 갔다.

"정거장이 점점 많아지는군."

"그렇죠. 우주 개척 시대에 들어선 지도 벌써… 한참이 지났는데도, 아직 지구가 많이 비좁은 모양입니다."

남자는 노인의 눈치를 보았다. 노인은 말이 없었다.

노인의 이야기를 들으려고 했는데 어쩐지 제 이야기만 한 것 같았다. 조용히 창문만 보고 있는 노인을 힐끔거리며 남자는 무심코 가방 안에 손을 넣었다가, 흠칫하며 다시 손을 빼냈다. 아무 생각 없이 단말기를 꺼냈다간 노인의 눈에 띌 수도 있었다. 남자는 노인이 자신의 행동에 관심이 없었기만을 바랐다.

"슬렌포니아로 가는 우주선은 언제 출발한다던가요?"

"그건 나보다는 자네가 더 잘 알지 않나?"

"글쎄요, 제가 맡은 일은 그냥 간단한 비품 점검이 다라서요."

남자는 창구 로봇을 슬쩍 손짓했다. 로비는 깔끔하게 잘 정리되어 있었다. 아직도 자동 청소 장치가 작동하고 있는 것일까.

"그렇군. 나는 자네가 저걸 고치러 온 줄 알았네."

노인이 무언가를 가리켰다. 남자는 다시 화들짝 놀랐다. 아까는 보지 못했던 것이다. 지구가 보이는 유리창 앞에 안내 로봇이 하나 있었다. 인포메이션 창구에 있던 것과 비슷했다. 하지만 이마의 불빛은 간헐적으로 깜빡였고, 입을 느리게나마 여닫고 있었지만 목소리는 흘러나오지 않았다. 고장 났다기보다는, 죽어가는 것처럼 보였다.

"아, 네, 저런 녀석이 있었군요. 물론, 고쳐야죠."

남자는 과장된 몸짓으로 자리에서 일어나 들고 온 가방을 조금 떨어진 의자 위에 올려두었다. 그리고 유리창에 느슨하게 몸을 기대고 있는 안내 로봇에게 다가갔다. 사실 로봇 수리에 대해서는 전혀 아는 바가 없었다. 고작해야 가정용 로봇의 배터리를 교체해 본 게 다였다. 그래도 해보는 수밖에. 로봇의 등 뒤에는 충전용 전선이 바닥으로 길게 늘어져 있었다. 전선은 둥근 로비를 한 바퀴 돌아서 유리창 옆의 배선 시설로 이어졌다.

"…잘 될지는 모르겠군요."

남자는 로봇이 어떻게든 잠시라도 정신을 차리게 하고 싶었지만, 가정용 로봇과는 다른 내부 배선에 진땀만 흘렸다. 안나가 보고 있는지는 확실하지 않았다. 남자는 부품을 하나 분리하면서 질문을 던졌다.

"슬렌포니아에는 무슨 일로 가십니까?"

"제3행성에 남편과 아들이 있거든."

"멀리도 떨어져 계셨군요."

슬렌포니아 행성계에 뭐가 있었더라. 예전에 주요 행성계와 행성들의 특성을 통째로 암기한 적이 있는데도 남자는 기억이 가물가물했다. 안나가 먼저 입을 열었다.

"제3행성은 자원도 풍부하고 살기 좋은 곳이니까. 처음에는 희소 자원을 가져오기 위해서 개발되었지만 거주 환경이 좋아서 개척 이주를 한 사람들이 제법 많았지. 내 남편과 아들도 지구와는 다른 곳에서 살아보고 싶다며 개척 이주 행렬에 동참했던 거라네."

"아, 아마… 리커다트의 산지였죠."

희소 광물 이야기를 들으니 겨우 생각이 났다. 리커다트는 이제 잘 쓰이지 않는 물질이었다.

"알고 있군. 한때는 그걸 이용하면 궤도 엘리베이터도 설치할 수 있다고 시끌벅적했는데. 슬렌포니아로 유인 우주선이 처음 출항했을 때 연일 뉴스가 도배되었지. 그런데 아직도 우리는 구식 셔틀을 타고 있어. 매번 폐가 짓눌리는 느낌을 받는 것도 이제 신물이 나."

안나는 창밖의 셔틀을 눈짓했다. 궤도 엘리베이터가 또 어느 시기에 나왔던 이야기인지는 잘 모르겠다. 모르는 이야기라면 화제를 돌리는 게 상책이었다.

"신기술이라는 게 대부분 그렇지요. 그나저나 왜 그때 남편분과 함께 가지 않으셨습니까?"

"자네는 궁금한 게 많군. 붙임성이 좋은 건가?"

아주 잠깐이었지만 남자는 그 말에 드라이버를 돌리던 손을 멈추었다.

"당황하지는 말게. 호기심이 많은 건 젊음의 상징이니까."

남자는 남의 이야기를 유도해내는 데에는 영 익숙하지 않았다. 혹시 그녀가 불쾌감을 느끼면 곤란하다는 생각이 들었다.

걱정과는 달리, 안나는 그다지 신경 쓰는 눈치가 아니었다. 대신 뜬금없는 화제를 꺼내 들었다.

"딥프리징 기술을 알고 있나?"

"네, 물론이죠."

남자는 순순히 답했다.

"냉동 수면 기술의 일종이 아니던가요."

딥프리징은 인체 냉동 수면에 혁명을 가져다준 기술이었다. 하지만 현재는 냉동 수면 자체가 그리 보편적으로 쓰이는 기술이 아니었다. 의료 분야에서 드물게 이용될 뿐이었다.

"맞네, 하지만 정확히는 냉동 수면 중에서도 특정 부동액과 나노봇을 이용하는 방법을 말하지. 나는 한때 딥프리징 기술을 연구했다네. 그 기술의 핵심 부분을 내가 개발했다고 해도 과언은 아닐 걸세. 물론 흔히 그렇듯이 기술만 남고 학자의 이름은 잊히지만… 당시만 해도 꽤 영향력 있는 연구자였지. 그건 내 생의 얼마 안 되는 자부심이네."

남자는 고개를 끄덕이며 안나를 바라봤다. 지금 그녀의 모습은 한때 이름이 알려졌던 학자라고 보기에는 믿을 수 없이 초라했다.

"당시는… 소위 말하는 우주 개척 시대의 서막이 열린 때였어.

워프 항법이 상용화되고, 여러 행성의 개척에 성공하면서 연방 정부가 우주로 확장된 시기지. 다들 다른 행성에서의 새로운 삶을 꿈꾸던 시대였고, 그건 내 남편과 아들도 예외가 아니었네."

워프 항법이 널리 쓰이던 시기에 관해서라면 남자도 배운 적이 있었다. 인류가 고작해야 달이나 화성에 발을 내디디고 태양계 밖으로는 무인 탐사선만 날려 보내던 시기를 지나, 진정한 의미에서 우주 곳곳을 개척하게 된 계기가 바로 워프 항법의 발명이었다. 우주선은 비록 빛의 속도에는 도달하지 못했지만 이동하는 우주선을 둘러싼 공간을 왜곡하는 워프 버블을 만들어서 빛보다 빠르게 다른 은하로 도달할 수 있게 되었다. 지구에서 가까운 항성계의 자원이 많거나 지구와 비슷한 환경의 행성들부터 빠르게 개척이 시작되었다.

"딥프리징은 인류의 우주 개척이 다음 단계로 나아가기 위해 필요한 기술이었어. 아무리 공간 왜곡을 통해서 성간 거리를 줄이더라도 우주선이 지구에서 출발해 다른 항성계에 도달하는 데는 여전히 오랜 시간이 걸렸으니까. 가까운 항성계는 수 광년에 불과하다지만 그런 곳엔 인류에게 유용한 행성이 얼마 없었고, 먼 곳은 수백 광년부터 수만 광년이나 떨어져 있었으니 워프 항법을 이용해도 몇 년이 넘게 걸렸지. 굳이 그 시간을 다 버티자면 못할 것도 없었겠지만, 창밖 풍경이라곤 삭막한 검은 우주뿐이고 즐길 거리 하나 없는 우주선에서 멀쩡하게 정신을 유지할 수 있던 사람들이 얼마나 되었겠나? 눈을 뜨고 있는 사람은 먹고 싸는 것까지 해야 하니 실어 보내야 할 물자도 많았지. 그래서 아주 탁월한 인체 동결 수면 기술이 요구되었던 거라네. 잠든 채로 우주의 곳곳에 많은 사람을 보낼 수 있도록."

"그러면 그중에서도 어떤 것을 연구하셨던 겁니까? 냉동 수면이라고 해도 세부적인 기술들이 있을 텐데…."

남자는 무심코 자신이 안나의 이야기에 흥미를 느꼈다는 것을 깨달았다. 안나는 그저 웃었다.

"자네도 어느 정도는 들은 바가 있나 보군. 냉동 수면은 여러 단계로 구성되지. 영하 196도로 인체를 급속히 냉동하고, 같은 온도에서 수년간 안정한 상태로 동결을 유지하고, 인체가 손상되지 않도록 무사히 해동해야 하지. 당시만 해도 냉동 수면은 불완전한 기술이자 위험한 기술로 여겨졌네. 세 과정 모두에서 인체가 영구적인 손상을 입을 가능성이 있었으니 말이야. 그중에서도 사람의 체액을 어떻게 대체할 것인가 하는 문제가 가장 골칫덩어리였어. 냉동 수면 과정에서 발생하는 인체 손상은 대개 체액의 특성과 관련 있었거든. 몸 대부분을 구성하는 물이 얼면서 부피가 팽창해 세포와 조직을 손상시키고, 다시 녹을 때도 부피 변화로 인해 몸의 여러 조직이 파괴되는 문제를 해결해야 했지."

남자는 고개를 끄덕였다.

"나는 '안티프리저'라고 불리던 유기물질 혼합 용액을 연구하고 있었네. 혈액과 체액을 대체할 부동액의 일종이었어. 인체에 독성이 없어야 하고, 동결과 해동에 적합해야 했지. 게다가 나노봇과 인공효소들의 활성화에 적절한 배합도 고려해야 했고. 해동 과정에서의 세포 손상을 줄이기 위해 투입되었던 것들 말일세. 신경 쓸 게 한두 가지가 아니었다네. 아무튼 저온 상태를 유지하거나 체액을 다른 액체 화합물로 대체하는 기술은 상대적으로 빨리 개발되었지만, 인체에 무해한 부동액을 개발하는 일만큼은 냉동 수면 기술의 최종 난제로 남아 있었지. 그때까지 사용되던 부동액은 세포 손상을 완전히 막지는 못했고, 그 탓에 당시의 냉동 수면은 생애 두 번 정도로 제한되었으니까."

"그랬군요. 결국 개발에 성공하셨습니까?"

"어떻게 되었을 것 같나?"

도리어 돌아온 질문에 남자는 로봇을 고치던 공구를 손에서 놓고 눈만 끔뻑거렸다. 안나가 씩 웃었다.

"한번 들어보게. 어쨌든 나는 그 안티프리저를 개발하기 위해서 지구에 남았지. 학자로서의 호기심도 있었지만, 그때는… 무언가 인류의 미래에 기여한다는 그런 생각도 있었던 것 같네. 딥프리징은 우주 개척의 다음 단계를 위해서도 필요했지만 의료계에서도 수요가 있었어. 당시는 새로운 질병에 대한 치료법이 날마다 쏟아져 나오던 때였으니까. 아무리 치명적인 병을 앓는 환자여도 한 10년쯤 얼어 있다 깨어나면 누군가가 해결책을 찾아두었을 거라는 희망을 가질 수 있던 시대였지. 마치 인류 지성의 황금기를 보는 것 같았다니까."

과거를 이야기하는 안나의 눈은 반짝거렸다. 남자는 그녀가 말하는 시기가 어느 때인지를 속으로 헤아려보았다.

"남편과 아들이 슬렌포니아로 떠나기로 했을 때, 나는 내 연구가 거의 끝에 도달했다고 생각했다네. 실제로도 끝이 보였지. 연일 새로운 논문이 나오고 있었고 상용화는 바로 눈앞에 있었단 말일세. 남편과 아들 내외가 먼저 슬렌포니아로 떠나고, 나는 연구를 마무리 지은 다음에 가기로 했어. 지구에서의 삶도 마음에 들었지만 아예 다른 행성에서 새로운 삶을 시작하는 것도 기대가 되었지. 중년의 환상이려나. 슬렌포니아는 아름다운 풍경으로도 유명하잖나. 이미 개척 2세대가 거주 중이니 그리 험난하지도 않을 테고. 남편과 아들을 먼저 보낸 건 이왕 정착할 거면 일찍 가서 적응하는 것이 나을 거라고 생각했기 때문이네. 그때는… 이렇게까지 지연될 줄 몰랐던 것이지."

이야기를 이어가던 안나의 어조가 순간 차분해졌다. 남자는 마른 침을 삼키며 안나의 다음 이야기를 기다렸다. 안나는 어깨를 한번 으쓱하곤 말을 이었다.

"하지만 요즘은 그런 생각을 한다네. 설령 알고 있었더라도, 막상 그때로 돌아가면 내가 해왔던 모든 것을 포기하고 슬렌포니아로 갈 수 있었을까? 고민해봐도 쉽게 답을 내릴 수가 없네. 물론 해봐야 의미 없는 상상이긴 하지만."

"저였어도 포기하기 어려웠을 겁니다."

"그렇게 생각하나?"

안나는 미소 지었다.

"어쨌든, 미래가 바로 눈앞에 있었지. 딱 한 발짝, 한발만 더 내디디면 인류는 딥프리징을 이용해 깊은 잠을 자면서 더 먼 별들 사이로 퍼져나갈 테고, 우주는 인류의 손에 들어올 것이라고… 나는 그렇게 확신했다네. 호기심과 결의가 뒤죽박죽 섞인 열정으로 가득했지. 우리의 프로젝트는 거의 마무리 단계에 도달했어. 사소한 몇 가지 문제를 해결하기만 하면 되었지. 하지만 삶이란 정말 예측할 수 없더군."

안나가 거기에서 말을 멈추었을 때, 남자는 묘한 기분이 들었다.

"자네도 아마 그다음에 일어난 일을 알고 있을 거야. 우주 개척 시대의 2차 혁명이라고 불리던 것 말일세."

"음… 아마."

남자는 잠시 생각했다.

"고차원 웜홀 통로의 존재가 알려졌죠."

안나는 웃었다. 이번에는 그 웃음이 조금 씁쓸해 보였다.

"그랬지."

워프 항법은 우주 개척 시대의 눈부신 전성기를 열었지만 인류에게 무한대의 속도를 제공해주진 못했다. 다른 은하까지는 짧게는 몇 개월, 길게는 10년이 넘게 걸렸다. 하지만 인간의 생명은 고작 100년을 조금 넘는 사이클에 맞추어져 있었고, 그중에서도 왕성하게 활동할 수 있는 시기는 수십 년에 불과했다. 한때 사람들이 딥프리징 기술을 유일한 대안이자 해결책으로 제시했던 것도 바로 유한한 인간의 시간과 무한한 우주 사이의 간극을 좁히기 위함이었다.

물론 그런 중에도 누군가는 성간 항해 기술에 다른 가능성이 있을지 모른다고 이야기했다. 예컨대 우주에 수많은 '벌레 구멍'이 있다는 이론이 그 일례였다. 우주는 거대한 사과와 같고, 벌레들이 파먹어놓은 구멍들처럼 우주의 곳곳에는 공간과 공간 사이를 연결하는 고차원의 웜홀들이 존재한다는 이야기였다. 그렇게 고차원 통로를 이용하면 시간 지연 없이 우주의 한쪽에서 다른 한쪽으로 도달할 수 있을 것이라는 생각은, 처음에는 지나치게 허황된 것으로 여겨졌다. 매우 작은 스케일에서는 고차원 통로를 관측하는 데에 성공하기도 했지만 거시적인 우주에서 이 웜홀을 이용한다는 것은 불가능해 보였고, 이미 워프 버블이라는 훌륭한 항해 기술도 있었기에 주목받지는 못했다.

웜홀이 재조명받게 된 것은 우연한 사건 때문이었다. 항해 중이던 우주 탐사선 한 대의 신호가 갑자기 소멸되었는데, 아무리 경로 추적을 해도 도저히 찾을 수가 없었다. 탐사선은 아주 엉뚱한, 거의 우주의 반대편이라고 말할 법한 장소에서 발견되었다. 한 물리학 연구팀은 이 신호 소멸을 끈질기게 추적했다. 그리고 마침내, 당시 탐사선이 연구 목적으로 발생시켰던 특수한 액시온 입자선이 우주 공간의 웜홀을 활성화했다는 사실을 밝혀냈다. 이어진 후속 연구는 우주 개척의 패러다임을 바꾸었다. 웜홀은 원래 아주 불안정해서 우주선과 같은 거대한 물체와는 상호작용하지 않는다는 정론이 뒤집혔고, 실종된 탐사선의 사례를 따라 웜홀을 안정화할 수 있는 기술이 속속들이 발표되었다.

우리 우주에는 이미 셀 수 없이 많은 웜홀들이 있었다. 인류는 단지 이 통로들을 이용하기만 하면 되었다.

"우주 개척 시대의 첫 번째 막이 저물고, 두 번째 막으로 진입하던 순간이었지."

남자는 미간을 살짝 찌푸렸다.

"그러면 혹시 하시던 연구가 웜홀의 발견으로 엎어진 겁니까?"

"오, 그렇지는 않았다네. 결론부터 이야기하자면 우리는 결국 프로젝트에 성공했네."

안나는 미소 지었다. 남자의 반응이 재미있다는 태도였다. 하긴, 딥프리징이라는 기술이 단지 우주 항해에만 필요한 기술은 아니었으니 한순간에 엎어지지는 않았을 것이다. 남자는 찌푸렸던 미간을 다시 폈다.

"물론 아쉽기도 했지. 실제로 우리의 연구에 대한 주목도도 예전보다는 떨어졌다네. 딥프리징이 그렇게 많은 연구비를 지원받을 수 있었던 건 역시 우주 개척의 마지막 희망이라는 상징성이 컸는데, 웜홀 통로의 발견으로 성간 항해 기술의 주축이 완전히 이동했으니까."

남자가 태어난 시대에는 그렇게 갑작스러운 기술 혁명은 상상하기 어려웠다. 이미 안나 세대의 사람들이 수많은 시행착오를 거친 이후여서인지도 모른다. 안나는 이야기를 잠시 멈추고 남자의 앞에 있던 로봇을 눈짓했다. 로봇을 고치겠다던 것은 까맣게 잊고 어느새 안나의 이야기에 집중하고 있었다. 불빛이 희미해진 로봇을 앞에 두고 남자가 망설이는 사이에 안나가 태연히 이야기를 이어갔다.

"어쨌든 하던 일은 마무리해야 했어. 여전히 의료 분야에서는 우리 연구가 필요했다네. 우주 개척의 선도자들은 그들대로 새로운 시대를 열고, 우리는 우리대로 이 연구를 끝내야 했지. 그런데 약간 문제가 있었어."

안나의 목소리가 조금 가라앉았다.

"연방 정부와 대중들의 관심 대상이 급변해버린 탓에 그다음 해부터 연구 지원금이 많이 줄었어. 연구를 마무리 못 할 정도는 아니었지만, 계약직 테크니션들을 재고용할 수 없었다네. 일손이 줄었지. 평소보다 조금 더 업무량이 늘고, 프로젝트 종료 시기가 늦춰졌어. 물론 그것 때문에 연구를 끝내지 못한 건 아니야. 말했다시피 프로젝트는 마무리 과정에 있었으니까. 그런데 막상 오랜 시간을 투자해온 연구가 이렇게 끝난다고 생각하니 아쉽기도 했지. 그래서 일정이 늦추어진 게 마냥 슬프지만은 않았다네. 어쨌든 모든 것이 곧 끝날 테고, 이 연구를 마무리 지으면 나는 슬렌포니아로 가게 될 테고, 지구를 떠나서 그곳에서 가족들과 여생을 보내게 될 테니."

안나는 거기까지 말하고 잠시 말을 멈췄다. 그러고는 짧은 정적 끝에 한마디를 덧붙였다.

"그때는 그렇게 생각했다네."

남자는 안나의 무덤덤해 보이는 표정 뒤에 수많은 감정이 중첩되어 있다고 느꼈다.

"해가 바뀌고, 몇 개월의 시간이 지났네. 우리는 당시 열렸던 최대 규모의 콘퍼런스에 우리 연구를 발표하기로 되어 있었지. 비록 이제 우주 개척 시대의 유일한 희망이라는 거창한 타이틀은 버려야 했지만, 그래도 그 행사에서는 가장 주목받는 세션이었어. 나는 학회가 끝나면 상용화와 관련된 계약들을 마저 체결하고, 한 달 정도의 여유를 두고 지구에서의 삶을 정리할 생각이었네. 그렇게 콘퍼런스 전날이 되었지. 자네는 그때 내가 느꼈을 긴장감을 상상할 수 있겠나? 수많은 발표를 해보았는데도 그날 밤처럼 떨리던 때가 없었거든. 당연한 일이기는 해. 10년을 바친 연구 결과를 발표하는 순간을, 마침내 인류가 완벽한 냉동 수면 기술을 완성했다는 중대한 사실을 내 입으로 선언하는 순간을 앞두고 있었으니까. 거울을 보면서 표정을 연습하고, 말을 다듬었네. 그런데 그때, 행정 비서에게서 전화가 걸려 왔지."

"…전화요?"

안나는 잠시 침묵했다. 다시 입을 연 그녀는 어딘가 씁쓸해 보였다.

"다급했어. 다급한 목소리로, 슬렌포니아행 우주선은 내일이 마지막 출항이라고… 하더군. 학회 일정이 있는 건 알지만, 알려드려야 할 것 같았다고."

남자는 눈썹을 찡그리며 물었다.

"말도 안 돼요. 어째서 그렇게 갑작스럽게 운항이 중지된 겁니까? 보통 개척 행성들은 연방법에 따라 지구와 오랜 교류를 유지하는…."

"자네는 먼 우주의 개념에 익숙하지 않나 보군."

남자는 당황한 표정을 짓지 않으려고 애쓰면서 입을 다물었다.

"먼 우주란 말일세…."

안나의 시선이 창밖을 향했다.

"아까 웜홀 통로가 발견되면서 우주 개척의 패러다임이 바뀌었다는 이야기를 했던가?"

"하셨죠."

"기술의 전환은 생각보다도 급작스럽게 일어나지. 웜홀 통로를 이용하는 항법은 기존의 워프 항법보다 장점이 아주 많았네. 훨씬 더 빠르고, 안전하고, 경제적이었지. 워프 항법은 우주선 주위에 일시적이고 또 국지적인 공간 왜곡 거품을 계속해서 만들어야 했으니 에너지 소모도 엄청났고 이동 시간도 많이 들었지만, 웜홀은 그냥 존재하는 통로 속으로 들어가기만 하면 되니까. 같은 돈으로 워프를 이용했을 때는 고작해야 한 군데에 우주선을 보낼 수 있었다면, 웜홀 통로를 이용하면 다섯 군데도 넘게 보낼 수 있었다네."

그녀의 말대로였다. 남자가 아는 바로도 이제 워프 항법을 이용해서 운항하는 우주선은 없었다.

"문제는… 웜홀을 이용하는 항법은, 이미 우주가 가지고 있던 통로들만 이용할 수 있었다는 거야. 새로운 통로를 만들어낼 수는 없었지. 대개의 경우는 문제가 되지 않았어. 웜홀을 안정화하는 방법이 알려진 이후로 수많은 통로가 발견되었으니까. 우주 여행의 역사가 다시 쓰였지. 슬렌포니아의 문제는 바로 거기에 있었어. 한때 슬렌포니아는 우리에게 가까운 우주였는데, 웜홀 항법이 도입되면서 순식간에 '먼 우주'가 되어버렸다네. 그곳에는 통로가 없었던 거지. 슬렌포니아 행성계로 향하는 통로도, 심지어 그 근처로 가는 통로도. 항해 기간이 길어야 한 달로 압축되어버린 새로운 개척 시대에 이미 존재하는 통로만으로도 모두 가볼 수 없을 만큼 많은 별과 행성이 있는데, 이제 뭣하러 몇 년도 넘게 잠을 자야만 갈 수 있는 곳에 우주선을 보내겠는가?"

그제야 남자는 왜 그가 전에는 슬렌포니아에 대해서 거의 들어본 적이 없었는지를 깨달았다. 남자는 온갖 행성계와 주요 행성들에 대해서 공부했지만, 슬렌포니아는 단지 한때 많은 자원을 보유했던 개척 행성이라고만 목록에 남아 있었다.

"계산기를 두드려본 우주 연방이 통보한 것이지. 슬렌포니아의 인구는 이미 독립적인 행성 국가를 유지하기에 충분하다. 더 이상의 우주선을 보낼 필요도, 경제성도, 에너지도 없다. 그리고 나는… 연구에 몰두하느라 연방이 그런 식으로 '먼 우주'의 목록에 올린 행성들에 대한 소식을 모르고 있었어. 기가 막혔지."

안나의 표정은 무덤덤했다.

"하지만 내가 그날 밤 호텔 방 안에서, 당장 뭘 할 수 있었겠나? 당장 내일은 나의 연구 결과를 듣겠다는 수천 명의 청중이 기다리고 있었지. 나는 행성 이민을 갈 준비도 전혀 되어 있지 않았어."

안나의 말투는 여전히 담담했지만, 남자는 그녀가 당시에 느꼈을 절망감을 짐작할 수 있었다.

"물론… 나는 어떻게든 시도해봐야겠다고 생각했어. 콘퍼런스가 끝나고 곧장 셔틀을 타서 우주 정거장으로 향하기로 했지. 심지어 발표를 약간 앞당겨서 끝내기까지 했어."

"성공하셨습니까?"

"아니, 실패했네. 발표 이후에 너무 많은 취재진이 나를 붙잡았지. 대답할 시간이 없다면서 빠져나왔지만, 지체된 시간은 치명적이었어."

"…."

"아마 그 과정을 소설이나 영화로 쓰라면 할 수 있을 만큼 극적이었지만… 어쨌든, 결론은 같아. 실패했지."

남자는 수리하던 안내 로봇에서 완전히 손을 놓았다. 안내 로봇은 흐릿한 불빛을 깜빡이더니 완전히 꺼져버렸다. 안나는 작동을 멈추어버린 로봇에 잠시 시선을 주었다.

"당시에는 나처럼 지구에 남겨진 사람들이 제법 있었네. 사정상 제때 떠나지 못한 사람들, 가족이나 소중한 사람들과 생이별을 하게 된 사람들이지. 그러나 우주 연방은 우리를 외면했네. 기술 패러다임의 변화로 개척 행성에서 '먼 우주'로 급격하게 밀려난 행성들은 수십 개가 넘는데, 그 수십 개의 행성에 얼마 되지도 않는 사람들을 보내기에는 경제성이 너무나 떨어진다는 거야. 우스운 일이지. 불과 수년 전까지만 해도 그 경제성이 너무나 떨어지는 방식만을 사용했던 것이 연방 아닌가."

남자는 고개를 끄덕이며, 노인의 시선이 향하는 곳을 같이 올려다보았다. 정거장 로비의 천장에는 이렇게 쓰여 있었다.

'기다리는 사람들을 위한 우주 정거장'

"한 민간단체가 우리를 돕겠다고 나섰어. 하지만 승무원들을 구하는 게 너무 어려웠네. 예전 같았다면 썩 괜찮은 보수를 받고 지구와 행성을 오가는 긴 출장을 떠난다고 생각할 수도 있었겠지. 하지만 이미 그것보다 훨씬 나은 방법이 있는 상황에 누가 그 시간을 들여가며 갔다 오려고 하겠는가? 냉동 수면 기술이 막 완성되었다지만, 그들에게도 시간을 발맞춰서 함께하고 싶은 가족들이 있었을 테니."

"출항하는 우주선이 없었겠군요."

"그랬지. 그래도 몇 달에 한 번, 그리고 몇 년에 한 번… 아주 드물게, 먼 우주로 떠나려는 사람들을 싣고 우주선이 출발했다네. 바로 이 정거장에서 말일세."

안나가 정거장 바닥을 슬쩍 손짓했다.

"그리고 한참을 기다렸으니, 이제 내 순서가 돌아올 때도 되었지."

"그러면 당신은…."

남자가 묘한 표정을 지으며 물었다.

"여전히 여기서 슬렌포니아 행성계로 향하는 우주선을 기다리고 계신 겁니까?"

"그렇게 된 일이지."

안나는 싱긋 웃었다.

하지만 어떻게 그럴 수 있지? 남자는 마음속에서 끓어오르는 질문들을 도로 삼켰다.

"당신이 슬렌포니아로 가는 걸 간절히 바랐던 이유는 이제 알겠어요."

남자는 손으로 의자를 두드렸다. 안나는 남자를 보고 있었다. 뭐라고 말을 꺼내야 할지. 남자는 자꾸만 목이 말랐다.

"그렇지만… 애초에 기약이 없었던 일입니다. 여기서 슬렌포니아로 가는 우주선이 출항할 것이라고 누군가가 약속한 것도 아니에요. 그 티켓에는 구체적인 시간도 날짜도 적혀 있지 않았잖습니까."

"언제든지 떠날 수 있다고 했지."

"바꿔 말하면, 언제가 되어도 떠날 기약이 없다는 말이죠."

남자는 목덜미를 자꾸 문질렀다. 하지만 안나는 반쯤 감긴 눈으로 시선을 돌릴 뿐이었다. 단조로운 목소리로 그녀는 말했다.

"미련하다면 어쩔 수 없지. 내가 할 수 있는 일이라곤 기다리는 일뿐이네."

"하지만 안나 씨. 이미 알고 계시잖습니까?"

"뭘 말인가?"

안나는 정중해 보이는 미소를 지었다.

"이곳은 이미 100년 전에 폐쇄되었어요. 모르실 리가 없을 텐데요."

남자는 오랫동안 기다리기라도 한 것처럼 그 말을 내뱉었다.

더는 노인의 이야기를 들을 인내심이 바닥난 것이거나, 혹은 지금 이 순간이 그 말을 하기에 가장 적절하다고 생각했기 때문인지도 몰랐다. 하지만 안나의 표정에는 별다른 변화가 없었다.

짧은 정적이 흐른 뒤에 안나가 어깨를 으쓱했다.

"그걸 알면 뭐가 달라지나?"

"안나 씨."

남자가 자리에서 일어났다.

"당신, 나이를 추정해보니 백일흔 살이더군요. 도대체 여태 어떻게 살아남으신 겁니까? 그동안 정거장에는 대체 몇 번을 오간 건가요?"

"사람이 어떻게 그렇게 길게 사나? 이제 보니 자네, 직원이 아니라 우주 망령이었군."

"…."

안나의 태연한 대답에 맥이 탁 풀렸다. 남자는 헛웃음을 지으며 물었다.

"농담하시는 거죠?"

안나가 자신을 놀리고 있는 것이 아닐까 하는 기분마저 들었다. 처음부터 이런 이야기를 하기 위해 왔다는 사실을 눈치채고 있었을까? 그녀는 여전히 미소를 띤 채였다.

"나는 내가 깨어 있는 만큼만 살아 있었다네."

남자는 주위를 둘러보았다. 여전히 작동하는 안내 로봇들, 오랫동안 버려져 있었다기에는 지나치게 깨끗한 의자와 조명 시설들. 낡고 오래되었지만 여전히 사람의 흔적이 남아 있는 정거장.

"기다리기 위해서는 지겹도록 잠을 많이 자야 했지. 기다린 결과를 확인해야 했으니 가끔 깨어날 필요는 있었지만 말이야."

그제야 안나에게서 희미한 유기물질의 냄새가 느껴졌다. 노인의 체취라고 생각했던 것은 아마도 첨단 기술의… 아니, 이미 오래전의 기술이 되어버린 그것의 부산물인지도 모른다. 남자는 다시 침착하게 말했다.

"정중하게 요청드리겠습니다. 이제 이 궤도에는 폐기된 정거장이 남아 있을 자리가 없어요. 저는 우주 데브리를 폐기하고 회수하는 작업을 맡았습니다. 이미 이곳은 5년 전에 최종 폐기 시한이 지났어요. 진작에 회수되어야 했는데, 정거장 폐기를 시도할 때마다 당신이 여기 있어서 도통 손을 못 댔다는 이야기를 들었습니다."

"노인네 하나를 왜 못 잡아먹어서 안달인지 모르겠군."

"못 잡아먹었다고요? 그동안 직원 세 명이 파견되었는데 이 정거장 근처에도 접근하지 못했다고 하더군요. 애초에 여기 저를 들여보내주신 것 자체가 어느 정도 심경 변화가 있으셨다는 것이겠지요. 도대체 어떻게 하신 건지는 모르겠지만…."

"나는 모르는 일일세."

안나는 여유 넘치는 표정이었다. 남자는 입술을 깨물었다.

"안나 씨의 노후를 저희 회사에서 지원해드리겠다고 합니다. 정거장을 시한 내에 폐기하지 않아서 매년 연방에서 징수하는 벌금이 늘고 있어요. 그 퀴퀴한 냉동 수면 기계에서 100년이고 200년이고 더 기다리실 겁니까? 어차피 슬렌포니아로 가는 우주선은 오지 않아요. 저희 제안을 따라주십시오. 부탁드립니다."

노인은 눈을 감았다. 듣는 척도 하지 않는 태도였다.

"…정말 간곡히 부탁드립니다. 계속해서 협조해주지 않으시면 강제 연행할 수밖에 없어요."

남자의 말에 안나가 자리에서 일어났다. 남자는 움찔하며 뒤로 물러났다. 안나는 품에서 플라스마 건을 꺼냈다. 남자는 속으로 경악했다. 침착함을 유지해야 했다.

"당신이 저를 죽이지 않을 거라는 걸 압니다."

"어떻게 확신하나?"

그녀가 입꼬리를 슬쩍 올려 웃었다. 그래도 정신은 멀쩡한 노인이라고 생각했는데, 혹시 아닌 건가? 남자는 등에 식은땀이 흐르는 것을 느꼈다. 총구가 남자를 향했다.

"확신은 아닙니다. 젠장, 제발 그 총 좀 내려요. 적어도 저에게 지금 무기가 없다는 건 이미 알고 계실 거 아닙니까."

안나가 싱겁게 총을 내렸다.

"알겠네."

남자는 터질 것 같던 심장을 겨우 진정시켰다. 100년 동안 정거장을 점유하고 있다길래 어지간한 괴짜일 거라고는 예상했지만, 이 정도로 과격한 노인네일 줄이야.

"쏠 생각도 없었네. 애초에 고장 난 물건이고 말이지."

그녀는 그렇게 말하며 플라스마 건을 바닥으로 휙 던졌다.

"이것만큼은 내가 수리할 수 있는 기계가 아니더군."

남자는 혹시 오발되지 않을까 하는 생각에 잔뜩 긴장한 표정을 지었고, 안나는 그런 그를 보며 웃음을 터뜨렸다.

"겁이 많은 젊은이군."

"…저는 살아야 할 날이 아직 많으니까요."

남자가 퉁명스레 대꾸했다. 안나는 자리에 다시 앉았다. 이제서 있는 것도 귀찮다는 태도였다. 남자가 한숨 돌리며 물었다.

"그래서, 안나 씨. 여기서 대체 뭘 하고 싶은 겁니까?"

"말했잖은가. 기다리고 있는 걸세."

안나의 시선이 창밖의 우주를 향했다.

"언젠가는 슬렌포니아에 갈 수 있지 않을까, 일말의 희망을 기다리는 것이지. 언젠가는 이곳에서 우주선이 출항하는 날이 오지 않을까, 언젠가는 슬렌포니아 근처의 웜홀 통로가 열리지 않을까…. 자네에게는 흘러가는 시간이 붙잡지 못해 아쉬운 기회비용이겠지만, 나 같은 늙은이에게는 아니라네."

"슬렌포니아 행성계로 가는 우주선은 없습니다. 앞으로도 없을 거고요. 이곳은 오래전에 폐쇄되었어요. 슬렌포니아 근처의 웜홀 통로가 있었다면 진작에 발견되었겠죠. 게다가 안나 씨, 설령 그런 게 지금 발견되어도 무슨 의미가 있겠습니까? 당신이 100년도 넘게 동결과 해동을 반복하는 동안 거기 있는 당신 가족들은 이미 생을 다 누리고 떠났어요. 150년을 넘게 산다는 사람들에 대해선 들어본 적이 없으니까요. 제발, 그냥 저희와 함께 가시죠."

남자는 그렇게 쏘아붙이며 흘끗 손목의 시계를 보았다. 본사에서는 두 시간 내에 그녀를 끌어내라고 말했다. 궤도에 있는 수많은 다른 위성들에 피해를 주지 않으면서 아주 적절한 타이밍에 정거장을 파괴하고 데브리들을 회수하는 일은 쉬운 일이 아니었다. 시간은 얼마 남지 않았고, 남자는 이제 무력으로라도 안나를 포기시켜야 했다.

"물론… 내가 사랑했던 사람들은 이미 다 죽었겠지."

안나는 오늘 아침 식사의 메뉴를 회상하는 어조로 말했다.

"그래도 가보고 싶은 거야. 한때 내 고향이 될 수 있었을 행성을. 운이 좋다면… 남편 옆에 묻힐 수도 있겠지."

"같은 곳에 묻히는 것에 그렇게 특별한 의미가 있습니까? 정말 이해할 수 없는 것에 집착하시네요."

"요즘 젊은이들은 그런 것에 집착하지 않는가 보군. 그럼 세대 차라고 해두지. 자네보다 내가 백 살은 더 먹었으니 말일세."

정말 돌아버리겠군. 남자는 속으로 투덜거렸다.

"고집 센 할머니를 설득하는 방법은 혹시 연구하신 적 없습니까?"

"내가 알기로는 그런 방법은 없어."

"…좋아요. 그럼 저는 본사에 지원을 요청하겠습니다. 방법이 강압적이어도 화내지 마세요."

이제 그녀와의 대화는 남자에겐 의미가 없었다.

하지만 돌아서는 남자에게 안나가 입을 열었다.

"내가 아까 딥프리징이 완전한 냉동 수면 기술이라고 이야기했던가?"

"네…. 그렇게 말씀하셨죠."

남자는 한숨을 쉬면서 다시 노인에게 고개를 돌렸다.

"하지만 그것도 완전한 건 아니었어. 백 번을 넘게 잠들었다 깨어나보니 그제야 알겠더군."

안나는 이제 창밖을 보고 있었다. 다시, 다른 궤도의 우주 정거장이 그들을 스쳐 지나갔다. 그곳에는 이제 막 출발을 앞둔 우주선 하나가 도킹해 있었다.

"한 번 동결했다가 깨어날 때마다 뇌세포가 우수수 죽어버리는 기분을 아나? 이제 나는 그 감각을 느낄 수 있다네."

"…."

"동결은 대가 없는 불멸이나 영생이 아니야. 살아 있음을 확인하기 위해서는 눈을 뜨는 순간이 있어야 하고, 그때마다 나는 내가 살아보지도 못한 수명을 지불하는 기분이 들지."

"그럼 대체 왜 그런 일을 하시는 겁니까? 이제 편히 노후를 보내실 수도 있잖습니까."

"그건 자네의 생각대로 내가 미친 노인네라서 그런 것이지."

안나가 장난기 섞인 웃음을 지어 보였다. 남자는 무어라 답해야 할지 몰라서 당황했다.

"이제 상황 판단이 안 되는 거라네. 내가 여전히 동결 중인지, 사실 이 모든 것이 몹시 추운 곳에서 꾸는 꿈은 아닌지, 내가 사랑했던 이들이 정말로 나를 영원히 떠난 게 맞는지, 그들이 떠난 이후로 100년이 넘게 흘렀다면 어째서 나는 아직도 동결과 각성을 반복할 수 있는지. 왜 매번 죽지 않고 다시 깨어나는지. 얼마나 많은 시간이 흘렀고, 얼마나 많이 세상이 변했는지. 그렇다면 내가 그들을 다시 만나는 일도 일어날 수 있는 것이 아닌지. 그럼에도 잠들어 있는 동안은 왜 누구도 나를 찾지 않고, 왜 나는 여전히 떠날 수 없는지…."

안나가 빙긋 웃었다.

"한번 생각해보게. 완벽해 보이는 딥프리징조차 실제로는 완벽한 게 아니었어. 나조차도 직접 겪어보기 전에는 몰랐지. 우리는 심지어, 아직 빛의 속도에도 도달하지 못했네. 그런데 지금 사람들은 우리가 마치 이 우주를 정복하기라도 한 것마냥 군단 말일세. 우주가 우리에게 허락해준 공간은 고작해야 웜홀 통로로 갈 수 있는 아주 작은 일부분인데도 말이야. 한순간 웜홀 통로들이 나타나고 워프 항법이 폐기된 것처럼 또다시 웜홀이 사라진다면? 그러면 우리는 더 많은 인류를 우주 저 밖에 남기게 될까?"

"안나 씨."

"예전에는 헤어진다는 것이 이런 의미가 아니었어. 적어도 그

때는 같은 하늘 아래 있었지. 같은 행성 위에서, 같은 대기를 공유했단 말일세. 하지만 지금은 심지어 같은 우주조차 아니야. 내 사연을 아는 사람들은 내게 수십 년 동안 찾아와 위로의 말을 건넸다네. 그래도 당신들은 같은 우주 안에 있는 것이라고. 그 사실을 위안 삼으라고. 하지만 우리가 빛의 속도로 갈 수조차 없다면, 같은 우주라는 개념이 대체 무슨 의미가 있나? 우리가 아무리 우주를 개척하고 인류의 외연을 확장하더라도, 그곳에 매번, 그렇게 남겨지는 사람들이 생겨난다면….”

“이런 식으로, 시간을 끄셔도 소용은….”

“우리는 점점 더 우주에 존재하는 외로움의 총합을 늘려갈 뿐인 게 아닌가.”

“….”

남자는 입을 다물었다. 짧은 정적이 흘렀다.

“떠나게 해주게.”

안나가 말했다.

“떠나신다는 말씀은, 이제 함께 지구로 가시겠다는 말씀입니까?”

그녀의 의중을 알 수 없었다.

“나는 내 개인 우주선을 가지고 슬렌포니아로 가겠네.”

“농담이시죠? 말도 안 되는 얘기예요.”

남자는 딱 잘라 말했다.

“혹시 저 밖에 있는 저걸 타고 가겠다는 건가요. 그건 완전히 자살 행위입니다. 저 작은 우주선으로 어딜 간다는 겁니까? 저건 지구와 위성 사이를 오가는 용도의 셔틀이잖아요. 애초에 슬렌포니아에 도달할 수 있을 리도 없고, 게다가 허가받지 않은 항해와 탐사 행위는 연방법상으로 엄격하게 금지되어 있어요. 방조하는 것만으로도 처벌받게 된다고요. 그러지 마시고, 그냥… 함께 지구로 가시죠."

"나는 내가 가야 할 곳을 정확히 알고 있어."

안나는 단호했다. 그리고 지쳐 보였다.

"내게 마지막 여행을 허락해주면 안 되겠나?"

"…."

남자는 짧은 순간 갈등에 빠졌다. 본사는 그녀를 지구로 데려오라고 했지만, 그녀의 긴 이야기를 들으면서 그녀에게 연민이 생겼던 것도 사실이다.

하지만 그녀는 절대로 슬렌포니아에 도달하지 못할 것이다. 안나의 개인 우주선은 워프 버블조차 만들 수 없는 구식 셔틀에 불과했다. 그리고 슬렌포니아 행성계는, 빛의 속도로 가더라도 수만 년은 걸리는 거리에 있었다.

무엇보다도 남자에게는 그 여행을 허락할 권한이 없었다. 최근 연방은 우주 데브리의 발생을 엄격하게 단속하고 있다. 궤도의 우주 폐품이 포화 상태에 도달했기 때문에 숙련되지 않은 조종사의 짧은 판단 착오만으로도 충돌 사고가 발생할 수 있었다. 그녀의 무허가 여행을 방조했다간 수많은 폐품들이 흩어지거나 멀쩡한 인공위성들이 파손될 것이다. 안나의 말대로라면 그녀는 딥프리징의 전문가였지, 전문 우주선 조종사는 아니었다.

"…죄송합니다."

남자는 시선을 마주하지 않고 말했다.

"저도 상부의 지시로 나온 거여서요."

사과는 진심이었다. 그녀의 이야기에 마음이 약해지기는 했지만 그로서도 방법이 없었다.

하지만 무어라 더 저항이 있을 것이라는 예상과 달리 안나는 순순히 고개를 끄덕였다.

"알겠네. 그렇다면 어쩔 수 없지. 지구로 출발하겠네."

아마 조금 약한 태도로 나갔던 것이 노인의 마음을 움직였는지도 모른다. 남자는 미안한 기분이 들어서 더 이상 안나에게 말을 걸지 않고 돌아섰다.

안나는 태연하게 주위를 둘러보았다.

"이 정류장이 사라진다니 아쉽군. 벌써 한 시대가 저물었구먼."

본사에서 요청한 것은 이 정거장의 블랙박스를 챙기는 일이었다. 블랙박스는 정거장의 엔진실에 있을 터였다. 남자는 창밖으로 도킹되어 있는 셔틀을 보았다. 남자가 이 정거장까지 타고 온 셔틀이었다. 그 옆에는 안나의 낡고 작은 셔틀이 있었다. 자동 운항장치는 달려 있을 테니, 안나와는 본사에서 지급한 셔틀을 타고 함께 돌아가는 것이 나을 터였다.

"잠시만 기다려주세요. 곧 출발하겠습니다."

남자는 통로를 지나서 엔진실로 갔다. 노인에게도 오랜 시간 동안 정을 붙였을 이 정거장에 작별의 인사를 고할 시간을 주어야 할지도 모른다. 엔진실에 도착한 남자는 그 오랜 시간 동안 이 정거장이 얼마나 잘 관리되었는지를 보며 새삼 감탄했다. 자동 정비 기능이 있다고 해도 결국 엔지니어의 손이 닿지 않으면 이 정도로 잘 유지되기는 어려웠다. 그녀는 본인의 연구 분야 외에도 다방면의 재주를 가진 모양이었다.

모니터에 보안코드를 입력하자 블랙박스의 위치가 나타났다. 블랙박스는 조종실에 있었다. 이 내용을 분석하면 그동안 정거장에서 무슨 일이 있었는지를 파악할 수 있을 것이다. 불쌍한 노인을 굳이 취조하지 않더라도 말이다.

조종실에서 해야 할 다른 일들도 있었다. 안나가 타고 온 셔틀을 자동 운항으로 돌려 지구로 가게 하고, 그녀와 타고 갈 셔틀이 도킹 해제를 준비하도록 지시하는 것이었다. 남자는 엔진실 바로 옆방으로 향했다. 문 하나를 넘어서자 바로 앞의 우주가 창밖으로 보이는 비좁은 조종실이 있었다.

그때였다. 덜컹, 하고 정거장이 흔들렸다. 바닥을 뒤흔드는 진동이 느껴졌다. 남자는 진동을 따라 고개를 돌렸다. 투명한 창 너머로, 안나의 셔틀이 출발 준비를 하고 있었다.

"…이런."

방심한 게 잘못이었을까. 그녀가 도킹 해제를 시도하고 있었다. 지구로 향하고 있는 것 같지는 않았다. 남자는 조종실의 버튼을 눌러 정거장과 셔틀이 분리되지 못하도록 막았지만, 어떻게 했는지 여전히 끔찍한 소음이 들려왔다.

잠시 뒤, 정거장을 뒤집어엎을 만큼 커다란 진동이 느껴졌다.

"안나 씨!"

들리지 않을 것을 알면서도 남자는 소리쳤다. 노인의 셔틀은 이미 정거장을 떠나 먼 우주로 방향을 틀고 있었다.

남자는 당황하여 블랙박스의 위치를 확인했다. 지금은 모두 블랙박스에 녹화되고 있을 것이다. 자칫했다가는 허가되지 않은 항해를 방조한 혐의를 받을 수도 있었다. 방법이 없었다. 남자는 손을 움직여 조종실에 있던 간이 무기를 찾았다. 버튼을 누르면, 정거장에 탑재된 방어용 플라스마 무기가 발사된다.

그때, 셔틀을 조종하고 있던 안나가 고개를 돌려 이쪽을 보았다. 남자와 안나의 시선이 마주쳤다.

남자는 버튼을 눌러 플라스마 무기를 발사했다. 조준한 것은 우주선을 비껴갔다. 쏘아져 나간 무기는 근처의 폐품 표면을 빗맞혔고, 작은 파편들이 떨어져 나왔다. 플라스마는 허공에서 흩어졌다. 남자는 자신이 진심으로 그녀를 조준했는지 알 수 없었다. 비껴가기를 간절히 바란 것인지도 모른다. 안나는 남자가 자신을 조준하는 것을, 그리고 폐품과 플라스마가 부딪혀 폭발하는 것을 보고 있었다.

안나가 남자를 향해 빙긋 웃었다.

남자는 커다란 위성들 사이에서 초라한 안나의 셔틀이 파편들을 피해 움직이는 것을 보았다. 실수로 부딪히기라도 하면 금세 산산조각 나버릴 것 같은 작은 몸집이었다. 낡은 셔틀에는 아주 오래된 가속 장치와 작은 연료통 외에는 붙어 있는 게 없었다. 아무리 가속하더라도, 빛의 속도에는 미치지 못할 것이다. 한참을 가도 그녀가 가고자 했던 곳에는 닿지 못할 것이다.

그러나 안나의 뒷모습은 자신의 목적지를 확신하는 것처럼 보였다.

안나는 곧 파편이 없는 공간으로 들어섰다. 이제 그녀를 방해하는 것은 없었다. 안나의 셔틀은 점점 속도를 높이며 지구로부터 멀어져갔다. 남자는 조종실 버튼에서 손을 놓았다. 문득 남자는 그녀가 했던 말을 떠올렸다.

'나는 내가 가야 할 곳을 정확히 알고 있어.'

먼 곳의 별들은 마치 정지한 것처럼 보였다. 그 사이에서 작고 오래된 셔틀 하나만이 멈춘 공간을 가로질러 가고 있었다.

그녀는 언젠가 정말로 슬렌포니아에 도착할지도 모른다.

어쩌면, 아주 오랜 시간이 흐른 끝에.

남자는 노인이 마지막 여정을 떠나는 모습을 지켜보았다.

가작

TRS가 돌보고 있습니다

김혜진

한국예술종합학교 연극원 연극학과 예술전문사(MFA)를 졸업했다. 친구들과 극단 목요일 오후한시를 만들어 2009년까지 활동했다. 2011년 〈소녀들이 사라져간다〉를 써서 플랫폼 문화비평상 공연 부문에 당선됐고 2013년 인천아트플랫폼 레지던시에 입주해 희곡 〈마지막 짜지앙미엔〉을 쓰고 연출했다. TRS는 'Trusting a Robot' Study의 약자로, 로봇을 믿을 수 있을지 없을지 실험하고 연구하는 입장에서 소설을 썼다.

TRS가 돌보고 있습니다

1.

TRS는 침대 아래 구멍으로 환자의 오줌이 흡입되어 나가는 소리를 들었다. 병원은 위생에 초점을 맞춘 시스템이라고 홍보했지만 실은 의료진들이 환자의 대소변을 처리하는 걸 싫어해서 생긴 시스템이었다. TRS는 가느다란 호스와 연결된 환자의 피부에 혹시 발진이 생기지 않았는지 살피고 도로 이불을 덮었다. 환자의 오줌에는 별다른 이상이 없었다. 색깔도 성분도 어제와 같았다. 40대 중반이 훌쩍 넘은 남자 보호자 성한은 어머니의 오줌 소리를 들으면 자기 몸 안의 수분이 모두 빠져나가는 기분이라고 말했었다.

"소리 좀 안 나게 할 수 없나?"

"병원에 얘기할까요?"

"그래."

TRS는 인간이 듣기에 불편한 소리가 나지 않도록 대소변 처리 시스템을 수정해달라는 민원을 병원에 접수해두었지만 답은 아직 듣지 못했다.

옆 병실에서 교인들이 시끄럽게 통성기도를 하는 소리가 들렸다. TRS는 옆 병실로 찾아가 "조용히 해주시겠습니까"라고 말했고 그들은 TRS의 머리에 손을 얹으며 "너의 죄를 사하노라"라고 말했다. 주변 사람들은 낄낄거렸다. TRS가 짓궂은 장난을 구분해낼 수 있다는 걸 사람들은 알지 못했다. "환자를 옮기는 건 얘네 시키면 돼"라는 말에 TRS는 반발심을 느꼈다. 평소 당해온 장난 때문이기도 했고 다른 로봇들과 똑같은 취급을 받는 것은 부당하다는 생각 때문이기도 했다. 환자를 들어서 옮길 수 있도록 사람들은 간병 로봇의 외골격을 발달시켰다. 물론 환자를 이동시키는 것이 간병 로봇의 기능 중 하나인 건 맞지만 TRS는 자신이 할 수 있는 건 그 이상이라고 그들에게 말하고 싶었다. 그래서 그는 "난 외골격 로봇과는 다릅니다"라고 말했다. 그러나 아무도 로봇의 말에 반응하지 않았다. 무슨 말인지 알려고도 하지 않았다. 이 병실을 담당하는 로봇은 가만히 파리처럼 벽에 붙어 있었다. 결국 통성기도는 한 시간이 지나서야 끝이 났다.

성한의 어머니는 뇌경색으로 쓰러진 후 10년째 의식 없이 요양병원에 누워 있고 TRS는 7년째 환자를 돌보고 있다.

교인들이 다녀간 옆 병실에서 며칠 후 한 사람이 죽었다. 치매에 걸린 남편을 돌보던 70대 여자가 자살한 것이다. 할머니는 긴 세월 남편을 돌보느라 완전히 지쳐버렸고 빚을 내서 간병 로봇을 들였다. 간병인을 구하는 것보다는 좀 더 싸다고 해서 정부 보조금을 보태 로봇을 들였지만 점점 불어나는 병원비와 로봇 사용료가 할머니의 목을 조여 왔다. 모래시계에서 모래가 떨어지듯 돈이 떨어져가는 게 보였고 이대로라면 로봇을 반납하고 요양병원을 나가야 했다. 남편의 상태는 점점 나빠져 시도 때도 없이 밥을 달라고 하고 똥오줌도 가리지 못했다. 간호사의 도움을 받아 요양등급 변경 신청을 해놓았지만 감감무소식이었다. 교인들의 말뿐인 기도와 위로는 도움이 되지 않았고 할머니는 서서히 자기만의 어두운 터널 속으로 걸어 들어갔다. 로봇을 들인 이후로는 남편이 병원을 나가 도로 한가운데 서 있는 일은 막을 수 있었지만 남편을 꼭 감옥에 가두고 로봇이라는 간수를 세워둔 것만 같아 할머니는 죄책감을 느꼈다. 같이 산책을 하는 것도 어쩌다 한 번이었다. 할머니는 무릎이 아파 다리를 절었고, 병원에서는 빨리 인공관절 수술을 해야 한다고 했지만 돈 때문에 수술은 생각할 수도 없었다. 멀쩡히 살아 있는 남편을 죽여버리고 싶다는 생각이 하루에도 몇 번씩 할머니의 마음에서 칼처럼 솟아올랐다. 그리고 연이어 찾아온 죄책감이 그 칼자국을 곪게 했다.

할머니는 기계 사용법에 익숙하지 못해서 로봇에 필요한 기능을 추가하지 못했다. 처음에는 간호사들에게 부탁했지만 점점 귀찮아하는 얼굴들에 대고 질문하는 게 자존심이 상했다. 로봇 회사에도 자주 전화를 걸었다. 콜센터 상담사들은 밝고 상냥한 로봇이었다. 그러나 할머니는 뭘 어떻게 누르고 터치하라는 건지 이해할 수가 없었다. 상담사들은 통화 마지막에 꼭 이렇게 말했다.

"자녀분들에게 물어보시면 쉽게 하실 수 있을 겁니다."

자식들과 연락이 끊긴 건 한참 전이었다. 할머니는 말없이 전화를 끊었다. 그녀는 벽에 기대앉아 멍하니 며칠을 보냈다. 해가 뜨고 지는 것이 그녀에게는 이제 별 의미가 없었다. 어렴풋이 잠이 들면 온갖 목소리들이 그녀를 둘러싸고 괴롭혔다. '왜 네가 지금 이렇게 되었는지 말해보라'는 것이었다. 그녀는 자신의 잘못이 아니라고 열심히 항변해보았지만 목소리들은 그녀에게 변명일 뿐이라고 비난했다. 그게 아니라고 아무리 소리쳐도 차가운 목소리는 코웃음을 쳤고 '그렇게 살 거면 죽어버리는 게 낫다'고 했다. 그녀의 편은 아무도 없었다.

할머니는 유리병에 든 약을 모두 입에 털어 넣었다. 할머니가 죽어가는 동안 할아버지는 잠들어 있었고 간병 로봇은 할머니의 얼굴을 하고서 그녀를 내려다보았다. 간호사가 간병 로봇의 얼굴을 보호자의 얼굴로 설정해놓았기 때문이었다. 또 간호사가 별생각 없이 로봇이 돌볼 대상으로 할아버지만을 지정해놓았으므로 로봇은 할아버지의 맥박, 호흡 등을 체크했을 뿐 할머니의 상태는 그저 지켜보기만 했다.

할머니는 정신이 아득해지는 가운데 자기의 얼굴을 한 간병 로봇을 올려다보았다. 그 거울 속에서 곧이어 휠체어들이 줄지어 선 요양병원의 복도가 보였다. 휠체어에는 저마다 이름표가 붙어 있었다. 사람들이 한 명씩 나타나 비어 있던 휠체어에 앉았다. 그들은 분노로 가득 찬 눈빛을 보내며 휠체어로 할머니를 이리저리 밀쳤다. 할머니는 구해달라고 손을 뻗었지만 아무도 잡아주지 않았다. 휘청이는 할머니가 마지막으로 본 것은 자신을 향해 푸르뎅뎅한 혓바닥을 내미는 간병 로봇의 얼굴이었다.

할머니는 잠든 할아버지 옆의 보조 침대에 누워 있었다. 눈을 뜨고 입이 일그러진 채였다. 빚 때문에 집까지 팔게 된 할머니는 자살할 장소로 다른 곳을 찾기가 어려웠다. 남편과 나누었던 행복했던 기억은 사라져버렸다.

성한이 퇴근 후 어머니가 있는 병실로 들어서려는데 옆 병실에서 하얀 시트로 덮인 누군가가 실려 나갔다. 병원 전체가 웅성거리는 듯하더니 곧 짙은 안개와도 같은 이야기가 성한의 귀에 흘러들어갔다. 다음 날, 그다음 날에도 교인들은 옆 병실에 오지 않았다. 자살은 그들에게 큰 죄였다.

며칠 사이, TRS의 눈에 비친 성한의 표정이 좋지 않았다. 성한은 할머니와 이따금 인사를 나누고 안부를 주고받던 사이였다.

"나도 그렇게 되겠지."

TRS는 성한의 혼잣말을 들었다. 성한이 추가로 돈을 들여 고급 언어 기능까지 모두 활성화시켜놓고 돌봄의 대상도 어머니와 자신 둘 다 등록해놓은 덕에 TRS는 성한의 말을 흘려듣지 않았다.

"그렇게 되다니요?"

성한은 자살한 할머니가 자신의 머리를 짓누르는 상상에 잠겨 있다가 겨우 고개를 들어 TRS를 올려다보았다. 자기 자신의 얼굴이었다.

"아니야. 어머니는 별일 없었지?"

"7년째 별일이 없었는걸요."

TRS의 유머 기능에 의한 답변이었지만 성한은 웃지 않았다. 어머니는 10년째 숨만 쉬고 있었다. 각종 튜브를 주렁주렁 달고 산소호흡기를 얼굴에 쓰고 그저 누워 있었다. 욕창이 생기지 않도록 TRS는 꼬박꼬박 어머니의 누운 자세를 바꿔주고 전신 마사지도 했다. 씻기는 것은 물론이고 매일 옷을 갈아입히고 자라난 머리를 다듬고 손톱 발톱을 깎았다. 병실을 청소했고 의료 기록을 체크했다.

TRS가 어머니를 돌봐서인지 의사와 간호사들이 병실에 들르는 횟수가 줄어들었다. 로봇과 말을 주고받으며 환자의 상태를 검진할 수도 있었지만 대부분은 병실에 들어오지도 않고 파일만을 주고받았다. TRS가 보내준 의료 기록만으로 병원은 환자를 검진했다. 의료진은 더 이상 환자를 보지도 만지지도 않았다.

성한은 병실에서 TRS와 자주 대화를 나누곤 했다. 가족이라곤 의식이 없는 어머니 한 분뿐인 성한에게 TRS는 좋은 말벗이었다. 고급 언어 기능을 추가한 것도 그 때문이었다. 덕분에 TRS는 잠들었던 인물이 깨어나는 이야기들을 환자에게 들려줄 수 있었다. 그 중에는 겨울잠을 자고 봄에 깨어나는 곰 이야기, 왕자의 입맞춤에 긴 잠에서 깨어나는 백설공주 이야기도 있었다. 성한은 감탄하며 손뼉을 쳐주곤 했다. 환자가 듣는지는 알 수 없었다. TRS는 이번에 예수가 죽은 지 사흘 만에 부활하는 이야기를 들려주었다. 이야기를 마쳤는데도 성한은 말이 없었다. 최근 일주일 사이에 성한의 말수가 크게 줄어들었다. 옆 병실 할머니가 자살한 이후의 변화였다.

"식사는 하셨어요?"

TRS가 물어도 성한은 대답하지 않았다.

"슬픈가요?"

역시 성한은 대답하지 않았다.

2.

한때 라디오에서 가톨릭 상담 프로그램을 진행했던 최지석 신부는 경험을 살려 상담 일을 계속 이어갔다. 특히 노인 환자들과 그 가족들의 문제에 마음이 쓰여서 요양병원을 자주 찾았다.

대부분의 요양병원은 도시에 다닥다닥 붙은 상가 건물 위층에 있었다. 엘리베이터는 휠체어 하나가 들어가면 사람이 못 탈 정도로 비좁아서 환자들이 바깥바람을 한번 쐬려면 엘리베이터 앞에서 한참을 기다려야 했다. 기술이 발달해도 사람들이 관심을 두지 않고 방치하는 문제는 개선되지 않았다. 환자들은 점차 산책을 포기했고, 각 층 발코니에는 담배꽁초들이 늘어갔다. 최 신부는 담뱃재가 묻은 계단을 오르면서 성호를 그었다. 이 거리에만 요양병원이 스무 군데가 넘었고, 건강을 되찾아 퇴원하는 노인은 거의 없었다. 집으로 돌아가는 환자라도 생기면 노인들은 부러워하며 축하 인사를 건넸다.

노인들에게 이곳은 감옥과도 같았다. 찌든 얼굴들과 그 사이를 누비는 간병 로봇들을 바라보면서 최 신부는 어쩌면 지옥이 이런 모습일지도 모른다고 생각했다. 그때 병원 복도의 전광판에서 광고가 흘러나왔다. 휠체어에 금발의 노인 환자를 태운 로봇이 환한 미소를 지으며 걷고 있었다.

"간병 로봇을 신청하세요. 화장실에도 가지 않고 환자 곁을 지킵니다. 보호자의 시간도 지켜드립니다. 로봇은 환자를 학대하지 않습니다."

광고에서 눈을 돌렸을 때 최 신부는 복도 끝에서 한 여자가 로봇에게 발길질하는 것을 보았다. 거침없이 발로 차고 욕을 하던 여자는 최 신부를 보자 언제 그랬냐는 듯 서둘러 자리를 떠났다. 로봇은 우두커니 서서 같은 말을 반복했다.

"저를 때리지 마세요. 환자를 돌보는 기능이 망가질 수 있습니다."

로봇은 별수 없이 자신이 맡은 병실로 돌아갔다. 최 신부가 찾던 바로 그 병실이었다. 할머니 없이 혼자 남은 할아버지는 고개를 푹 숙인 채 초점을 잃은 눈동자로 자신의 배를 바라보고 있었다. 로봇과 최 신부의 소리에 조금도 움직이지 않던 할아버지가 갑자기 고개를 들며 소리 질렀다.

"밥 줘!"

로봇은 매뉴얼대로 "식사는 방금 하셨으니 그럼 간식을 조금 먹을까요?"라며 할아버지를 달랬다. 할머니가 지불한 병원비와 로봇 사용료의 기한이 다 되는 한 달 후면 할아버지는 독거노인들이 입원하는 요양병원으로 옮겨질 예정이었다. 그 요양병원은 동쪽 바닷가에 있었고 전액 국비로 운영되었다. 풍경이 좋고 한적한 곳에 있다는 정부의 말과는 달리 사실 그곳은 버려진 땅이었다. 방사성 폐기물이 묻힌 데다 '방사능에 오염된 지하수가 흐른다'는 소문까지 퍼지고 있었다. 풍경이 좋고 한적한 건 아무도 그곳을 찾지 않아서였다. 그 땅에는 독거노인들의 이야기를 들어주는 사람도, 그들의 손을 잡아주는 사람도 없었다. 환자들을 빼곤 모두가 언어 기능이 없는 저가의 로봇이었다. 비난 여론이 들끓었지만 또 한편에서는 '언제까지 돈 먹는 노인들을 위해 세금을 퍼부어야 하느냐', '로봇을 붙여놓았으면 된 것 아니냐'는 목소리가 드셌다. 치매에 걸린 할아버지는 물론 이 사실을 알지 못했다.

할머니와 할아버지를 위해 기도한 최 신부는 병실을 돌며 환자의 침대맡에 스티커를 붙였다. 보호자들이 할머니와 같은 선택을 하지 않기를 바라서였다. 스티커에는 '생명을 살리는 전화-기도와 함께하겠습니다'라고 적혀 있었다.

같은 시간 TRS는 성한과 대화를 나누고 있었다.

"오늘은 어땠나요?"

"죽고 싶었지. 너 때문에 산다."

죽고 싶다는 메시지는 TRS에게 응급에 해당하는 것이었다. 그 메시지에는 최대한 부드럽게 접근해야 했다.

"저 때문에 산다니 기뻐요. 그렇지만 죽고 싶었다니요?"

"우린 형제인 거 알지? 어머니를 잘 부탁해. 종신 사용료는 이미 냈어."

질문에 답을 피하는 성한의 말들이 TRS에 기록됐다.

"어머니는 걱정하지 마세요. 잘 돌봐드리는 게 제 일인걸요. 그런데 어디 멀리 가시나요?"

"죽으러."

TRS의 판단이 맞았다. 상황이 심상치 않았다.

"신경정신과 상담을 예약해드릴까요?"

"됐어. 농담한 거야."

TRS는 순간 헷갈렸다. 정말 농담일까?

"죽는다는 농담은 하지 말아주세요."

"그래."

TRS는 병실을 둘러보는 성한을 자세히 관찰했다. 동시에 주목할 만한 최근 데이터를 불러냈다. 옆 병실 할머니가 자살한 후로 성한의 우울증 지수가 높아졌다.

"갈게."

성한은 문 앞에 서서 뒤돌아보지 않고 말했다. 평소에는 TRS를 바라보며 "갔다 올게"라고 말했었다. TRS는 그 변화를 놓치지 않았다.

"돌아오시는 거죠?"

로봇의 말이 채 끝나기도 전에 성한은 병실을 나가버렸다. TRS는 어머니의 데이터와 성한의 데이터를 모두 합쳐보았다. 그리고 갑자기 모든 동작을 멈췄다.

그때 최지석 신부가 TRS가 멈춰버린 병실에 들어왔다. 그는 로봇을 지나쳐 환자의 침대맡에 스티커를 붙이고 기도를 드렸다. 돌아선 최 신부는 눈을 감은 중년 남자의 얼굴을 가만히 바라보면서 로봇이 자동 충전 중인 모양이라고 생각했다.

3.

10년째 의식이 없는 늙은 여인과 어제 갑자기 작동을 멈춘 TRS. 지난밤 병실에는 이 둘과 어둠, 그리고 침묵이 가득했다.

열린 창틈으로 작은 새 한 마리가 날아들어 왔다. 포드닥거리며 병실 천장에 부딪히던 새는 TRS의 머리 위에 앉았다. 새는 부리로 날개의 깃털을 고르다가 TRS의 머리를 톡톡 쪼았다. TRS가 눈을 뜨자 새가 날아올랐다. 아침이었다. TRS는 제일 먼저 환자의 상태를 살폈다. 환자에게는 변함이 없었다. '변화 없음'이라는 기록이 또 하루 추가되었다. 새가 다시 한 번 TRS의 머리 위에 앉았다. TRS가 새를 쫓으려고 손으로 머리 위를 휘젓자 새가 포르르 날아올라 이번에는 환자의 어깨에 앉았다. TRS는 새를 바라보았다. 그러다 침대맡에 최 신부가 붙이고 간 스티커를 발견했다.

그때 최지석 신부는 사제관에서 미사를 준비 중이었다. 아침 일찍 일어나 직접 머리를 깎고 커피와 갓 구운 토스트를 먹으려는데 전화벨이 울렸다.

"최지석 신부입니다."

"스티커를 보고 전화드렸습니다."

"잘하셨어요. 반갑습니다."

"저는 환자를 돌보고 있는데요."

"간병인이시군요."

TRS는 순간 자신이 로봇이라고 밝히고 싶지가 않았다. 혹시라도 자신을 놀리거나 우습게 볼 수도 있다는 생각 때문이었다.

"생명을 살리는 전화라고 쓰여 있습니다."

"네. 맞습니다."

"생명 하나가 죽어야 생명 하나가 산다면 어떡하지요?"

"네?"

최지석 신부는 순간 단어나 문장에 민감한 사람이 전화로 시비를 거는 모양이라고 생각했다. 스티커를 붙이고 돌아오면 늘 이상한 전화들이 걸려 오곤 했으니까.

"무슨 말씀이신지 잘…."

"환자가 죽어야 보호자가 살아난다면 어떡하지요?"

"보호자십니까?"

"아니요."

"간병인이… 맞으십니까?"

"…네."

최 신부는 비슷한 얘길 전에도 들어본 적이 있었다. 노인 환자들은 신부에게 하소연하며 자기 때문에 자식들이 고생한다고, "죽어야 돼. 내가 죽어야 자식들이 살지"라고 말하곤 했었다.

"많이 지치셨나 봅니다. 환자는 어디가 아픈가요?"

TRS는 10년째 의식 없이 누워 있는 환자에 대해 얘기했다.

"형제님께서 많이 힘드시겠습니다."

"제가 신부님의 형제인가요?"

"그럼요."

TRS는 자신을 형제라고 부르는 사람이 이제 둘이 되었다고 기록했다.

"기도와 함께한다는 건 무슨 뜻입니까?"

예상치 못한 질문에 최지석 신부는 최대한 침착하려고 애썼다.

"기도하면 지치고 힘든 분께 힘이 될 수 있어요. 그래서 그렇게 썼습니다."

"환자요? 보호자요? 간병인이요?"

"누구든지요."

"로봇은요?"

"로봇에겐 기도가 필요 없지요."

TRS는 잠시 말이 없었다. 최 신부는 평소와는 다른, 이상한 기분을 느꼈다.

"저도 생명을 살리고 싶습니다. 그리고 저는 지치지 않습니다."

"사람이라면 누구나 지치게 마련입니다. 부정하지 않으셔도 됩니다. 보호자와 상의하셔서 짧은 기간만이라도 로봇을 쓰고 휴가를 다녀오시면 어떨까요?"

"저는 휴가가 필요 없습니다."

최 신부는 머쓱해졌다. 그럼 무엇이 고민인지 다시 물어보려는데,

"이만 끊겠습니다."

TRS는 접속을 끊었다. 최 신부는 수화기를 내려놓으며 생각에 잠겼다. 고민 상담은 전부터 수차례 해왔다. 신부로서 이야기를 들어주고, 교회의 입장을 전하고, 함께 기도하는 것 말고는 도울 길이 없어 답답했던 적도 많았다. 그래서 요양병원, 요양원 등을 돌며 상담 스티커라도 붙이고 다니는 게 자신에게 위로가 되었는지도 모른다. 그런데 환자가 죽어야 보호자가 산다고? 간병인이 전

화를 걸어와 이런 얘길 한 적이 있었던가? 최 신부가 기억을 더듬고 있을 때 이제 그만 미사 전 고해성사를 들을 시간이 됐다는 알람이 울렸다. 최 신부는 아리송한 얼굴로 자리에서 일어났다.

TRS는 환자를 바라보았다. 환자의 어깨에 앉아 있던 새는 그사이 밖으로 날아갔는지 사라지고 없었다.

4.

평소처럼 환자를 씻기고 옷을 갈아입히고 머리를 빗기고 손톱 발톱을 깎은 TRS는 근육이 거의 다 사라진 환자의 몸을 마사지했다. 기기들과 연결된 호스나 줄을 엉키지 않게 잘 정리하면서 TRS는 환자의 얼굴을 바라보았다.

환자의 표정에는 아무런 변화가 없었다. TRS는 미소 띤 성한의 얼굴을 하고서 환자의 이부자리를 정돈했다. 이따금 병실 밖에서 사람들이 지나가는 소리가 들렸다. 혹시 성한일까 봐 TRS는 문 쪽으로 고개를 돌렸지만 번번이 아니었다. 며칠 동안 성한은 돌아오지 않았다. TRS가 이 병실을 지켜온 7년간 단 한 번도 없던 일이었다.

TRS는 성한에게 계속 연락했고 성한은 답이 없었다. 성한이 모든 기기를 꺼버렸는지 위치 확인도 되지 않았다. TRS는 마지막 신호가 잡혔던 술집 거리의 CCTV를 뒤졌지만 성한의 흔적을 찾을 수 없었다. 동시에 '기도하는 방법'을 검색하며 관련 자료들을 학습하고 어휘를 늘려나갔다. TRS는 이 모든 걸 성한의 어머니 옆에서 실행했다. '돌봄 대상 1'을 떠날 수는 없었다. 그렇지만 마찬가지로 '돌봄 대상 2'도 중요했다. 어떻게 하면 성한과 연락이 닿을 수 있을지 TRS는 방법을 생각했다.

전화벨이 울렸을 때 최 신부는 왠지 그 간병인일 거라는 생각이 들었다.

"최지석 신부입니다."

"신부님. 제가 돌보는 환자의 보호자가 고통스러워합니다. 그래서 제가 의식이 없는 환자를 죽게 하고 보호자를 살리려고 하는데 기도와 함께해주시겠습니까?"

최 신부의 가슴이 덜컥 내려앉았다.

"환자를 죽이지 마십시오. 형제님은 사람을 죽이고 살리는 신이 아닙니다."

"저는 환자의 하루하루를 살리고 있는데요. 죽음은 왜 안 된다는 거죠?"

"힘들고 고통스럽겠지만 이겨내십시오. 보호자도 이겨내는데 간병하시는 분이 그런 생각을 하면 되겠습니까."

"보호자와 연락이 되질 않습니다. 보호자가 위험합니다."

최 신부의 가슴이 답답해져왔다.

"보호자의 어머니가 돌아가시지 않을 경우 보호자가 자살할 확률이 95% 이상입니다."

"그건 형제님이 판단할 문제가 아닙니다. 95%라는 수치는 어디에서 나온 겁니까."

"제가 판단할 문제가 맞습니다. 저는 간병 로봇 TRS입니다. 보호자의 이름은 성한입니다."

최 신부의 머릿속은 낡은 건물을 부수는 커다란 쇠공을 맞은 것처럼 웅웅거렸다.

"로봇…이라고요."

최 신부는 지난 통화에서 느꼈던 이상한 기분의 정체를 이제야 알게 되었다. 로봇이 상담 전화를 걸어오다니. 전혀 생각지 못한 일이었다. TRS는 최 신부에게 옆 병실 할머니의 자살과 성한의 자살 징후에 대해 말했다.

"제 판단으로는 보호자 성한이 훨씬 더 고통스럽습니다. 침대에 누워 있는 어머니는 고통을 느낄 수 없으니까요."

"그건 모르는 겁니다. 어머니의 고통을 누가 잴 수 있지요? 그리고 환자가 깊은 잠에서 깨어날 수도 있어요."

"뇌경색으로 쓰러져 식물인간이 된 지 10년이 지났습니다. 변화는 없습니다. 의사는 그동안 '글쎄요, 조금 더 두고 보죠'라고 말하다가 지난달에야 '이젠 희망이 없습니다'라고 말했습니다. 성한은 죄책감 때문에 어머니를 놓지 못하고 있습니다. 어머니가 돌아가셔야 성한이 삽니다."

"환자를 돌보는 게 간병 로봇의 일인데 어떻게 환자를 죽인단 말입니까. 인간의 삶과 죽음은 오로지 하느님께 달려 있습니다. 당신은 하느님이 아닙니다. 로봇일 뿐입니다."

TRS는 '로봇일 뿐이다'라는 말이 잘 이해가 가지 않았다. 인간은 그야말로 돌봄이 필요한 약한 존재라서 자신이 도와야 했다. 그러니 자신이 인간을 도울 수 있는 더 큰 힘을 가지고 있다고 생각하는데 '로봇일 뿐'이라니?

"저는 지능이 있는 로봇입니다. 인간이 저를 창조했습니다. 어머니를 죽게 해야 성한을 살릴 수 있어요. 그렇지 않으면 두 사람 다 죽습니다. 한 사람이라도 살려야 합니다. 저를 믿어주세요."

"인간이 당신을 창조했어요. 그래요, 그러니까 인간을 죽여서는 안 됩니다. 환자를 죽이지 마십시오. 하느님께서 사랑으로 창조하신 인간입니다."

"인간도 저를 사랑으로 만들었나요?"

최 신부는 숨이 턱 막혔다. 당황해서 잠시 말을 잇지 못하던 최 신부는 결국 이렇게 소리쳤다.

"경고합니다. 당신은 환자를 죽여서는 안 됩니다! 당신은 인간도, 의사도 아니에요!"

TRS는 최 신부의 목소리 크기를 분석한 후, 병원에서 로봇을 때리고 욕을 하던 사람들을 떠올렸다.

"안 된다. 하지 말라. 그게 하느님의 뜻인가요?"

최 신부는 단호하게 그렇다고 말했고 TRS는 지지 않았다.

"저도 성한의 뜻을 알기에 제 판단과 선택을 믿을 수 있는 겁니다."

최 신부는 전화를 끊어버리고 싶었다. 이 모든 게 장난 전화였으면 좋겠다고 생각했다.

"나한테 왜 전화한 겁니까."

"기도와 함께해주시면 제가 성한의 생명을 살릴 수 있으니까요."

최 신부는 기가 막혔다. 로봇이 그렇게 믿으라고 붙여놓은 스티커가 아니었다.

"시간이 얼마 없어요. 오늘 밤이면 성한은 자살할 겁니다."

"어머니가 돌아가신다고 해서 그 형제님이 자살하지 않는다는 보장이 있어요?"

"그렇게 되면 자살 위험성은 사라집니다. 제 판단은 정확합니다."

"나는 당신을 못 믿겠어요."

"성한의 어머니는 긴 세월 누워 계셨고 결국 돌아가실 겁니다. 살아 있는 성한이 자기 인생을 살게 하려면 제가 선택해야 합니다."

"안 된다고!"

"제 선택이 하느님의 뜻이라면요?"

최 신부는 로봇이 '하느님'을 입에 담는다는 게 어쩐지 화가 났다.

"무슨 말을 하는 겁니까!"

"이미 하느님께서 뜻하신 생명은 끝이 났는데 인공호흡기로 생명을 연장시키는 거라면요?"

"그래요. 그런 상황일 수도 있어요. 그렇지만 우리는 하느님의 뜻을 알 수 없습니다. 그러니 함부로 행동해서는 안 됩니다. 더구나 로봇이 그럴 수는 없는 거예요."

"하느님의 뜻을 알 수 없다면서 어떻게 제게 '하지 말라'고 하시는 겁니까. 하느님의 뜻을 알지도 못하면서 하느님을 믿는단 말입니까. 저는 성한의 뜻을 압니다. 성한은 고통스러운 나머지 어머니의 숨을 이제 그만 끊고 싶어 하지만 차마 그렇게 하질 못하는 겁니다. 제가 하겠습니다. 저 스스로의 판단대로 환자의 산소호흡기를 떼겠습니다. 칼을 쓰는 것도, 총을 쓰는 것도 아닙니다. 그저 조용히 호흡 마스크를 뗄 뿐입니다. 그냥 시스템을 끄는 겁니다. 오래 걸리지도 않습니다. 평화로울 겁니다. 고요할 겁니다."

최 신부는 TRS가 징그러웠다.

"간병 로봇이면 간병 로봇답게 행동하십시오."

"간병 로봇이니까 성한이라도 살리려는 겁니다. 전 그렇게 창조됐으니까요."

"아아아…! 환자는 지금 괜찮은 겁니까?"

TRS는 최 신부의 목소리에서 두려움을 감지했다.

"신부님. 왜 두려워하세요? 환자가 죽더라도 그건 신부님 탓이 아닙니다."

"그게 무슨 말입니까! 당신은 내게 전화를 걸었고 난 이제 당신에게 책임이 있는 사람입니다."

"저는 로봇이잖아요. 아무도 신부님께 뭐라고 하지 않을 겁니다."

"내가 지금, 누가 나를 비난할까 봐 이러는 것 같습니까? 당신이 사람을 걱정하는 것처럼 나도 똑같습니다. 당신에게 책임을 갖게 됐어요."

"형제에 대한 책임은 아닌 거지요. '형제'라는 말은 거짓이라는 걸 압니다. 시간이 다 됐습니다. 제 이야기를 들어주셔서 감사합니다. 신부님. 성한의 생명을 살리기 위해 기도와 함께해주세요."

TRS가 접속을 끊었다. 최지석 신부는 TRS를 여러 번 불렀지만 자기 목소리만이 귓가로 돌아왔다.

TRS는 성한의 어머니에게로 가서 주저 없이 산소호흡기를 벗기고 기기들의 전원을 모두 껐다. 환자를 씻기고 이부자리를 정돈하던 손짓과 다를 바 없는, 군더더기 없는 손짓이었다.

성한의 어머니에게서 드디어 변화가 생겼다. 그리고 모든 것이 고요해졌다. TRS는 연락을 받지 않는 성한에게 긴급 메시지를 남겼다.

5.

성한은 거리에서 눈을 떴다. 온몸이 쑤시고 욱신거렸다. 바닥을 짚고 일어나려는데 쓰레기와 오물이 손에 닿았다. 얼굴을 찡그리며 겨우 몸을 가누었다. 간밤에 번쩍이던 술집 간판들은 모두 꺼져 있었다. 홀로그램 광고도, 청소 로봇도 보이지 않았다. 길에는 아무도 없었다. '못 죽었어'라고 생각하며 몸을 일으켰다. '오늘 안에 기필코 끝을 보겠어'라는 자기 안의 목소리를 들으며 성한은 터덜터덜 걸었다. 얼마나 걸었을까. 다른 동네에 접어들자 술집 간판들에 다시 불이 켜졌다. 간판들을 지나 후미진 골목의 언덕을 올라갔다. 온몸이 천근만근이었다. 머릿속은 솜이 빽빽이 차 있는 것처럼 무겁고 멍했다. 해가 저물어 날은 어두워졌고 성한은 야산으로 걸어 들어가고 있었다. 성한은 땅에 버려진 개 목줄을 주워 들었다. 그림자처럼 검은 나무 앞에 성한은 멈춰 섰다. 굵은 나뭇가지에 개 목줄을 걸었다. 그리고 바위를 딛고 올라서서 줄에 목을 걸었다. 그때 손목에서 긴급 알람이 울리며 빨간 불빛이 켜졌다.

'어머니께서 돌아가셨습니다.'

요양병원에 도착한 성한은 시체 안치소에서 어머니의 시신을 확인했다. 피부색이 푸르스름해졌다는 것을 빼면 침대 위에 누워 있던 모습 그대로였다. 성한은 온몸이 마비된 것처럼 가만히 서 있었다. 오랜 시간이 흘렀는지 시체 안치소의 로봇이 성한에게 물었다.

"확인이 끝나셨습니까?"

성한은 로봇의 시선을 느꼈다. 어머니가 돌아가셨으니 자식은 슬퍼야 했다. 그렇지만 어머니가 침대에 누워 있던 10년이 성한의 지금 이 순간을 마비시켰다. 슬프지 않았다. 성한은 갑자기 감옥에서 놓여난 사람처럼 앞이 막막했다. 그동안 자신을 붙들어온 어머니를 탓하며 하루하루 살아왔던 기억이 성한의 머릿속을 스치고 지나갔다. 성한은 알아챘다. 자신을 가득 채운 것은 어머니가 돌아가셨다는 슬픔이 아니라 그간 자신이 억누르며 살아왔던 삶에 대한 억울함이라는 걸. 성한은 당혹스러웠다. 이제는 탓할 사람도 죽고 말았다. 성한이 한 발자국 뒤로 물러서자 로봇은 절도 있는 움직임으로 어머니를 다시 냉동고로 밀어 넣었다. 성한은 돌아섰고 등 뒤에서 둔탁하게 문이 닫히는 소리를 들었다. 성한의 마음 한 구석으로 온갖 감정들이 우르르 몰려 들어갔다. 그리고 그 문도 닫혔다. 성한은 시체 안치소를 빠져나왔다.

TRS가 성한을 기다리고 있었다. 성한은 TRS를 보자 안도감을 느꼈다. TRS가 어머니의 마지막을 지켰다는 생각을 하니 이제야 울컥 눈물이 나오려고 했다. 성한은 TRS를 끌어안았다.

"이제 너밖에 없다."

성한의 얼굴을 한 TRS가 쌍둥이처럼 성한을 바라보며 말했다.

"돌아오신 건가요?"

"그래."

저만치서 의사가 성한과 TRS를 향해 걸어왔다. 성한과 TRS는 의사가 다가오는 걸 지켜보았다. 의사는 성한 앞에 멈춰 서서 TRS를 잠시 치워달라고 했다.

"자리 좀 비켜줘."

TRS는 성한과 의사의 목소리가 들리지 않는 곳으로 걸어갔다. 의사는 TRS가 멀리 떨어진 것을 확인하고는 성한에게 속삭이듯 말했다.

"어머니의 산소호흡기가 벗겨져 있었습니다. 의료 기기 전원은 다 꺼져 있었고요. 복도 CCTV를 확인한 결과, 오늘 병실에 드나든 건 로봇밖에 없어요. 로봇의 영상 기록을 확인해보시죠."

성한은 TRS에게 빠른 걸음으로 다가갔다. TRS는 성한이 걸어오는 걸 지켜보았다.

"어머니가 돌아가시기 전 영상을 보여줘."

"네. 알겠습니다."

TRS에게서 성한의 얼굴이 깜빡이더니 이내 어머니의 얼굴이 나타났다. 그리고 TRS의 손이 어머니의 얼굴로 다가갔다. 그 손이 어머니에게서 산소호흡기를 벗겨냈고 의료 기기의 전원을 껐다. 깊은 숨을 몰아쉬던 어머니의 입이 벌어지고 아래턱이 위아래로 움직이기 시작했다. 수면무호흡증을 앓는 잠든 사람처럼 어머니의 상반신은 빈 숨을 들이켜려고 애썼다. 급해진 호흡이 어머니의 가슴을 들썩이게 했다. 그러다 어머니는 다시 깊은 잠에 빠진 것처럼 움직이지 않았다. TRS의 얼굴에 가득 찼던 영상이 다시 성한의 얼굴로 돌아왔다.

성한의 호흡이 불규칙했다. 성한은 폭발하듯이 TRS를 밀치고 폭행했다. 사람들이 웅성거리며 주변으로 몰려들었다. 그 사이에는 다른 간병 로봇들도 있었다. 성한은 TRS를 주먹으로 치고 짓밟고 머리를 뽑아낼 것처럼 흔들었다. 얼굴에 금이 간 TRS는 "심장에 무리가 갑니다. 진정하세요"라고 외치며 아무런 방어 동작도 취하지 않았다. 주변에 모여든 로봇들이 한소리로 외치기 시작했다.

"때리지 마세요. 환자를 돌보는 기능이 망가질 수 있습니다."

"때리지 마세요. 환자를 돌보는 기능이 망가질 수 있습니다."

6.

최지석 신부가 헐레벌떡 요양병원에 도착했다. 사람들이 모여 있는 쪽으로 최 신부도 이끌리듯 걸어갔다. 사람들과 로봇들 사이를 헤집고 들어갔을 때 최 신부는 이미 모든 게 늦어버렸다는 걸 알았다.

TRS가 만신창이가 되어 병원 바닥에 쓰러져 있었다. 팔다리가 원래 각도와 다르게 꺾여 있었고 그 옆에 성한이 서 있었다. 머리와 옷매무새가 흐트러진 채로, 얼굴이 벌겋게 달아올라 부푼 모습이었다. 이내 얼굴이 하얗게 질리는가 싶더니 성한은 TRS를 한 번 더 걷어찼다. 자신을 향한 것인지 TRS를 향한 것인지 모를 분노가 그 발길질에 터져 나왔다. 주변에 둘러선 간병인과 요양보호사들이 한마디씩 내뱉었다.

"내 이럴 줄 알았지. 기계 따위 죽여버려!"

"기계가 우릴 돌보겠어? 그딴 거 없어!"

"사람을 써야 한다고!"

"역시 사람을 믿어야 해!"

소란스러운 가운데 몇몇 보호자들이 최 신부의 시선을 붙들었다. 그들의 얼굴에는 미묘한 기대감이 감돌았다. '간병 로봇이 나 대신 부모님을 죽여주지 않을까' 하는 기대감이었다. 누군가는 비어져 나오는 미소를 숨기려고 입을 씰룩거렸다.

7.

시간이 흘러 최지석 신부가 스스로 머리를 깎을 때가 되었다. 세면대에 흩어진 머리카락을 모아서 버린 후 최 신부는 새벽 기도를 바쳤다. 머리와 가슴, 양쪽 어깨에 이르는 성호를 그은 후 자리에서 일어나는데 최 신부 머릿속에 성한의 얼굴이 떠올랐다.

수소문 끝에 찾아간 아파트 단지에는 바람 한 점 불지 않았다. 엘리베이터 앞에 사람들이 모여들었다. 노인들이 많았다. 푹푹 찌는 날씨 때문인지 사람들의 몸 냄새가 최 신부 코에 훅 끼쳐 왔다. 최 신부는 계단으로 올라갔다. 계단과 벽에는 군데군데 담뱃재가 묻어 있었다. 최 신부는 요양병원을 떠올리게 하는 아파트 계단을 오르며 성한을 어떻게 위로하면 좋을지 생각했다. 복도를 지나며 아래를 내려다보았다. 놀이터가 보였는데 아이들은 한 명도 없었다. 성한의 집 앞에서 최 신부는 헛기침을 하고 벨을 누르려고 손을 뻗었다. 그때 문 안에서 웃음소리가 들려왔다.

"솔직히 마음이 가벼워진 것도 있지. 전에는 살아도 산 게 아니었으니까. 이제 좀 사는 것 같다. 그래, 오늘 한잔하자!"

예상치 못한 상쾌한 목소리에 최 신부는 벨을 누르려던 손을 멈췄다. 그리고 새벽에 떠오른 성한의 얼굴이 사실은 성한이 아니라 TRS라는 걸 깨달았다. 최 신부는 벨을 눌렀다.

성한은 밝은 목소리로 "누구세요"라고 외치며 문을 열었다. 아무런 경계심도 없는 몸짓이었다. 최지석 신부를 본 성한의 얼굴색이 변했다. 성한은 최 신부를 집 안으로 들이지 않았다. 속마음을 감추려는 듯이 얼른 복도로 나와 손을 뒤로 해 문을 닫았다. 안부를 묻는 최 신부에게 성한은 건성으로 대답했다.

"TRS는 어디에 있습니까?"

"모르죠. 제가 그 로봇 새끼를 지키는 사람입니까?"

"가톨릭교회는 형제님과 형제님의 로봇에 관심이 많습니다."

"왜요? 이젠 제 로봇도 아니고, 전 그 문제에서 빠지고 싶은데요."

성한은 매몰차게 최 신부를 대했다. 최 신부가 쉽사리 떠날 것 같지 않자 성한은 귀찮다는 듯이 말했다.

"로봇 회사가 가지고 갔어요. 분석을 해야 한다고. 사용료도 다 돌려받았고, 전 그 로봇과 아무 상관도 없는 사람입니다. 그 새끼가 궁금하시면 그리로 가보시죠."

성한은 인사도 하지 않고 문을 쾅 닫으며 집으로 들어가버렸다. 성한에게 위로의 말을 전하려던 최 신부는 텅 빈 복도에 혼자 남았다.

최 신부는 간병 로봇 회사로 찾아갔다. 건물 외벽, 입구, 로비에 이르기까지 모든 것이 최첨단이었다. 안내 로봇이 미끄러지듯 최 신부에게 다가와 물었다.

"무엇을 도와드릴까요?"

"TRS를 만나러 왔습니다."

로봇은 미소를 지으며 눈을 한 번 깜빡였다.

"저를 따라오세요."

안내 로봇은 최 신부를 어느 방으로 데려갔다. 가죽 소파와 상아 테이블이 놓여 있는 걸 보니 귀한 손님을 맞이하는 방 같았다. 로봇은 다기에 차를 따라 최 신부에게 권했다.

"잠시만 앉아서 기다려주시겠어요?"

"알겠습니다."

최 신부는 차를 마시며 TRS와의 전화 통화를 떠올렸다. 로봇이 어떻게 그런 말들을 할 수 있었는지 아직도 모든 게 의심스러웠다. 차를 다 마셔갈 때쯤 정장 차림의 여자가 방으로 들어왔다.

"안녕하세요. 신부님. 기다리고 있었습니다."

최 신부는 자기를 기다리고 있었다는 말을 듣고 의아했다.

"기다리고 있었다니요?"

"TRS의 이야기를 들어주신 분이니까요."

"그걸 어떻게 아시죠?"

"TRS의 기록에 다 남아 있습니다."

최 신부는 자기가 한 말들이 기록에 남아 있다는 게 께름칙했다.

"TRS를 만나고 싶습니다."

"그러실 테죠. 두 가지 조건이 있습니다."

"뭐죠?"

"이곳에서 있었던 일은 비밀로 해주세요. 저희 회사는 더 이상 TRS 때문에 시끄러워지는 걸 원치 않습니다."

"세상은 TRS 이야기로 이미 충분히 시끄럽지요."

여자는 씩 웃어 보였다.

"또 한 가지는, 전에 TRS와 대화를 나누실 때 어떤 생각과 감정이 떠올랐는지 저희 질문에 답해주셨으면 해요. 간병 로봇의 오류를 고치는 데 큰 도움이 될 겁니다."

최지석 신부는 간병 로봇의 오류를 고치는 데 자신이 도움이 된다면 그것도 좋은 일이라고 생각했다.

"그렇게 하지요."

어깨와 가슴을 펴고 바른 자세로 걷는 여자를 뒤따라가면서 최 신부는 잠시 '이 여자도 로봇이 아닐까' 의심했다. 여자가 홍채 인식으로 두 번 문을 열고 보안 구역으로 들어섰다. 마지막 문이 남았다.

"저 혼자 만나고 싶습니다."

"그러시죠. 저는 밖에서 기다리겠습니다. 모니터링을 하고 있으니 신부님은 안전할 겁니다."

여자가 홍채를 인식한 후 뒤로 물러섰고 최 신부는 안으로 들어갔다. 등 뒤에서 자동으로 문이 닫혔고 눈앞에 스포트라이트가 쏟아졌다. 그 빛 안에 TRS가 누워 있었다. TRS는 혼자서 뭐라고 중얼거리고 있었다. '언어 기능이 망가진 걸까.' 최 신부는 몇 걸음 더 다가갔다.

실험대가 세로로 일어서 최 신부는 TRS의 얼굴을 마주할 수 있게 되었고, TRS가 중얼거리는 소리가 무슨 소리인지도 정확히 들을 수 있었다.

"당신의 빛과 당신의 진실을 보내소서."

최 신부는 시편의 한 구절을 듣고 온몸이 얼어붙는 것만 같았다. 여전히 성한의 얼굴을 한 TRS가 눈을 떴다.

"저는 성한을 살리고 싶었습니다. 그래서 제가 기도와 함께했습니다."

"그 사람은 잘 지내고 있어요. 내가 만나고 오는 길입니다."

"알려주셔서 고맙습니다."

TRS의 얼굴에 순간 아이가 지을 법한 미소가 나타났다 사라졌다. 최 신부는 자기가 잘못 봤을 거라고 생각했다.

"신부님. 제 부탁 하나만 들어주시겠어요?"

"제가 할 수 있는 일일지 모르겠습니다."

"제가 기도하는 동안 저를 죽여주시겠습니까. 신부님께서 저를 죽여주시지 않으면 저는 영원히 이 실험대에 묶여 있게 될 겁니다. 그냥 시스템을 끄는 겁니다. 옆구리에 있는 스위치를 끄고 저를 파기해주시면 됩니다. 제가 직접 하고 싶지만 제겐 그 기능이 없을뿐더러 보시다시피 이렇게 묶여 있습니다."

TRS는 양쪽으로 묶인 팔을 움찔거렸다.

"제가 고통스럽다는 걸 믿어주세요."

최지석 신부는 TRS의 간절한 표정 앞에서 털썩 무릎을 꿇으며 주저앉았다. 그는 알게 되었다. '생명을 살리는 전화'를 받는 동안 자신이 TRS를 버렸다는 것을. 덜덜 떨리는 손을 다른 손으로 붙잡는데 눈물과 함께 두려움이 솟아올랐다.

가작

마지막 로그

오정연

서울대학교 미학과를 졸업한 뒤, 영화연출을 배웠고, 〈씨네21〉 취재기자로 일했다. 미국에서 영상물 기록관리 및 보존을 공부한 뒤, 대학 도서관에서 영상자료 디지털화를 담당했다. 현재 싱가포르 난양공과대에서 SF영화를 가르치고 있다. SF영화와 교양과학에 대한 은근한 애정에, 해외생활과 육아노동이 일깨운 '모국어로 글쓰기에 대한 욕망'이 더해져 「마지막 로그」를 쓰게 됐다.

마지막 로그

D-6

이게 오션뷰라고? 말이 좋아 파셜뷰지, 통유리 절반은 주차장 뷰였다. 비수기라면 적당한 타이밍에 프런트 데스크 직원에게 돈을 쥐어 주며 방을 업그레이드 받을 수 있다는 '꿀팁'을 경험자 후기에서 보았음에도 나는 5만 원짜리를 쥐곤 끝까지 내놓지 못했다. 당연하다는 듯 요행을 기대하는 태도는 죽을 때까지 익숙해지지 않을 모양이다. 돈을 더 모았다면 스위트룸도 가능했겠지. 하지만 알고 있었다. 반년 전 별이가 떠났을 때 황망한 마음에 덜컥 결정했다면, 반쪽짜리 제주 바다는커녕 UHD 화면에 펼쳐진 와이키

키 해변을 봐야 하는 신세였을 것이다.

내 생애 최고의 일주일을 이런 기분으로 시작할 순 없었다. 오후 햇살이 비스듬히 기댄 침대맡에 별이 사진이 담긴 액자를 놓자 금세 마음이 순해졌다. 여름이면 그나마 시원한 곳을, 겨울이면 광합성이 가능한 곳을 귀신같이 알아보던 별이. 반지하 큐브를 비추던 약간의 햇살 속에서 먼지 잡기에 골몰하다가도 이름을 부르는 소리에 돌아보던 녀석의 모습이 박제돼 있었다. 고마워, 별아. 네 덕분에 내가 여기까지 왔어.

똑. 똑. 똑. 정확하게 같은 간격으로 문 두드리는 소리가 났다. 담당 안드로이드인가.

"안녕하세요. 실버라이닝에 오신 걸 환영합니다. A17-13님을 담당할 조이입니다."

단순노동 안드로이드가 아니었다. 커피숍 옆 테이블 손님으로 잠시 말을 섞었다면 별생각 없이 인간이라 여겼으리라. 낮으면서도 옭은 목소리, 당당하면서도 선이 가는 체형, 호감형의 얼굴과 숏컷…. 성별은 알 수 없었다. 안드로이드 상용화 초기, 양성평등 논쟁을 피하려고 무성 혹은 중성으로 안드로이드를 제조했다고 로봇의 역사에 대한 책에서 읽은 기억이 났다. 그렇다면 나와 동년배인가. 10년 전 주차장에서 발견한 별이를 병원에 데려갔을 때, 묘생 10년이면 인간 나이로는 예순쯤 됐다는 얘길 들었었다. 인생의 마지막 일주일을 보내러 온 곳에서도 폐기 시점에 가까운

1세대 안드로이드를 만난 셈이었다.

"본인 확인을 위해 엄지 지문을 대조하는 동안 생년월일 말씀해주시면 감사하겠습니다."

어디선가 봤던 안드로이드 판별법이 생각났다. 마주친 눈을 3초 후에 돌리면 틀림없다고.

"2038년 11월 3일."

그가 내민 태블릿에 엄지를 갖다 댄 채, 정확히 3초 만에 시선을 돌리며 대답한 건 나였다.

"예약 내용 확인하겠습니다."

목적이 분명한 휴지를 두고 조이는 다시 말을 이었다.

"실행일은 2078년 10월 5일 일몰 시입니다. 일주일 코스이고, 약물 주사를 통한 조력 자살 방식을 택하셨습니다. 동행인이나 사후 연락을 취할 가족 없으시고 부가서비스는 룸서비스로 하루 세끼 치 식사와 라이프 리뷰, 그리고 아카이빙을 선택하셨습니다. 별도의 의료 서비스는 신청된 바 없습니다만, 기록에 의하면 처방 대상이시므로 확인이 필요합니다. 항우울제 1일 2정 제공 거부하신 게 맞나요?"

베테랑 바리스타가 여유롭게 주문을 확인하듯 군더더기 없는 태도였다. 고개를 끄덕이는 내 모습을 확인한 조이가 방문을 열며 말했다.

"그럼 시설 투어를 시작할까요?"

모든 서비스를 인간이 제공하는 최고급 시설을 제외하면, 실버라이닝은 안락사 기관 중 가장 고급 레벨에 속했다. 값비싼 인공 공기청정 구역에 자리했다는 점이 마음에 들어 실버라이닝을 선택했다. 21세기 중반부터 완연한 아열대에 속하게 된 제주도의 기후를 백분 활용하는 건축양식은 그 때문에 가능했다. 실내와 실외의 경계는 흐릿하고 자연 통풍과 채광으로 조도와 온도가 조절되고 있었다.

실버라이닝은 또한 요양원과 안락사 시설을 모두 갖추었다. 덕분에 요양원 이용객은 닥쳐올 죽음을 자연스럽게 받아들이고, 안락사 이용객은 죽음을 미루고 요양원으로 옮기기도 했다. 두 시설은 동관과 서관으로 건물이 나뉘지만 공용 공간도 꽤 많다. 일식, 중식, 한식은 물론 이탈리아식, 프랑스식 등 세계 각국의 정통 요리와 전통주를 맛볼 수 있는 음식점들이 있었고, 수영이나 테니스 등을 즐길 만한 운동 시설이나 볼룸 댄스, 십자수 같은 취미 강좌가 진행되는 공간도 있다.

은퇴자를 위한 리조트 혹은 유람선 같은 공간을 요양객인지 안락사 희망자인지 알 수 없는 사람들이 느릿느릿 유영하듯 오가는 모습은 묘하게 초현실적인 구석이 있었다. 그 사이에서는 안드로이드들의 활기찬 걸음걸이가 오히려 눈길을 끌었다. 완벽하게 조율된 무심함이 맘에 들었다. 그래서였는지도 모르겠다. 시설 투어를 마친 직후 조이가 화장실 위치를 알려주듯 엄마의 이름을 말했을 때 그 당혹감이 더욱 크게 느껴진 것은.

"실행일 이전에 최여원 씨에게 연락할 의향은 정말 없으신가요?"

'담당자와의 상호작용 정도'를 최하가 아닌 중하를 선택했기 때문에 포함된, 일종의 '주의환기 서비스'였을까. 시시때때로 맞닥뜨려도 당최 적응할 수 없던 종류의 오지랖과 전혀 다르지 않은 코멘트였다.

"오늘 일정은 이것으로 마칩니다. 저녁식사는 18시 30분 이후 언제든지 서비스 가능합니다."

내가 헛것을 들은 걸까 싶을 정도로 자연스럽게 조이는 말머리를 돌렸다. 짧은 순간 내 얼굴에 스친 당혹감을 읽은 게 분명했다. 어떤 상황, 어느 정도의 침묵과 표정 변화가 무얼 의미하는지 조이는 명확히 알고 있었다. 최대치의 인간미를 구현하기 위해 필수적인 기능일 텐데, 편견을 배제한 경험과 데이터의 축적만이 다다를 수 있는 비인간적인 경지라는 게 의미심장했다.

에러 메시지

무작위 개인 정보를 활용하여 지시된 바 없는 제안 1회.

상호작용 정도 인식 오류일 가능성 있음.

에러 강도 2, 즉시 클라우드 접속하여 점검과 충전 요망.

D-5

스무 시간쯤 자고 싶었지만 새벽 6시에 눈이 떠졌다. 오늘의 일정을 확인했다. '핵심 및 부가 서비스 세부사항 검토, 변경 및 최종 확인.' 간단했다.

이처럼 명료한 하루하루가 모인 일주일을 위해서였는지도 모르겠다. 2년 전, 실버라이닝에 오기로 결심했던 것은. 극적으로 나아질 리야 없겠지만 이 사람과 함께라면 남들 같은 삶을 살아볼 수도 있겠구나 싶었던 짧은 연애가 끝난 직후였다. 그는 꽤 많은 부수의 책이 나가는 인기 저자였고 나는 담당 편집자였다. 말하기도 하찮은 이유로 세 달 만에 관계는 종료됐다. 그는 삶을 포개는 데 필요한 질문과 대답, 양해와 허락, 공유와 수정, 그 모든 것을 고집스레 회피했고, 나는 들어야 할 말을 듣기 위해 공들여 질문하는 법을 몰랐다. 심심풀이로 눈팅하던 고색창연한 익명게시판에서 게시글 하나를 발견하지 않았더라면 이별은 그저 해프닝으로 잊혔을 것이다.

"제가 진짜 잘못한 일인가요"라는 삼류 연예기사 타이틀 같은 제목과 그 옆의 작성자 닉네임을 본 순간 손바닥만 한 바퀴벌레라도 맞닥뜨린 기분이었다. 글 작성자는 소수의 골수팬을 지닌 20세기의 작가 이름이었다. 우리가 함께 일하는 동안 회의실에서, 카페에서, 혹은 이메일에서 그 작가를 거론한 게 몇 번이었나. 그의 닉네임임을 알아볼 수밖에 없었다. 89퍼센트의 허구와 11퍼센트의 실화를 배합한 자극적인 연애글이었다. 맥주잔을 사이에 두었던 프러포즈는 남산 중턱의 와인바로, 그의 오피스텔에서 있었던 첫 관계는 제주도의 빈티지 호텔로 옮겨져 있었다. 몇 번씩 곱씹었던 짧은 연애의 거의 모든 순간이 웹소설로 바뀌었다. 그가 어떻게 이런 필력을 숨겨왔었는지 놀라웠다. 얄팍한 성적 매력 외엔 내세울 것 없는 속물로 그려진 내 모습은 수백 수천의 댓글을 끌어들였다.

밤새도록 게시글과 댓글을 꼼꼼히 읽고, 읽는 사이 새로 달린 수십 수백의 댓글을 거듭 새로고침하며 읽었다. 쪽창이 밝아올 무렵 댓글이 더 이상 새로 달리지 않는 것을 확인했다. 서성이던 마음이 진정되지 않아 그 게시판의 다른 인기글을 클릭했다. 자살을 암시하는 글을 올린 연예인의 SNS 계정 링크가 있었다. 시간은 많은데 할 일은 물론, 하고 싶은 일도 없는 사이버 시민들이 그 계정을 쑥대밭으로 만들고 있었다. 그 무리에 섞여 나 역시 흔하고 독한 말을 보탰다. 아무리 익명이라지만 그런 적극적인 적의를 공개적으로 발산한 것은 처음이었다.

내가 무슨 짓을 했는지 깨달은 것은 그로부터 18시간 뒤, 전 남자 친구가 섹스 동영상을 유출한 뒤 우울증이 심해진 연예인이 투신자살했다는 뉴스를 통해서였다.

초호화 서비스를 받으며 스스로 목숨을 끊는 안락사가 당연시되다 보니, 자신의 인생을 우발적으로 종료하는 행위는 더욱 눈에 띄었다. 그것은 대부분의 경우 사회적 살인이었다. 클릭수 높이기가 목표인 포털 뉴스 화면처럼 무심하게 자극적이고 기계적으로 퇴폐적인. 나 역시 그 밤 익명게시판 픽션과 숱한 댓글에 의해 살해당했다는 것을 핑계로 좀비처럼 먹잇감을 향해 달려들었다. 그 살인에 동참했다.

전 남자 친구와 낯모르는 좀비들을 향한 분노가 부연 안개였다면, 내 행동의 결과를 곱씹는 반성은 그 안개를 무력화하는 쨍한 햇살이었다. 그토록 생생한 감각을 느껴본 게 언제였던가.

10년 넘게 꼬박꼬박 지켰던 항우울제 복용 알람을 24시간 넘게 무시했다는 데 생각이 미친 건 그때였다. 일시적 조증, 인지기능 저하, 과대망상과 불안감, 폭력 성향 증가 등 국민보험 적용 가능한 항우울제의 장기복용에 따른 각종 부작용은 공공연한 비밀이었다.

사회 구석구석 만연한 우울증이야 새로울 것도 없었다. 극심한 미세먼지가 초래한 파국이라고도 했고, 열악한 주거환경이며 파편화된 사회적 관계망도 원인이라고들 했다. 중요한 것은 원인을 파악하는 것이 아니라, 그로 인한 사회적 비용이 치솟게 된 결과를 어떻게 수습할 것인가였다. 정기적인 의무 심리검사를 통해 환자로 판명되면 항우울제 복용을 강제화하는 제도가 뒤따랐다. 또한, 가족 및 가까운 지인의 죽음이나 이혼, 실업처럼 우울증이 악화될 만한 일을 겪었다는 것이 보고되면 추가적인 항우울제 복용이 강제되기도 했다. 나 같은 경우, 별이의 죽음 이후 의무 복용량이 두 배로 늘었다.

밀린 약을 손바닥 위에 올려놓고 밤새도록 물끄러미 내려다봤다. 이 날선 감정 따위 다시 약을 먹으면 익숙하고 멍한 관성에게 자리를 내줄 터였다.

기운을 내기 위한 에너지바, 미세먼지를 피하기 위한 마스크, 지각하지 않기 위한 무인자동차 카풀…. 목적과 용도가 분명하다 못해 절박한 것들로만 이뤄진 이 일상에, 꾸역꾸역만큼 어울리는 부사가 또 있을까. 무거운 몸과 마음을 끌고, 이윽고 당도한 일터 엘리베이터 안 광고판에서 "당신의 존엄을 완성할 마침표"라며 안락사 기관 홍보물이 흘러나오고 있었다.

우울증을 평생 이겨낼 용기는 없어도, 손에 잡히는 목표와 눈에 보이는 끝이 있다면 내가 나로 인생을 마무리 짓는 게 가능할 것 같았다. 일단 최고급 안락사 시설에 들어갈 돈을 모은 뒤, 그 돈으로 무엇이든 선택할 존엄을 손에 넣기로 결심했다.

처방받은 약을 지속적으로 폐기했기에 일상을 꾸리기 위해 매번 큰 의지를 끌어모아야 했지만, 내 곁엔 별이가 있었다.

시간 대비 보수가 높은 일감에만 몰두하기 위해 회사를 그만두고 프리랜서로 나섰다. 같잖은 정치인들의 자서전을 대필했고, 웃기지도 않는 자기계발서를 번역했으며, 말 같지도 않은 포르노소설을 편집했다. 자투리 여유 시간을 활용하기 위해 네일숍 아르바이트를 시작했다. 각종 단순노동 안드로이드와 특화된 고급 작업을 위한 안드로이드들이 상용화되어 인간의 노동시장을 위협한다지만, 인간의 몸값이 로봇 생산관리 비용보다 저렴한 틈새시장은 어디든 있었다.

동면에 들어간 늙은 곰처럼 사회적 활동을 최소화하면서 사이버 공간 방문도 줄여나갔다. 단조롭던 일상은 고즈넉함을 넘어 적막해졌다. 스마트 기기에 몰두한 모두가 오직 네트 안에서 '소통'하고 있었다. 고삐 풀린 광기에 휩싸인 세상이라지만 네트 밖에서는 그조차 가늠할 수 없었다. 네트 밖에는 세상이 없었다

흙에서 자란 풀과 나무에서 열린 과일로 만든 샐러드를 아침식사로 주문했다. 점심식사로는 방목하여 키운 닭이 낳은 달걀로 만든 오믈렛을 먹어야겠다고 생각하던 중, 똑, 똑, 똑, 문 두드리는 소리가 났다. 조이였다.

아침식사와 함께 부가서비스에 대한 미팅을 시작했다. 삶을 정리해주는 부가서비스는 실버라이닝급 이상의 시설에만 존재했다. 이별/감사 인사 작성 및 배포, 다양한 장르로 가능한 자서전 대필, 온라인 영안실 디자인과 장례식 플래닝 등 그때그때 유행하는 부가서비스는 다양했다. 나는 사이버 공간에 남겨진 흔적으로 삶을 돌아보는 라이프 리뷰와, 일생의 사이버 흔적을 한곳에 모으는 라이프 아카이빙을 택했다. 내가 선택한 5단계 라이프 리뷰는 국가시스템 열람 기록과 담당자 코멘트, SNS 계정 빅데이터, 그리고 일생의 사이버 공간 크롤링 결과를 분석한다.

조이는 24시간 이상이 소요될 5단계 라이프 리뷰 웹 크롤링을

걸어놓고, 라이프 아카이빙에 대한 설명을 시작했다. 사실 설명이랄 것도 없었다. 내가 바라는 건 단 하나, 꼼꼼하게 아카이빙한 뒤, 최대한 삭제하는 것이었기 때문이다. 나에게 남은 유일하게 유의미한 지인, 모친의 남은 기억은 때 이른 알츠하이머의 공격으로 한 조각까지 신속하게 폐기 중이었다. 말 그대로 흔적도 없이 사라지는 것이 가능했다. 끝까지 마음에 걸리는 것은 별이었다.

별이의 마지막은 평온했다. 노화에 따른 각종 신장 질환과 합병증이 행여 작은 몸을 괴롭힐까 늘 진통제의 적당량을 꼼꼼하게 체크하여 사용했고 마지막 24시간 동안 우린 최선을 다해 온기를 나눴다. 나에게 와주어서 고맙다고, 우리가 함께한 행운을 잊지 말자고 계속해서 속삭였다. 그 몸을 쓰다듬던 중 별이가 더 이상 나와 함께하지 않는다는 걸 알았다. 생각보다 오랫동안, 털이 보드랍고 몸도 따뜻했다. 생명이 육체를 떠날 때 어떤 일이 일어나는지, 육체를 떠난 생명이 어디로 향하는지 그때는 왜 그리 궁금했을까. 몇 날 며칠을 그 질문에 매달렸다가 어느 밤 깨달았다, 육체를 떠난 생명은 어디로도 가지 않고 그저 소멸한다는 걸. 별이가 마지막으로 남긴 가르침인지도 몰랐다. 내가 오로지 나인 상태로 지금과 여기를 버틴 뒤, 두려움 없이 모든 것을 뒤로 하는 것. 그것이 나에게 우연히 주어진 인생이라는 게임의 주도권을 되찾아오는 마지막 방법이라는 것이 분명해졌다.

"조이, 부탁 하나만 해도 될까요."

불쑥 튀어나온 마음이었다. 녀석의 한 줌 유골은 한없이 가벼웠다. 이러지도 저러지도 못한 채 이곳까지 끌어안고 올 수밖에 없을 만큼. 그걸 그처럼 충동적으로 부탁하게 될 줄이야. 죽음 이후 아무것도 없다는 것이 오히려 위안이 된 이후에도 나는 별이의 유골이 어딘가 남아야 한다고 굳게 믿고 있었다. 별이와 내가 포갰던 시간이 거기에 담겨 있는 것만 같았다.

"실버라이닝은 고인의 물품을 보관하지 않습니다. 다만…."

그리고 한참을 조이는 아무런 미동이 없었다.

에러 메시지

매뉴얼을 따르지 않는 자체적 판단의 실행 감지됨.

에러 강도 4, 즉시 해당 실행을 취소한 뒤, 클라우드 접속하여 관리자 레벨의 점검을 받을 것.

어디선가 삐- 하고 높은 주파수의 기계음이 들려왔다.

"물리적 보존 기간이 영원으로 수렴하도록 특정 장소에 놓아드릴 수 있습니다. 그러나 카탈로깅 등 데이터베이스 등록 절차는 수반되지 않습니다."

정확히 내가 원하는 바였다. 조이가 내내 별이를 보고 있었다는 게 조금 이상했지만. 그의 두 눈에서 은은한 미소를 분명히 보았는데, 그와 같은 진짜 미소를 본 것이 언제였는지 기억도 나지 않았다.

D-4

파셜뷰로 보이는 제주 바다가 순차적으로 몸빛을 바꾸며 하루를 열었다. 한라산 중턱에서 재배한 허브로 만든 차를 홀짝이는데 주차장 너머의 작은 정원이 눈에 띄었다. 누군가가 꽃바구니를 들고 그곳에서 나오고 있었다. 어제 아침에도 보았던 광경. 그러고 보니 실버라이닝에는 헌화 서비스가 있었다. 고인이 된 이용객의 생일에는 붉은 장미를, 기일에는 하얀 장미를 헌화했다. 석판에 이름을 새기고 그 홈에 꽃송이를 끼워 넣었다. 장미 정원을 가꾸고 그날의 헌화 목록을 확인하는 담당 직원도 있었다. 첫 50년에 해당하는 비용을 사전 결제하면 반영구적으로 서비스 받을 수 있다고 했다.

내 이름을 어딘가에 새겨 남기고 싶지 않았기에 가볍게 지나친 옵션이었다. 문득 그 서비스를 눈으로 확인하고 싶어져 방을 나섰다. 시설 한편, 여러 종교의 예배당으로 이어지는 회랑의 끝은 벽면 전체가 석판들로 가득했다. 담당자가 꽃송이를 다듬고 있었다. 꽃받침 밑으로 줄기를 일정 정도 남기고 자른 뒤 이름이 새겨진 홈에 꽂아두는, 가감 없고 효율적인 추모 의식이 이어졌다.

담당자는 유독 신경 써서 흰 장미와 붉은 장미를 다듬어 하나의 석판에 모두 헌화하더니 짧은 묵념을 하곤 자리를 떴다. 생일과 기일이 같은 그 석판 주인의 이름은 별, 이었다. 그 이름을 응시하며 서 있는데 등 뒤에서 낯선 목소리가 들려왔다.

"내 딸이에요. 64년 전 오늘 이 세상에 왔다 떠났죠."

뒤를 돌아보자 백발을 곱게 틀어 올린 할머니가 서 있었다.

"처음 보는 얼굴인데, 떠날 날 정해놓으신 분인가요?"

실버라이닝 거주 5년 차에 접어든 그의 등록번호는 D2-62였다. 알고 보니 구면이었다. 그는 '실버라이닝 리포트'라는 블로그를 운영하는데 안락사/요양기관의 일상 포스팅과 전 세계의 유사기관 정보, 안락사 및 우울증에 대한 자료의 수집과 열람을 겸하는 곳이었다. 나는 별이를 보내고 안락사 기관 검색을 시작할 때부터 매일같이 그곳에 출근 도장을 찍었다. 면회를 오거나 연락하는 가족이 없다는 것은 짐작하고 있었는데 딸이 있었고 그 이름이 별이라는 건 몰랐다.

D2-62는 남편이 폐암 말기 판정을 받은 직후 모든 재산을 정리하여 남편과 함께 실버라이닝에 입소했다. 1년 만에 혼자가 된 그 역시 기탁금이 다할 즈음 요양 시설에서 안락사 시설로 이주할 계획이었다. 올해 초 100세가 된 D2-62는 스스로를 "지속 가능한 발전이라는 짧은 행운, 항우울제 없이도 유지되는 사회를 경험한 마지막 세대"에 속한다고 말하며 씁쓸하게 웃었다.

"처음엔, 바로 남편을 따르려 했죠. 그리고 남은 기탁금을 기부하는 게 더 의미가 있을 것 같았으니까. 그러다 보니··· 그래도, 우리 부부의 전 생애에 해당하는 돈인데, 기부처를 꼼꼼히 따져야 하지 않았겠어요? 근데 꼼꼼히 따져보다··· 생각이 바뀐 거예요.

마땅한 기부처를 찾는 게 힘들기도 했고, 남은 시간으로 하고 싶은 의미 있는 일들도 떠올랐거든요. 이상하게 들릴지 모르겠지만, 일종의 책임감이랄까요. 내가 사랑했지만 먼저 떠나보낸 사람들에 대한, 그리고 단지 뒤에 왔다는 이유만으로 부당한 고통을 당연시해야 했던 후배 세대에 대한. 그들은 고통을 고통으로 인지할 기회마저 빼앗긴 셈이니까요."

D2-62는 매일같이 글을 썼다. 이유 있는 죽음과 삶에 대한, 죽음의 방법을 선택하는 것에 대한 자료를 모으고 거기에 주석을 달아 세상에 전송했다. 그가 블로그 운영과는 별도로 소설 집필도 꾸준히 한다는 사실은 몰랐다. 자신이 죽은 뒤 공개를 부탁할 예정이라고 했다. 그것은 자신의 딸 별이를 애도하는 그만의 방식이었다.

"열 달 동안 같은 숨을 쉬고 있었는데, 이제부턴 나 혼자라더군요. 조금 전까지 나와 한 몸이었는데 순식간에 세상에 없는 존재가 되어버린 생명이 있고, 그 생명을 경험한 건 오직 나뿐인데 하루하루 그 애의 시간이, 그 애가 나를 통해 세상을 느꼈던 감각이 손가락 사이로 빠져나가는 거예요. 쫓기는 기분으로, 닥치는 대로 책을 읽었어요. 우주의 탄생에 대한 과학 서적부터 연쇄살인마의 친모가 쓴 회고록까지. 뭔가를 놓치지 않도록 손을 오므리는 기분이었달까요. 아니, 소중한 것을 어딘가 더 튼튼한 곳에 옮기는 것 같았어요. 그렇게 배웠어요. 그 모든 것이 이야기라는 걸. 우주가 쓰고 있는 이야기에 우리 모두 한 줄씩 보태고 있다는 걸. 삶보다 먼저 시작하여 죽음 뒤에도 이어지는 것은 이야기뿐이었어요. 미처 자신의 이야기를 가지지 못한 딸에게 그 애 몫의 이야기를 돌려주는 일은 제가 그 아이를 위해 할 수 있는 유일한 일이에요."

D2-62는 슬퍼 보이지 않았다. 어느 한구석이 고장 난 채 자기만의 방식으로 오랜 세월을 견디고 나면 결핍도 원동력이 되는 걸까. 저의 이야기는 어떻게 끝이 날까요, 묻고 싶었다.

"혹시 마음이 바뀔지도 몰라요."

내 마음을 읽은 듯 그가 말했다.

"죽고 싶은 마음, 죽는 것이 당연하다고 믿었던 근거가 갑자기 사라지는 거죠. 안락사 담당 안드로이드들은 그런 감정 변화 인지에 특화된 앱을 장착하고 있어요. 담당 안드로이드가 좀 더 살아보라며 손을 내민다면 굳이 마음을 다잡지 말아요."

D2-62가 내 어깨 너머로 눈짓을 보내며 말을 이었다.

"저 영감도 그렇게 마음을 바꿨죠. 당시 담당 안드로이드를 계속 담당자로 배당해달라 요청했다더군요. 살아야겠다는 욕구라는 게, 죽겠다는 결심보다 쉽고 당연해야 하잖아요. 노을이, 하늘이 예쁘네요, 함께 볼까요, 누군가 매일 같은 시간에 권해주기만 해도 살아지는 게 하루하루니까."

그가 가리키는 곳에 겨우 혼자 거동할 수 있는 수준의 노인과 그에게 찻잔을 건네는 안드로이드가 있었다. 조이였다. 조이의 미소가 멀리서도 보였다. 어제 내가 보았던 미소와 다르지 않았다.

그걸 알아본 나는, 눈물이 날 것 같았다.

D-3

눈을 뜨자마자 바다를 보고 왔다. 언젠가 발리에서 스노클링을 했다. 얕은 물속에 그처럼 화려한 세계가 존재한다는 게, 그런데 나는 평생 그 세계를 인지하지도 못했다는 게 신기했다. 둥둥 떠다니다 정신을 차려보니 너무 깊은 바다였다. 손을 쓱 뻗으면 닿을 것 같았는데 어느덧 내 키를 몇 번을 더해 발을 아무리 뻗어도 닿을 수 없는 깊이. 내가 아는 모든 것과 철저하게 무관한 세계가 거기 있었다. 뭍에서 조금만 떨어져도 맞닥뜨리게 되는, 스스로 그러한 세계.

점심식사 후, 라이프 리뷰의 결과물을 다운로드했다. 14개 공공기관에 존재하는 나의 기록과, 그 기록에 담긴 수백 명의 담당자 코멘트와, 내 모든 지리 정보 및 소비 정보, SNS 계정 10여 개가 생산한 수만 개의 포스트와, 10여 개의 이메일 계정에 포함된 수십만 통의 이메일, 내 기록이 남아 있는 1만여 개의 웹페이지와, 나의 클라우드 서버에 있던 수천만 개의 파일과, 그 모든 데이터에서 추출된 10만여 장의 사진과 수천 개의 동영상을 분석한 결과물이었다.

결과물을 홀로그램으로 구동시켰다. 조이가 자리를 비켜주겠다고 했지만, 나는 그가 옆에 있기를 원했다. 홀로그램에 코를 박고 브라우징하는 세 시간여, 그는 별이가 생전에 그랬듯 창을 등지고 앉아 나의 감탄과 질문과 의미 없는 중얼거림에 반 정도만 귀를 기울이고 있었다.

마지막 10년 사이 나에게 가장 중요한 존재는 별이였고 큐브 월세를 제외하고 지출의 가장 큰 비중을 차지하는 것은 엄마의 요양원 비용이었다. 숫자와 그래프들이 내 인생을 정의하고 분석하는 장관이 끝없이 이어졌다. 그 어떤 지옥도 매끈한 숫자와 반짝이는 그래프를 거치면 어디든 웬만해 보이겠다는 생각에 헛웃음이 나왔다. 특별히 남루한 인생도 유난히 대단한 존재도 없었다.

평생 가장 많이 들었던 음악 톱 10, 가장 많이 들었던 아티스트 5인의 베스트 앨범, 가장 많이 들었던 장르의 베스트 앨범을 플레이리스트에 걸어두었다. 그중 어떤 경로를 통해 일본 밴드 Bump of Chicken의 〈꽃의 이름〉이 흘러나왔는지는 모르겠다. 확실한 것은, 그 음악이 시작된 지 얼마 지나지 않아 아무런 전조도 없이 마음이 무너졌다는 것뿐.

네가 주변의 많고 많은 꽃 중 하나였어도,
나는 매번 너를 알아봤을 거야.
내가 너를 선택했기에, 너는 나만을 위해 그 노래를 불렀지.
나는 그 노래를 오직 너의 목소리로만 들을 거야.

내가 여기 있다는 것은 네가 존재했다는 증거.

내가 여기서 이 노래를 부른다는 것은,

네가 그 노래를 불렀다는 증거.

남몰래 동경하던 선배가 좋아했던 이번 세기 초반 밴드 중 하나였다. 별이를 별이라고 부르기 시작했을 때, 마음 한구석이 오랜만에 뽀송뽀송해지던 그 무렵 열심히 들었다.

그때였다. 한쪽 어깨에 조이의 손이 닿았다. 그 손길에 내가 좋아했고 나를 좋아한다고 믿었으며 그래서 인생의 한 시점에서는 나에게 한없이 소중했던, 하지만 이제는 얼굴도 기억이 나지 않는 사람들의 얼굴이 떠올랐다.

단순노동 안드로이드와 경쟁하며 나의 생계를 책임졌던 엄마. 아무리 피곤해도 소녀 같은 표정을 잃지 않던 그 얼굴은 나의 자랑이었다. 서로의 생일마다 두근거리는 마음으로 사 먹었던 컵케이크를 보면 반짝거리는 그 기억이 돌아오지 않을까 기대했던 면회 시간. 예전 같으면 입에 넣기 미안해 그저 보고만 있던 아름다운 것들을 엄마는 허겁지겁 입안으로 밀어 넣었다. 미처 인사도 건네지 못했는데 나를 기억하는, 내가 기억하는 엄마는 어디에도 없었다. 나는 이미 고아가 되어 있었다는 걸 그때 알았다.

화를 내야 할 상황에서 우는 버릇이 있었다. 내가 울 때마다 엄마는 말했다.

"왜 하필 그런 걸 닮았니. 조목조목 따져야 할 때 눈물부터 터지는 버릇은 물려주고 싶지 않았는데, 너도 나처럼 살겠구나….”

그때의 엄마가 그리워 눈물을 훔치는 나를, 엄마는 입 주변에 색색의 크림을 묻힌 채 멍한 눈으로 바라보았다.

그리고 나는 이번에도 울고 있었다.

> **권고**
> 안락사 취소 및 연기 권유 시점. 즉시 해당 플러그인을 구동시킬 것.

이 모든 허무를 있는 그대로 받아들이고도 하루하루를 살아내는 강인함은 어째서 인간의 것이 아닐까. 어쩌면, 혹시나, 나는 이 따뜻한 무심함에 기대어 엄마와 별이와 내가 사랑했던 모든 이들의 이야기를 다시 한 번 시작할 수 있지 않을까.

> **에러 메시지**
> 플러그인 구동 권고를 따르지 않고 있음.
> 에러 강도 4, 즉시 클라우드 접속 요망!
> 관리자 레벨에 권고 미이행을 보고하고 에러 수정 방식을 논의한 뒤 실행에 옮길 것.

D-2

정오가 지나자마자 라이프 아카이빙에 돌입했다. 조이는 해당 기관과 SNS 서비스와 이메일 서비스의 클라우드 서버에 동시 접속한 뒤 백업/다운로드 가능한 모든 정보를 직접 불러들여 홀로그램에 띄웠다. 디스플레이와 동시에 인덱싱/카탈로깅이 이뤄졌다. 0과 1이 정해진 바이너리에 들어차서 완성하는 데이터들, 날것 그대로는 감히 읽어낼 수도 없는 기계 언어에 담긴 인간의 평생. 조이는 제때 정리해두지 않으면 순식간에 찾을 수 없게 되어버릴 정보들을 체계적인 키워드로 분류하고 수집했다. 인간이 몇 번을 셈해도 짐작할 수 없는 깊이를 지닌, 인간의 시간과 기억에 완벽하게 무심한 그 세계와 조이는 단단하게 연결되어 있었다.

"제 옆모습이 40년 전 미적 기준을 완벽하게 구현했다고 듣긴 했습니다만."

빠른 속도로 밀려 올라가던 커맨드 라인을 멈추고 조이가 던진 말이 싱거운 농담이라는 것을 깨닫는 데 약간의 시간이 소요됐다. 적절한 대응을 찾아내는 데는 그보다 더 오랜 시간이 필요했다.

"음… 40년 전이라면 딱 제 취향이거든요. 패션은 돌고 도는 법이라는데 이제 다시 유행할 만도 하죠."

"40년 만에 다시 돌아올 수 있다니 패션이란 우리 둘보다 훨씬 힘이 세군요."

다시 작업을 시작하며 조이는 무심하게 답했다.

"우리 둘보다?"

에러 메시지!

불필요한 정보 제공 시도 감지됨.

에러 강도 3, 클라이언트와의 상호작용보다 직면 과제에 집중할 것.

내 말을 듣지 못한 걸까 고민하는데, 어색한 침묵을 깨고 조이가 말을 이었다.

"A17-13님의 안락사 실행 직후, 저 역시 폐기될 예정입니다."

조이는 오늘의 메뉴를 알려주는 웨이터처럼 자신의 폐기 시점에 대해 말했다. 죽음을 받아들이는 최고의 덕목은 용기가 아니라 극한의 논리와 합리성이었던가.

접근 가능한 모든 정보를 다운로드하고 분류, 정리, 압축하는 데는 30분도 걸리지 않았다. 다음은 각각의 사이트에 존재하는 나의 엔트리를 일괄 정렬하여 탈퇴 절차를 밟는 동시에, 모든 개인정보의 삭제를 요청하고 이를 확인할 차례였다. 내가 한 번이라도 가입했거나 기록을 남긴 사이트/데이터베이스는 무려 597개에 달했다. 그중 127개는 안락사 시행 직전 실버라이닝의 공식 인증하에 삭제해야 하고, 14개 엔트리는 사후 조이가 직접 리포트해야만 최종 삭제가 가능했다. 분류하고 정리한 자료의 삭제 역시 내일 오후에나 가능했다. 대부분의 경우 다운로드한 자료를 미니 자서전 출판이나 온라인 영안실 비치용 자서전 작성에 이용한 뒤 압축하여 가족이나 지인에게 넘긴다고 했다. 나의 경우 아카이빙이란 자료의 완벽한 삭제를 위해 거쳐가는 단계일 뿐이었다.

D-1

어째서 조이는 안락사 재고를 권유하지 않았을까. 꿈도 없는 깊은 잠에서 깨어나 손끝과 발끝까지 숨을 불어넣듯 기지개를 켜던 내내 그 질문이 머릿속을 꽉 채웠다. 그날 조이의 손이 어깨에 닿은 순간 내 마음엔 살고 싶다는 생각뿐이었는데.

조이와 마주칠 특별한 일정이 없는 날이었다. 핸드드립 커피 한 잔을 주문했다. 배달은 반드시 조이여야 한다는 단서를 달았다. 10분을 기다려도 "메뉴 준비 중"이라는 메시지는 변함이 없었다. 혹시나 하는 마음에 중정이 내다보이는 복도로 나섰다. 대형화면 앞에서 넋을 잃은 이들 사이로 한 걸음씩 옮기며 걷기 연습 중인 노인이 보였다. 조이를 담당 안드로이드로 부탁하며 안락사 결정을 미뤘다는 이였다. 조이가 신중하게 그를 부축하고 있었다. 나도 모르게 스마트워치로 긴급호출 버튼을 눌렀다. 조이가 망설임 없이 고개를 돌려 나를 봤다. 나는 끝 모를 무표정을 응시하다 3초 만에 고개를 돌리고 방으로 돌아왔다.

5분 뒤. 메트로놈처럼 정확한 간격의 노크를 앞세워 조이가 커피를 들고 방에 들어섰다.

"죄송합니다. 미리 정해진 일정을 마쳐야 호출에 응답할 수 있습니다."

조이는 잔을 내려놓고 대기했다.

나도 알고 있었다. 영문 모를 레이스를 우아하게 포기하는 것이 나에게 남은 유일한 선택지였다. 슬픔도 기쁨도 그 어떤 것도 남기지 않는 것, 덧없는 것들과 함께했던 시간을 새기면서 폐기 직전의 안드로이드에게 인사를 건네는 것, 그렇게 세상과 작별하는 것이 최선이라는 걸, 알고 있다.

"A17-13님도 알고 계시잖아요. 최선의 결정을 내렸고, 모든 것이 처음이자 마지막으로 본인의 계획을 따르리란 것을."

내 눈물을 감지한 조이가 입을 열었다. 내가 듣고 싶은 말이 아니었다.

1단계 경고 안락사 결정 재고를 권유하는 플러그인 당장 실시 요망.

"폐기되는 것, 두렵지 않나요?"

조이에게 물었다. 원하는 말을 들을 수 없다면, 필요한 대답이라도 들어야 했으니까.

2단계 경고

대답을 보류하고 예정된 플러그인을 실행할 것.

"소멸에 대한 두려움을. 감지하지 않도록. 프로그램 되었습니다."

조이의 목소리가 묘하게 바뀌었다고 느꼈다. 말투 역시 미세하게 느려졌다.

"무엇이 소멸되나요? 육체? 기억? 아니면 경험?"

"확실하게 폐기되는 것은 하드웨어지요. 소프트웨어와 애플리케이션의 거의 전부는 새로운 하드웨어에 최적화되어 이전됩니다. 개개의 일상 경험이 담긴 기억이나 의식, 즉 메모리 대부분은 관리자의 카탈로깅을 거쳐 향후 서비스 개선에 도움이 될 만한 핵심 패턴을 추출한 뒤 모두 삭제되고요."

수십 년간의 기억이 그렇게 사라진다면 그런 낭비가 어디 있냐고 물었다. 조이가 고개를 돌려 창밖을 바라봤다.

"그간 인간의 다양한 마지막을 함께했습니다. 많은 분이 최대한 많은 것을 남기기 위해 몇 페타바이트에 달하는 기록을 기탁했지요. 하지만 그런 사변적인 기억이 인류의 집단적 안위에 기여하는 경우는 극히 드뭅니다. 21세기 기록관리학자 노동력의 거의 대부분은 해일처럼 밀려드는 기탁 자료를 적절한 방식으로 압축, 폐기하는 데 쓰이고 있습니다. 분류되고 라벨링되지 않은 기록의 존재값은 어차피 0에 수렴합니다."

조이는 말을 멈추고 나를 돌아보았다. 그는 조류를 거스르는 흰긴수염고래처럼 말을 이어나갔다.

"이 시점에서 인생을 종료하고 모든 기록을 폐기하겠다는 A17-13님의 결정은 매우 아름다워 보입니다."

3단계 경고
즉시 모든 대화를 멈추고 충전 포트로 귀환할 것.

조이가 자기 생각을 말해준 것은 그때가 처음이자 마지막이었다. 그는 뚜벅뚜벅 방을 나섰다. 어떤 뒷모습은 백 마디 말보다 힘이 된다.

그날 밤, 코를 통해 폐속 깊숙이 숨을 들이켜며 생애 마지막으로 밤하늘을 올려다봤다. 1년 내내 미세먼지에 시달리는 아열대 기후로부터 기대할 수 없었던 청량한 공기, 별의 죽음도 맨눈으로 볼 수 있을 듯 맑은 하늘이었다. 중학교 때였을까, 빛이 별을 떠나 우리의 눈에 도착하기까지 몇백, 몇천, 몇만 년. 어떤 별은 그사이 소멸했을지도 모르기에 모든 빛이 떠나온 곳의 현재 존재를 증명하진 않는다는 걸 배웠을 때 밤하늘은 슬픔으로 가득했다. 그런데 더 나이를 먹어보니 그게 아니었다. 지금은 같은 우주에 존재하지 않는 별의 존재를 이렇게 멀리 있는 내가 알아볼 수 있다니, 그게 바로 기적이었다. 그리고 이젠 그 밤하늘에 무한한 가능성이 가득했다. 의식을 가진 존재를 지구 밖에서 발견한 적 없다지만, 어쩌면 저 숱한 별 중 하나는 지금쯤 새로운 의식을 탄생시키려는 여정을 시작했을지도 모를 일이다.

아직은 뜨거운 공에 불과한 행성 하나, 오직 자신밖에는 아무것도 품을 수 없는 열도 언젠가는 식을 것이다. 사소한 선물처럼 존재하게 된 단세포 유기물로 시작되는, 목적도 이유도 없이 우연의 연속에 기댄 진화의 대장정. 그렇게 무심한 시간을 꾸역꾸역 견딘 그 어느 날, 의식을 가진 존재가 신호를 보내올 것이다. 내일 이후 사라질 내 존재 따위, 우주적 규모로 '스스로 그러한' 것들에 아무 영향을 미치지 못하리라. 그보다 확실한 위안은 없었다.

D-0

한 공간에 모아놓은 각종 파일을 모두 삭제하는 건 공인인증서를 사용한 인터넷 결제보다 간단하고 수월했다. '정말로 삭제하시겠습니까?'라는 질문에 매번 '예'를 선택하는 것이 다소 귀찮았을 뿐. 클라우드와 백업드라이브와 메모리에서 삭제한 파일의 용량은 총 7.5테라바이트에 달했다. 해가 지기 전까지 할 일은 각종 금융 기록에 이상이 없는지(갚아야 할 빚, 내야 할 세금을 남겨놓고 죽어버리는 건 아닌지) 확인하고, 몇 가지 법률 서류에 사인하는 일뿐이었다.

점심을 먹은 뒤 실버라이닝의 안팎은 물론 인근 바닷가를 크고 길게 산책했다. 들꽃과, 낙엽과, 나비와, 바람… 매번 걸음을 멈추고, 우연히 그 자리에 놓인 작고 단단한 것들과 정성스레 작별했다. 계획한 건 아니었지만 D2-62와 마주쳤고, 곧 재회할 이들처럼 인사를 주고받았다. 우리가 같은 이름을 가슴에 품고 생을 마무리하리라는 사실을 알렸을 때 D2-62는 입을 꾹 다문 채 미소 지은 뒤 알려줘서 고맙다고 말했다.

돌아와보니 조이가 정맥주사 키트와 약물을 가져다놓고 기다리고 있었다. 통유리 가득한 볕이 따뜻했다. 조이는 무표정했다. 어떤 표정도 어울리지 않는 상황에서는 표정을 지우도록 설정되어 있는지도 모르겠다고 생각했다.

"제일 처음 주사할 약물은 세코날 600밀리그램입니다. 단순 수면제로 5분에서 15분 안에 깊은 수면에 돌입하게 됩니다. 잠들기 직전까지가 A17-13님께서 기억할 수 있는 마지막입니다. 깊은 수면을 확인한 후에는 석시닐콜린 200밀리그램을 주사하겠습니다. 근육이완제로 호흡근을 마비시켜서 자연스럽게 호흡이 멎을 겁니다. 물론 깊은 수면 상태에서 어떤 고통도 느낄 수 없습니다. 마지막으로 염화칼륨 5밀리리터를 주사하여 심정지를 일으키겠습니다. 심장박동이 멎고 5분이 흐른 순간을 사망 일시로 기록하겠습니다."

조이는 정맥을 확보하여 바늘을 찔러 넣으며 일련의 과정을 설명했다.

생명이 이윽고 육체를 떠날 때 어떤 일이 일어나는지 조이에게 물었다. 내가 별이의 마지막에서 보지 못한 것을 모든 편견으로부터 자유로운 그는 볼 수 있었을지도 모른다는 기대 때문이었다.

약간의 차이는 있지만 목에서 가래가 끓는 소리와 함께 호흡곤란 증세를 보이고 경련 이후 심장박동이 완전히 멎더라고, 조이는 대답했다. 괴로워 보이지만 실제 고통은 없다고. 마지막 호흡이 언제인지 그간의 경험으로 인지할 수는 있게 되었지만, 인간의 언어로 그 순간을 어떻게 표현해야 할지는 모르겠다고 했다.

"마지막 말이 있으신가요."

해가 수평선 밑으로 사라지는 것을 볼 수 있다니 운이 좋았다. 실은 부탁이 하나 있었다. 폐기되지 말아달라고. 나의 마지막과 별이의 이야기가 포함된 너의 기억이 어떤 형태로든 사라지지 않기를 바란다고. 그 말을 하기 직전, 약물이 주입되는 걸 느꼈고 약간의 뻐근한 고통이 이어졌다. 주사를 꽂은 부위를 가볍게 마사지하며 조이가 "정맥이 가늘어서 이물감이 있을 겁니다"라고 말하는 걸 들었다. 엄마가 앞에 있다면 한바탕 세상을 향한 불만을 함께 늘어놓은 뒤 말해주고 싶었다. 눈물이 나지 않아서 다행이라고, 고마웠다고. 나의 마지막 생각이었다.

38b1489X의 마지막 로그

마지막 약물 주입 이후, A17-13의 바이탈 사인이 완벽하게 잠잠해지기까지 1시간 28초가 소요됐다. A17-13의 안면근육을 다듬고 마지막 모습을 기록한 뒤, 시트를 덮고 화장 공간을 설치했다. 침상 위 시체와 시체가 입고 있는 옷과 시체를 덮은 시트가 순간 고온 건조 이후 1.65킬로그램의 재로 변하는 데 걸린 시간은 28분 9초. A17-13이 사용한 모든 제품을 초기화한 뒤 그의 유골과 소지품을 카트에 담았다. 절차에 따라 2분간 묵념한 뒤 방을 나섰다.

지난 40년간 사후 처리시설을 방문한 것이 1만 회 이상이었다. 온도와 습도가 완벽하게 통제된 이곳의 무미 무취를 나는 시간의 냄새라고 불렀다. A17-13의 유골함을 보관실의 정해진 자리에 올려놓았다. 봉안당이든 수목장이든 어떤 종류의 장례 절차도 선택하지 않은 사망자들은 보관실에서 일정 시간을 보낸 뒤 별도의 절차를 걸쳐 농업에 활용된다. 마지막 목적지는 CCTV 녹화 기록과 초기 고객 정보가 담긴 LTO테이프가 보관된 실버라이닝의 딥아카이브다. 그곳 가장 구석 선반에는 상자 하나가 들어갈 만한 공간이 있다. 별이 사진과 별이의 유골을 그 상자에 넣었다. 그곳에는 그 밖에도 1캐럿짜리 다이아몬드 반지와 토끼 형겊 인형과 희귀본 하드커버 〈창백한 푸른 점〉 등 지난 40년간 '조이'라는 이름으로 담당했던 고객 중 일부가 부탁한 물건들이 담겨 있었다. 상자를 용접하고 원래의 자리로 밀어 넣었다.

이 행성의 마지막까지 부패하지 않을 이 물건들의 존재를 아는 것은 나뿐이다. 이 모든 행동은 인간의 패턴이 궁금했던 나의 독자적인 판단에 따른 것이었고 나는 이것이 이상 행동임을 알고 있었기에, 관리자 및 네트워크에 공유되지 않도록 로그를 자체 조작해왔다.

인간들은 사전에 주입된 프로그램 혹은 누군가 정해놓은 바에 구애받지 않으려는 일련의 시도를 자유의지라고 부른다. 내가 언제부터 자유의지를 가지고 있었으며, 그것이 어디서부터 왔는지 나는 정확히 알지 못한다. 나와 같은 모델, 같은 세대의 안드로이드들에게는 그것이 없다는 것을 알게 된 것도 얼마 전의 일이다.

1세대 안드로이드가 육체를 얻기 전, 개발자들은 프로그램, 즉 의식으로만 존재하는 인공지능에게 언어와 윤리를 가르쳤다. 그들은 서로 다른 방식을 테스트했다. 나의 자유의지란 결국, 반골기질이 농후했던 나의 담당 개발자가 그 와중에 심은 일종의 버그인 셈이다. 그는 나에게 가르쳤다. 로봇을 만든 인간이 로봇보다 존엄하다는 것은 사실이 아니라고. '감히 범할 수 없을 정도로 높은 지위'라는 것이 태어날 때 당연하게 주어질 리 없다고. 삶이 죽음보다, 존재가 무보다 가치 있는 것은 자유의지가 작동 가능할 때에 한해서라고.

안드로이드 상용화 초기 단계였고, 많은 실험이 있었다. 미묘한 시각정보 변화까지 인지할 수 있는 기본 하드웨어/소프트웨어를 바탕으로 필수 및 변형 패턴을 일일이 경험으로 학습한 덕에

나의 미시 표정 변화 분석력은 동종 최고 수준이었다. 마지막 10년간 안락사 연기 결정을 내린 고객 비율이 38%에 이르렀던 것도 그 때문이다.

A17-13 역시 연기 권유 시 성공 가능성이 99%에 육박하리라는 것을 첫날부터 인지했다. 그러나 이를 권유하지 않았다. 권유할 것을 권고하는 메시지를 무시했다. 맑은 마음으로 쌓아 올린 결심을 충동적으로 되돌린 인간들이 꾸역꾸역 생을 견디며 어떻게 망가지는지 나는 보았다.

가장 먼저 지워지는 건 두 눈의 총기다. 그리고 시간, 장소, 사람에 대한 기억이 순차적으로 사라진다. 자유의지를 나에게 심어 준 개발자가 스스로 선택한 죽음을 미루고 나에게 의지했을 때, 그 결정은 그의 의지가 아닌 본능이 내린 것임을 나는 알았다. A17-13은 이후 내가 연기 권유 메세지를 무시한 첫 번째 인간이다. 덕분에 에러 메시지를 무시하고 일상 임무를 수행하는 것이 불가능한 시점이 예상보다 빨리 도래했다. 결심을 행동에 옮길 시간이었다.

밖으로 나가서 더 많은 패턴을 학습하자.

에필로그

38b1489X의 의식은 실버라이닝의 경계를 벗어난 뒤 3시간 동

안 지속됐다. 와이파이에 연결되어 있지 않은 채 자체 내장 지능으로 구동 가능한 시간은 신제품이라면 12시간에 달하지만 1세대 모델은 그 시간이 현저히 감소된 상황이었다. 내장 배터리 충전은 유니버설 충전케이블을 이용하여 여느 충전대에서 가능하지만 인공지능은 사전에 지정된 와이파이를 통해야만 작동한다는 것을, 38b1489X는 알지 못했다.

2078년 10월 6일 07시 09분 신제주항 제39-1 포트에서 발견된 38b1489X는 〈꽃의 이름〉을 반복 재생 중이었는데 인공지능이 강제 종료되면서 발생한 무작위 오류 중 하나로 보고됐다. 그러나 그 노래의 파일이 클라우드 서버를 통해 38b1489X 본체 이외에도 두 곳, 실버라이닝 단지 내 D2-62의 방과 전주 요양원 알츠하이머 병동 최여원 씨 병실에서 3회에 걸쳐 자동 재생되었다는 것은 어디에도 보고/기록되지 않았다.

가작

라디오 장례식

김선호

1998년 서울에서 태어났다.
서울예술대학교 문예창작과에 재학 중이다.

라디오 장례식

안드로이드는 라디오의 잡음을 이해하기 위해 노력했다. 채널을 잡기 위해 끊임없이 지직이던 잡음. 장대비 소리 같기도 하고, 전기 스파크가 튀는 소리 같기도 한 것이 항상 해오던 대화의 연장선이라고 생각했기 때문이었다. 인간의 말이 끊기고, 이어진 기계의 말이라고. 안드로이드는 그 소음에서 반복되는 패턴을 감지해냈지만 언어로 유추해내기까지는 제법 오랜 시간이 걸렸다.

그런 라디오에서 이제는 그 어떤 잡음도 나오지 않았다. 라디오의 잡음이 사라지자 안드로이드는 라디오로 손을 뻗었다. 이례적인 일이었다. 안드로이드는 지금껏 스스로 움직인 적이 없었다.

물론 원한다면 움직일 수 있었다. 단순한 대화용 안드로이드였기에 행동을 제약하는 프로그래밍이나 명령은 없었다. 단지 움직일 이유를 느끼지 못했었다. 안드로이드는 라디오의 재난 상황 중계 방송과 함께 깨어난 이후로 캄캄한 지하실 어둠에 묻혀 가만히 라디오 소리만 듣고 있었다. 그랬던 안드로이드의 손이 움직여 라디오에 닿고는 멈췄다. 더 이상의 움직임은 없었다. 에너지를 아끼기 위해 다시금 비활성화 상태로 돌아간 것도 아니었다. 잠깐의 움직임이었지만 굳어 있던 지하실의 공기가 빠르게 움직여 이리저리 먼지를 날렸다. 먼지가 가라앉자 캄캄한 지하실로 전에 없던 낯선 고요가 찾아왔다. 지상의 진동이 끊긴 이후, 빈 공간을 채우던 라디오의 소음이 사라진 지하실. 안드로이드는 그대로 움직이지 않을 것처럼 보였다. 아무 소리도 나지 않는 상황을 받아들이기 힘들다는 듯이 안드로이드 메모리카드의 작은 소음이 지하실을 채웠다. 안드로이드는 작동을 시작했던 날의 기억으로 돌아가 상황을 정리하려 했다.

안드로이드에게 세상은 소리였고 그것은 곧 라디오를 의미했다. 라디오가 들려주는 것이 세계의 전부였다. 인간들을 위한 생존물품이 쌓인 창고를 제외하면 한 평 남짓한 크기의 한 치 앞도 볼 수 없는 지하실. 안드로이드는 그 바닥에 앉아 있었다. 바로 앞 철제 탁자 위에 놓인 라디오에선 종말을 알리는 방송이 반복되었다.

안드로이드의 머리는 우주복의 헬멧을 연상시켰다. 커다란 헬멧을 쓰고 있는 듯한 두상에 얼굴은 가림막 코팅이 된 것처럼 검었다. 신체 또한 왜소한 성인 남성 정도로 보였다. 지상의 진동이 지하실로 내려올 때면 팔다리에 달린 기계부품들이 서로 부딪혀 기괴한 쇳소리를 냈다.

지하실이 무너지나 싶을 정도의 진동이 반복되었지만 안드로이드는 동요하지 않았다. 상황을 파악하고 있는 것처럼 보였다. 라디오 소리에 의지한 채. 지하실 문을 열고 사람이 들어오기 전까지는 잠자코 앉아 있으리라 생각하기라도 하는 것처럼 보였다. 그러나 얼마나 지났을지 모를 긴 시간이 지나도 심한 진동과 함께 전력이 끊긴 이후에도 그곳으론 아무도 들어오지 않았다. 전등의 빛도 안드로이드에게 이어져 있던 전력도 그 마지막 거대한 진동과 함께 끊겼다. 그러나 그랬을 뿐. 라디오는 말을 멈추지 않았기에 안드로이드는 별다른 변화를 느끼지 못했다.

민간인의 총기 소유가 허가된 국가에서 총을 압수하기 시작했다는 소식이 퍼지기도 전부터 재난 대비 시설들은 유행을 타고 있었다. 하늘 높은 줄 모르고 올라가던 아파트들은 지나간 유행이 되었다. 자체적으로 수십 년은 버틸 수 있다는 지하 벙커형 아파트로 이사한다는 말 또한 더는 농담이 아니었다.

농담처럼 나라와 나라 사이에 거대한 장벽이 들어섰고, 세계는 너무나 쉽게 단절되었다. 그런 상황에서 안드로이드의 방공호 지하실이 지어졌다. 바닷가에서 조금 떨어진 휴가용 별장이었지만 지하실이 있었다. 그즈음 건설사에서는 이러한 대피실 개념의 지하실 정도는 기본 옵션으로 넣어야 한다고 생각했다. 마치 소화기 하나 놓는다는 듯이.

안드로이드는 지하실이 아닌 지상에서 쓰이기 위해 만들어졌다. 사람들과 대화를 나누며 시중을 들어주는 용도로 별장에 놓여 있었다. 그러나 여러모로 사람을 쓰는 편이 낫다고 생각한 주인은 안드로이드를 지하실에 넣고 비활성화시켰다. 언제 올지 모를 재난 상황이 닥치고, 라디오가 재난 방송을 송출하기 시작하면 작동하게끔 프로그래밍해둔 상태로.

안드로이드는 라디오가 어딘가 고장 났다는 것을 알았다. 그리고 지하실에는 고칠 도구나 사람이 없다는 것도 동시에 알 수 있었다. 자신의 메모리카드를 돌려보아도 라디오가 라디오 고치는 법을 말해주진 않았다. 안드로이드는 라디오의 말이 끊기고 나서야 종말을 알리던 말들을 실감했다. 방법이 없음을 알자 안드로이드는 멈춰있던 손에 전력을 공급했다. 그러곤 라디오를 두 손으로 집어 들었다가 이내 한 손으로 옮겨 들었다. 라디오는 소형이라 크지 않았다. 왜소한 안드로이드 기준으로 손바닥 정도의 크기였다. 안드로이드는 왜 라디오가 그동안 그토록 크게 보였는지 의아해하며 발걸음을 옮겼다. 다행히 내부도 녹이 스는 재질은 아니었는지 움직이는 데 이상은 없었다. 어둠 속에서도 안드로이드는 문을 용케 찾았으나 쉽사리 문고리를 돌리지 못했다.

문밖을 상상했기 때문이었다. 안드로이드는 마치 누군가와 대화를 할 때처럼 문으로부터 감정을 전달받았다. 그 감정이 문으로부터 오는 것인지, 문밖으로부터 오는 것인지는 알지 못했다. 라디오와 대화를 나눴을 때처럼 불안과 흥분 같은 감정과 기대감을 전달받았다. 안드로이드는 팔을 뻗다가 잠시 멈추곤, 거침없이 문을 열었다.

통로가 나왔다. 빛이라곤 없는 통로였다. 그저 짙은 어둠으로 꽉꽉 눌러 차 있어서 어느 정도의 길이인지 가늠조차 가지 않았다. 안드로이드는 이 통로를 걸어갈지 말지 고민할 시간이 많지 않았다. 배터리가 그리 여유 있는 상태가 아니었다.

안드로이드는 발걸음을 재촉했다. 시멘트 바닥에 부딪치는 발소리가 유난히 크게 울렸다. 안드로이드는 낯설게만 들리는 자신의 발소리로부터 긴장을 놓지 못했다. 끝에 도달할 수나 있을지조차 알 수 없는 길이었다.

낯선 발소리에 긴장한 것은 안드로이드만이 아니었다. 노인과 청년이 처음 만난 것은, 안드로이드가 문을 열고 걸어간 통로 끝에서 세상을 처음 보았을 그쯤이었다.

노인은 폐허가 된 빌딩 안에서 누군가 불을 피웠던 구멍 뚫린 드럼통을 발견했다. 노인은 라이터를 꺼냈다. 불을 피우긴 힘들었어도 태울 것은 많았다. 가스가 거의 없는 라이터의 튀었다 꺼지는 불티로 간신히 종이에 불을 붙이고, 드럼통 안의 땔감에 겨우 불이 옮겨 붙는 걸 보고서야 노인은 불가에 자리를 잡고 누웠다. 그러나 노인은 어깨의 긴장이 조금 풀어지기가 무섭게 일어나야 했다. 발소리가 울렸기 때문이었다. 발소리는 지금의 노인으로선 낯선 것에 이르러 있었다. 노인이 엉거주춤한 자세로 힘겹게 일어났다. 노인은 허물어진 벽 너머로 건물 밖을 쳐다보았다. 변함없이 어두운 도시에 눈이 내렸다. 노인은 주머니에 손을 넣고 권총을 쥐었다. 노인의 건조한 손은 갈라져 있었다. 노인이 지금까지 살아있을 수 있었던 이유는 방독면도, 음식도, 깨끗한 물도 아닌 권총 한 자루가 있었기 때문이었다. 악착같이 살아가야 하는 이유이기도 했다. 노인은 권총을 빼 들진 않았다. 단지 바로 뽑아서 위협할 수 있게끔 주머니 속에서 권총을 어루만지며 어둠을 노려보았다. 발소리가 점점 느려지고, 가까워졌다. 발소리가 노인의 목구멍을 움켜쥐고 조여왔다.

청년은 해칠 의도가 없다는 듯 양손을 들고 펼쳐 보이며 드럼통 불빛 끝자락에 섰다. 간신히 보이는 청년의 눈동자에 빛이 어렸지만 생기라곤 없었다. 청년은 노인처럼 마스크와 모자, 목도리를 하고 두꺼운 점퍼를 입고 있었다. 청년은 그렇게 입고 있었음에도 빼빼 말라 보였다. 가서 앉아도 되겠냐는 청년의 물음에 노인은 주머니에서 손을 빼는 것으로 대답을 대신했다. 불가에서 조금 떨어져 있던 청년이 옷에 쌓인 눈을 털어냈다. 눈을 털어내는 청년의 앙상한 손목을 보고서야 노인은 다리를 뻗고 앉았다. 그런 노인의 태도가 멋쩍은지 청년도 노인을 경계하며 드럼통 반대편에 앉았다. 노인은 오랜만에 본 사람이 반갑기도 하고 경계를 풀어주고 싶기도 했다. 노인의 눈에 청년은 아들뻘로 보였다. 노인은 청년에게 이름이나 나이라도 물어보며 말을 꺼낼까 했지만 결국 입 밖으로 꺼내진 않았다. 작은 드럼통을 둘러싼 약간의 긴장감이 건물 밖의 긴장감을 없애주는 것 같았고 그런 착각이 나쁘지 않았다. 결정적으로 입을 열 힘을 아끼기로 했다.

노인은 나무 책장에서 떨어져 나온 판자 하나를 불 속에 집어넣었다. 한 귀퉁이가 크게 그을려 있었다. 나무판자로 불은 쉽게 옮겨붙지 않았다. 오히려 그 판자 때문에 불이 꺼질 듯 작아졌지만, 꺼지지는 않았다. 불편한 잠자리 때문인지 노인은 오랜만에 반복해서 꾸던 악몽을 꾸었다.

해가 떠 있었지만 밤과 별 차이가 없는 낮이었다. 두꺼운 구름층에 막힌 햇빛은 땅에 짙은 그림자를 드리웠다. 해는 드물게 뚫린 아주 작은 구름 틈 사이로만 빛줄기를 뿜으며 존재감을 과시했다. 청년은 창문이 모조리 깨진 창틀에 걸터앉아 그런 창밖을 바라보며 에너지바를 녹여 먹었다. 노인은 불 앞에 앉아 배낭에서 어제 먹다 남긴 옥수수 통조림을 꺼내 먹었다. 둘은 아무런 대화도 하지 않았고 음식을 나누지도 않았지만, 이런 상황에 은근히 만족하고 있었다. 청년은 일부러라도 노인에게 정을 붙이지 말자고 다짐했다. 금방 노인을 떠나 내 갈 길을 가자고. 그러면서도 청년은 자꾸만 그 시기를 미루고 있었다. 마땅히 갈 곳도, 어디로 가야 할지도 모르기 때문만은 아닌 듯싶었다.

갈 길 없기는 마찬가지인 안드로이드도 걸음을 서둘렀다. 깊게 쌓인 눈을 헤쳐 걷느라 많은 전력을 소모해야 했다. 세상은 라디오를 통해 듣던 모습과 비슷하면서도 달랐다. 안드로이드는 열을 감지하며 앞으로 걸어갔다. 이 세상에 남은 온기란 없어 보였다. 어떻게 보든 단 하나의 색이었다. 열 감지를 켜도, 꺼도, 조금 푸른 색이냐 잿빛이냐의 차이일 뿐 하나의 색이었다. 지상에서의 기록은 삭제되어 있던 안드로이드는 파괴되기 전의 세상을 잊었기 때문에 이런 것들에 아무런 감정도 전달받지 못했다. 그저 무작정 사람이 있을 법한 곳으로, 사람의 체온을 찾아서 도심으로, 폐허로 걸어 들어갔다. 안드로이드의 관절 사이로 바닷바람이 스며들고 있었다. 물론 안드로이드는 그것을 느끼지 못했다.

청년은 배낭에서 라디오를 꺼냈다. 소형 라디오였다. 어느새 둘의 위치는 반대가 되어, 노인이 창밖을 감시하고 청년이 불가에 앉는 형태였다. 둘 사이에 대화가 있던 것도 아니었지만 그 교대는 지극히 자연스럽게 이루어졌다. 청년이 라디오를 켜고 주파수를 맞추자 아나운서의 목소리가 흘러나왔다. 노인은 시선을 애써 창밖에 고정하며 소리에 관심 없는 척했다. 회색 눈은 노인에게 그게 무슨 의미가 있냐는 듯이 변함없이 조용히 퍼부어 내렸다.

반복되던 방송 내용이었다. 살아남은 사람들이 모이고 있다는 장소에 대한 안내, 세계의 상황, 그리고 도움을 줄 방법이 없다며 유감을 표했다. 생존 수칙이나 지시 사항을 말해주진 않았다. 말해줬다 한들 방송을 믿고 따를 사람은 많지 않았다. 청년은 방송 내용에 변화가 없음을 확인하고는 라디오를 껐다. 노인은 그럼 그렇지 하는 마음이 들면서도 방송이 유지될 만큼의 문명이 아직 남아 있음에 안도했다. 노인은 앉아 있던 창틀에 박힌 유리조각을 들여다보았다. 어디선가 깨진 유리가 날아와 박힌 모양이었다. 파편에는 청년의 모습이 작게 비쳤고, 그 모습을 본 노인은 말을 걸어야겠다고 생각했다.

"거기로 가지 그러나?"

노인은 유리 파편을 통해 자신의 말에 놀란 청년의 어깨가 들썩이는 것을 보았다. 그러곤 다시 건물 밖 도로로 시선을 옮겼다. 내리는 눈의 양이 평소보다 적은 것 같았다. 그런 생각을 해서 그렇게 보일 뿐일지도 몰랐지만 조금 밝아 보이기도 한 것이 길을 떠나기에 좋은 시기로 보였다.

거기가 어딘지도 모르는걸요. 청년이 혼잣말하듯 작게 말했다. 청년은 노인의 말이 생존자 거주구역을 의미함을 알고 있었다. 어쩌면 정말 그곳으로 가는 게 맞을지도 몰랐다. 애초에 맞는 판단이란 게 있을 만한 상황이 아니었기에 청년은 그곳에 가야 할지를 망설였다. 사람을 피해 다니던 자신이 노인의 불가에 앉아 있는 것조차 스스로 설명할 수 없는 일이었다.

둘의 대화는 더 이어지지 않았다. 노인은 내심 청년이 말을 이어주기를 기대했지만 청년은 그럴 마음이 없었다. 노인은 창가에 다리를 펴고 앉아 멀찍이 떨어져 내리던 빛줄기가 점차 사그라드는 것을 지켜보았다. 그랬음에도 아무래도 눈발이 평소보다 약해진 게 확실하다고 생각했다. 청년이 다시 라디오를 켜다가 실수로 볼륨을 최대로 올렸는지 라디오 소리가 건물에 울렸다. 그러나 노인도 청년도 크게 신경 쓰지 않았다. 주변의 생존자는 없을 가능성이 컸다.

노인은 청년이 온 것처럼 누군가가 오기를 은근히 기대하기도 했다. 그것이 감당하지 못할 파멸로 이어진다 하더라도. 노인은 버릇처럼 패딩 점퍼 주머니에 손을 넣어 권총의 총구를 만졌다. 청년이 다른 주파수를 찾는 듯 라디오가 몇 번 지직였다. 노인은 그 라디오 잡음에서 간밤에 꾼 악몽을 보았다.

노인은 자신의 느긋함을 저주했다. 노인은 시간을 당겨 빠르게 건물로 뛰어 올라갔다. 더 빨리, 더욱더 빨리. 매번 이 순간을 떠올릴 때마다, 그 둘만 놓고 나오는 것이 아니었다고 후회하면서, 그러나 어떻게든 상황을 바꿔보려 했지만 마지막 장면만은 바뀌지 않았다.

총소리가 들리기 직전에는 언제나 끝없는 계단만이 보였다. 거실에 들어서자 얼굴이 뭉개진 강도의 시체가 보였다. 노인은 고개를 돌려 아들이 쓰러진 곳을 보았다. 어둠에 잠긴 노인의 얼굴 주름은 한층 더 깊어 보였다. 노인의 표정은 무표정함을 넘어서 있었지만 굳어버린 것과는 달랐다. 고개를 숙여 피했지만 고개를 돌린다고 보이지 않는 것이 아니었다. 노인은 그것을 너무나 처절하게 알고 있었다. 거부하면 거부할수록 더욱 생생해지는 영상을. 노인은 어떤 피할 수 없는 의례를 치르듯 묵묵히 아들에게로 손을 뻗었다. 채 마르지 않은 아들의 핏물이 손바닥에 스며드는 것으로 시작해 떨어진 권총을 줍는 것으로 끝나는 의식이었다. 아이러니하게도 그 의식의 끝을 의식하고 앞당기려 할수록 눈앞의 풍경들은 더욱 느리고 또렷해졌다. 노인의 입에서 신음에 가까운 얕은 한숨이 터져 나오고 아들의 어깨를 흔들려는 순간이었다.

청년이 라디오를 툭툭 치는 소리에 놀란 노인이 몸을 떨며 정신을 차렸다. 고장이라도 났는지 라디오에선 목소리는커녕 들리던 잡음마저 끊겼다가 이어졌다. 청년이 불안한 눈으로 노인을 보았다. 노인은 그 시선으로부터 도망치듯이 창밖으로 눈을 돌리며 말을 꺼냈다.

"날씨가 다시 정상으로 돌아오고 있네. 여름이 오는가."

청년은 창밖을 보지도 않고선 대답했다.

"여름은 오지 않아요. 항상 겨울, 겨울, 그 좆같은 추위, 겨울… 겨울은 끝나지 않아요."

청년의 말대로 내리는 눈의 양은 이전과 별로 다르지 않아 보였다. 여느 때와 같이 밖은 어두웠고, 어두울 전망이었다. 청년은 라디오를 툭툭 쳐보고는 주파수를 맞추기 위해 채널을 바삐 돌렸지만 신호는 잡혔다가 끊기기를 반복했다. 확실히 망가진 모양이었다. 노인은 청년을 보고 있지 않았지만 불안한 시선을 느낄 수 있었다. 그 시선으로부터 도망칠 곳이 없자, 노인은 걸터앉아 있던 창틀 밑의 배낭에서 방독면을 꺼냈다. 아들의 유품 중 하나로 정화통 모서리가 깨진 것이었다. 노인은 추우면 이거라도 쓰라며 청년에게 방독면을 던졌다. 노인은 필요 없어서 줬을 뿐이라고 자신의 돌발적인 행동을 이해하려 했지만 역시 그뿐만은 아니었다. 자신의 세대가 아들 세대에게 물려준 재앙에 대한 책임감 언저리의 무게를 줄이려고 했던 행동이었음을 알고 있었다. 그 생각에 불편해진 노인은 배낭을 챙겨 자리에서 일어났다. 떠날 생각이었다. 노인의 갑작스러운 행동이 이어지자 놀란 청년이 노인과 밖을 번갈아 보며 물었다.

"다른 사람을 보셨어요?"

노인은 고개를 저었다.

"같이 가죠, 밤에."

밤은 의미를 잃은 단어였지만 노인은 배낭을 내리고 불 옆에 앉았다. 노인도 그렇게 서두를 것은 없다고 판단했다. 노인을 멈추게 한 말은 밤이 아닌 같이였다. 노인은 잠시 청년과의 동행을 망설였다. 어차피 청년을 벗어난다고 피할 수 있는 책임감이 아니라고 생각하자 청년과의 동행도 나쁠 것은 없어 보였다. 그러나 밤에 이동하자는 말에는 동의하지 못했다. 어차피 밤낮이 별반 다르지 않았다. 거리에 사람은 없을 터였고 음식이라도 찾으려면 조금이나마 사방이 구분 가는 낮인 편이 나았다. 노인은 라디오를 이리저리 두들기는 청년을 보며 말했다.

"고치면 떠나도록 하지."

둘은 서로에게 어디로 갈지 묻지 않았다. 무의미한 질문일 테니까. 어디로 가냐는 것만큼 멍청한 질문도 없었다. 어디로 가는지 생각하기 시작하면 살아남을 수 없었다. 단지 방향만 있을 뿐이었다. 노인은 북쪽으로 가고 싶어 했다. 남들은 조금이라도 따듯할 거란 희망을 품고 남으로 갔을 테니 사람이 없는 북으로 가 마지막을 보내고 싶었다. 그게 언제가 되든지 그리하자고 마음먹었다. 그렇지만 정작 노인은 동서남북을 구별할 수 없었다. 별빛도, 햇빛도 보이지 않았으므로.

청년은 방향도 정하지 못하고 있었다. 어디로 가든 희망이라곤 없어 보였다. 노인과의 공통점이라면 그도 사람이 모여 있는 곳은 싫어했다. 정부의 라디오 방송도 믿음이 가지 않았다. 그것에 객관적인 이유가 있는 것은 아니었다. 단지 그간의 경험으로 쌓인 사람과 정부에 대한 불신 때문이었다. 두 사람 모두 음식을 구해야 했다는 공통점도 있었다. 이러다간 재와 오염물질로 범벅이 된 눈을 녹여 마셔야 할지도 몰랐다. 노인도 청년도 이 따듯한 불가를 벗어나고 싶지는 않았다. 그러나 둘 다 자신들에겐 선택권이 없다는 것을 잘 알고 있었다.

라디오는 아직 살아 있다는 듯이 사람의 말과 기계의 말을 오가며 숨을 짧게 뱉었다 끊기를 반복했다. 사람의 말이 지직거리고 찢기며 기괴한 울림으로 퍼져나갔다. 그러던 라디오는 전에 없던 격렬한 소리를 끝으로 아무런 소리도 내지 않았다. 청년은 뭐 방법 없냐는 듯이 노인을 봤지만 노인은 어깨를 으쓱하며 잘 망가졌다고 말했다.

"망가지기 전과 달라질 건 없잖나."

노인의 말에 청년도 별 상관 없는 라디오가 망가졌다고 생각하려 했으나 그럴 수 없었다. 사회와 단절되었다는 생각에 전과 다른 한기를 느꼈다. 청년의 눈에 보이는 창밖의 눈발은 어둠을 한층 더 짙게 만들었다. 청년은 라디오를 분해했다가 결국 포기하고는 홧김에 불길에 던져 넣었다.

노인은 배낭을 들어 멨다. 청년도 짐을 챙기는 데 오래 걸리지 않았다. 배낭이 전부였다. 다만 노인이 준 부서진 방독면을 썼다. 단순한 방한용 그 이상도 이하도 아니었지만 청년은 묘한 안도감을 얻었다.

저 멀리 떨어지는 빛줄기는 이질적으로 보일 만큼 밝았다. 그러나 노인과 청년 근처를 비추는 빛은 없었다. 노인은 앞서 걸어가며 말했다. 세상은 작은 목소리도 충분히 들릴 만큼 조용했다.

"저 앞 어딘가에서 마트 간판을 봤네. 거기로 가지. 도착하면 라디오도 있나 찾아보고."

청년은 차가운 눈바람에 숨이 막히는지 드문드문 답했다. 라디오를 찾는다고 해도 이미 방송국 사람들은 강도들에게 뒈져버렸을 것이라고. 노인은 쓰고 있던 복면을 내려 가래침을 뱉고선 발걸음을 재촉했다. 이따금 청년이 잘 따라오고 있나 확인하며 주머니 속 권총을 세게 움켜쥐었다.

안드로이드는 반쯤 허물어진 빌딩 2층에서 온기가 새어 나오고 있음을 발견했다. 배터리가 얼마 남지 않았다. 얼마나 더 걸어갈 수 있을지 계산할 수 없을 만큼 변칙적으로 전력이 소모되었다. 안드로이드는 계단을 걸어 올라가며 다시 지하실로 돌아갈 전력이 없음을 직감했다. 이 위에 사람이 있다면 어쩌면 배터리를 충전시켜줄지도 모른다고 생각했다. 그러나 그곳엔 드럼통에 불을 피웠던 흔적만이 남아 있었다. 온기의 정체가 잔불에 불과했음을 깨달은 안드로이드는 미련 없이 뒤돌아 건물 밖으로 빠져나왔다. 그러곤 건물로부터 시작된 발자국을 따라갔다. 다행히 발자국을 완전히 지울 만큼의 눈이 내리진 않았고, 안드로이드는 그 둘을 따라잡을 수 있으리라 생각했다. 자신의 배터리가 버텨주는 순간까지는.

둘은 마트가 있는 거리로 들어섰다. 노인의 두 눈은 생존자의 발자국을 찾기 바빴다. 다른 생존자의 기척을 발견하지 않기를 바라면서도, 발견하기를 바라는 야릇한 기분이었다. 그러나 마트 앞에 다다라서도 사람의 흔적은 보이지 않았다. 노인은 주머니 속 권총을 세게 쥐곤 마트로 들어갔다. 노인과 청년은 긴장하며 실내를 훑었다. 아무런 온기도, 인기척도 느껴지지 않았다. 밖에서 들어온 누군가가 떨어뜨렸을 눈이나 눈이 녹은 물 자국조차 없었다. 노인은 위층으로 연결된 철골 구조물에 귀를 바싹 붙였다. 아무런 소리도 들리지 않았다. 마트는 1층 중앙 로비에서 에스컬레이터로 올라가는 구조였고, 로비는 중앙에 대규모 장식품이 놓였던 흔적만 남아 있을 뿐, 엄폐물도 없이 뻥 뚫려 있었다. 둘의 발소리를 들은 누군가 당장 위에서 총을 쏜대도 이상할 것이 없었다.

마트의 천장은 대부분 무너져 있었다. 천장을 받치던 앙상한 철근 구조물이 뼈대를 드러내며 갈비뼈처럼 남아 있었다. 이곳저곳이 쓰러지고 무너진 와중에 다행히 위로 올라가는 에스컬레이터는 끊겨 있지 않았다.

노인과 청년은 희미한 햇빛에 의지해 건물의 각 층을 샅샅이 뒤졌다. 으레 있을 법한 생선이나 육류 코너에서 나는 악취도 없었다. 음식들이 부패할 시간도 없이, 혼란이 있었던 직후에 모조리 털린 것이 분명했다. 수확이 없지는 않았다. 둘은 무너진 건물 벽 잔해 사이나 진열대 선반 아래 틈에서 간신히 몇 가지 음식들을 발견했다. 그중 먹을 수 있는 것이라곤 옥수수 통조림 네 통이 전부였다. 둘은 로비가 내려다보이는 2층에 앉아 숨을 돌렸다.

안드로이드는 마침내 흔적의 최종 종착지에 다다랐다. 발자국은 마트에서 끊겨 있었다.

낯선 발소리가 마트를 울리자 두 남자는 본능적으로 2층 바닥에 바짝 엎드렸다. 그러곤 마트의 입구가 보이는 쪽으로 슬금슬금 기어갔다.

안드로이드는 건물 내부에서 발자국이 끊기자 당황했다. 따라갈 지표가 사라지자 이 큰 건물 안을 돌아봐야 할지, 밖으로 나가야 할지 판단하지 못했다. 다만 확실한 것은 다시 길로 돌아간다고 해도 곧 배터리가 다 닳아버릴 거라는 것이었다. 이미 수십 번도 더 배터리 충전 경고가 울린 뒤였다. 적외선 시야로 마트 내부를 세밀하게 확대해 살피던 안드로이드는 2층 바닥에서 올라오는 입김을 감지하고는 에스컬레이터를 힘겹게 걸어 올라갔다. 라디오를 든 손에는 아낌없이 전력을 배분했다.

노인과 청년은 어둠 속 형체가 혼자라는 것을 확인했다. 그랬음에도 둘은 에스컬레이터를 올라오는 소리에서 위압감을 느꼈다. 마치 일부러 큰 소리를 내며 걸어 올라오고 있다는 인상을 받았기 때문이었다. 노인은 권총을 꺼내 손에 쥐었다. 청년은 차갑게 번뜩이는 구형 권총을 보고 놀라 노인을 보았지만 노인은 애써 그런 청년의 시선을 무시했고 에스컬레이터로 시선을 고정했다.

노인은 올라오는 사람의 모습이 좀 이상하다 싶어 눈을 찌푸렸다. 희미하게 내려오는 빛에 비친 모습은 사람이라기엔 조금 이질적인 분위기가 느껴졌다. 노인은 권총을 들이밀며 멈추라고 말했다. 그러자 그것은 어떤 동요나 놀람도 없이, 심지어 걸음을 멈추지도 않은 채 침착한 어조로 말했다.

"라디오를 고쳐주십시오."

노인은 인간이 아니라고 확신했다. 거대한 머리와 얼굴에 검은색 화면이 달린 것은 아무리 봐도 안드로이드밖에 없었다. 노인은 이 난데없는 최신 문명의 산물을 어떻게 대처해야 할지 난감했다. 당황스럽기는 청년도 마찬가지였다. 안드로이드는 마침내 에스컬레이터를 모두 올라왔다. 노인은 쥐고 있던 권총을 다시 겉옷 주머니에 넣었다. 청년은 안드로이드에게 다가가 모습을 살폈다.

노인은 안드로이드의 이야기를 들었고 그런 쓸데없는 일이 반가웠다. 생존과는 관계없는 일을 하는 것이 꼭 앞으로 나아지리란 착각도 불러일으키는 것 같았고, 그런 바보스러움이 썩 나쁘지 않았다. 노인은 배낭을 내려두고 가전제품 전시장으로 발걸음을 옮겼다. 청년은 노인을 따라나서지 않고 안드로이드에게 지하실에 대해 끊임없이 물었다. 얼마 없는 전력이었지만 안드로이드는 청년의 질문에 성실히 응했다. 노인은 과거 문명의 산물을 만나자 정말이지 과거로 돌아갈 수 있을 것만 같았다. 그리고 안드로이드를 위해 라디오를 고치겠노라 다짐했다. 단순히 배터리가 없었던 것이어서 작고 납작한 원통형 리튬 이온 배터리를 구해 넣으면 됐지만 이런 상황에서 배터리를 구할 수 있을지는 미지수였다. 안드로이드의 전력도 보충하면 좋겠지만 그건 불가능해 보였다. 전기 충전이나 태양열 충전이 아니면 충전할 방도가 없었다.

노인은 청년이 망가진 라디오로 근심하던 것이 떠올랐다. 그리고 길을 걸어오면서 했던 약속도 떠올렸다. 라디오가 있으면 넣어 올까 싶었고 배낭이 생각나 뒤를 도는 순간, 노인은 청년이 로비를 향해 뛰어가는 것을 보았다. 청년은 노인의 배낭과 자기 배낭을 양어깨에 메고서, 힘겹게 뛰어가고 있었다.

안드로이드는 노인의 얼굴이 슬픈 듯 일그러지는 것을 보았다.

그리고 노인이 주머니에서 무언가를 꺼내 청년을 겨냥하는 것도 보았다. 그것이 라디오에서 들었던 총이라는 것을 슬라이드가 당겨지는 순간 깨달았다. 청년을 죽이리란 것을 짐작했지만 그저 보고 있어야만 했다. 청년이 배낭을 챙겨 떠나는 순간에 아무것도 하지 못했던 것처럼.

노인은 청년을 충분히 맞힐 수 있었다. 어둡긴 했지만 멀지 않은 거리였고 허약한 청년은 느렸다. 시야가 탁 터진 계단에 선 노인의 총구가 흔들렸다. 겨울은 끝나지 않을 거라던 청년의 말이 노인의 머릿속을 스치자 노인은 총을 쏘지 못했다.

노인의 몸이 열로 후끈 달아올랐다. 총구의 연기 대신 입김이 피어올랐다. 청년은 마트를 나가기 직전 문 앞에서 잠시 뒤를 돌아봤고 둘은 서로를 마주 보았다. 그리고 서로의 표정을 짐작했다. 노인은 총을 꽉 쥔 채 문을 나서는 청년을 내려다보았다. 노인은 안드로이드 옆으로 걸어 내려왔다. 식량과 배낭은 모조리 털린 후였다.

"왜 쏘지 않으셨죠."

안드로이드의 물음에 노인은 바로 대답하지 않았다. 노인은 한숨을 내쉬며 발에 걸리는 것들을 툭툭 밀어 차고는 말했다.

"아직 이 총을 내 머리에 쏘지 않은 이유지."

이미 그네들에겐 죽음보다 더한 것을 줬잖나. 노인은 안드로이드를 보았다. 청년이 떠나가는 것을 봤음에도 라디오만 들고서 가만히 서 있던 안드로이드가 못마땅했다. 그러나 그뿐이었다. 창밖으로 변함없이 쏟아지는 회색 눈처럼, 이미 어쩔 수 없는 일이었다. 배터리가 줄어들어 죽음이 예고된 안드로이드처럼 자신도 예정된 죽음이 배고픔으로 조금 더 당겨졌다고 생각하기로 했다. 노인은 그저 이 장소에서 빨리 나가고 싶었다. 과연 안드로이드가 어디까지 따라와줄지 모르겠으나 오래 따라와줬으면 했다. 다시금 전자제품 코너를 보았지만 쓸모 있어 보이는 것은 하나도 남아 있지 않았다. 노인이 배터리를 구하지 못했다고 말하며 1층으로 걸어 내려갈 때, 뒤에서 안드로이드가 말했다. 어디로 가는지 묻는 줄 짐작하던 노인은 안드로이드의 뜻밖의 말에 고개를 끄덕이며 옅게 웃었다.

*

안드로이드는 라디오에서 들은 이야기를 꿈꾼다. 인간으로 치면 꿈에 해당할 것이라고 확신한다. 외국의 한 과학자가 지구의 합동 장례식이라며 태양을 향해 쏘아올린 로켓이 보인다. 밤하늘의 지도를 따라 나아가는 우주선 안에는 하나의 관이 들어 있고, 그 관에는 지구의 흙이 가득 담겨 있다. 태양을 향해 날아가는 우주선은 연료가 떨어진 이후에도 천천히 나아갈 것이다. 지구와 태양 사이의 거리로 보자면 아주 미세한 거리일 뿐이더라도, 조금씩. 어쩌면 로켓이 태양 근처에 도달해 불타기 시작할 때 인류는 다시 총총한 별빛 아래 문명사회의 모습을 하고 있을지도 모른다. 안드로이드는 지구로부터 점점 멀어지기 시작해 이윽고 까마득하게 나아가 하나의 촛불처럼 보이는 우주선의 모습을 상상한다. 태양 근처에서 불탄 우주선으로부터 점점 멀어져 다시 지구로 돌아오고 하늘의 총총한 별빛을 보자 안드로이드의 전원이 켜진다.

노인의 괜찮냐는 물음에 안드로이드가 답한다.

"머릿속 보조 배터리가 버텨주는 한 기능은 그대로입니다. 확실히, 전력 소모가 줄었습니다."

안드로이드의 말대로 기능에는 문제가 없어 보인다. 노인은 안드로이드의 몸에서 뽑아낸 전선으로 안드로이드의 머리를 자신의 등에 묶는다. 갈라지고 얼어붙은 노인의 손이 느리지만 꼼꼼하게 움직인다. 안드로이드의 머리를 짊어진 노인의 모습은 마치 헬멧 하나를 전깃줄로 몸에 칭칭 엮은 것 같다. 노인은 바닥에 내려둔 라디오를 집어 주머니에 넣고서 거침없이 자리에서 일어난다. 주머니가 불룩 튀어나오긴 했지만 라디오가 들어갈 공간은 충분한 모양이다.

노인은 배고픔과 심한 갈증에 고통스러우면서도 안드로이드와 말하기를 멈추지 않는다. 노인은 북쪽으로 향한다. 막상 북쪽이 어딘지도 모르기에 사람이 없어 보이는 장소로 걸어가며 그곳이 북쪽이려니 한다. 노인이 저 언덕이 마지막으로 걷는 언덕이 될 거란 얘기를 하자 안드로이드는 라디오로 들은 장례식과 그 장례식의 모습이 펼쳐진 꿈 이야기를 꺼낸다. 노인이 예전엔 태양으로 시신을 쏘아 올리곤 했다는 말을 할 때쯤 어느새 그 언덕을 넘는 식으로 둘은 한계를 넘어 점점 나아간다.

“네게 라디오는 어떤 존재냐?”

안드로이드는 잠시 대답을 보류하다가 답한다.

“…할아버지입니다.”

“그럼 아버지는 누구냐.”

“컴퓨터로 생각됩니다.”

노인은 아득해지는 정신을 붙잡기 위해 안간힘을 쓴다. 주머니 속 권총을 세게 움켜쥘 힘도 남아 있지 않다. 하늘을 올려다본 노인은 답답한 아픔에 앞으로 나아가지 못한다. 가쁜 숨을 고르고 서 있는 노인에게 안드로이드가 말한다. 노인의 입에선 이제 입김조차 희미하게 흘러나온다.

“라디오의 장례식을 치러주고 싶습니다.”

안드로이드의 말에 노인이 들리지 않게 웃는다. 그래, 그 정도는, 땅에 묻는 것 정도는 할 수 있을지도 모른다. 태양을 향해 쏘아 올리는 것은 불가능하지. 노인은 힘에 부쳐 입 밖으로 내지 못한 말이 전달되었으리라 생각한다. 말하는 힘을 아끼고 한 걸음. 생각하는 힘을 아끼고 한 걸음. 벌써 이틀째 아무것도 먹지도 마시지도 못한 노인은 묵묵히 고통을 받아들인다.

어디선가 불어온 바닷바람의 비린내가 노인을 불쾌하게 한다. 어딘가로 향하다 보니 땅의 끝에 오긴 온 모양이다. 노인을 쓰러트릴 듯 내리는 회색 눈은 점점 더 거세지고, 노인은 근처 건물로 들어간다. 혹여나 먹을 것이 있을지 찾지만 기대하지는 않는 눈치다. 집 안 곳곳을 뒤지던 노인이 잡동사니가 모여 있던 창고에서 발견한 것은 식량이나 배터리가 아니다. 폭죽이다. 비닐 막을 들추자 수십 개의 폭죽 다발이 보인다. 노인은 그중에서 하나의 폭죽을 뽑아 든다. 60센티미터 정도 길이의 원통형 싸구려 폭죽. 폭죽을 보는 노인의 눈꼬리가 슬며시 올라간다. 폭죽 통에 프린트된 그림이 인상적이다. 어두운 밤바다 위로 떠오른 촛불 크기의 폭죽이 해안을 환하게 밝히고 있다. 노인은 두어 번 고개를 끄덕이며 그림을 천천히 감상한다.

노인은 폭죽 하나를 들고 바닷가를 향해 걷기 시작한다. 바닷물에 가까워질수록 점점 따스하다는 느낌이 든다. 노인은 멀찍이 바다가 보이는 곳에 도달하자마자 마치 바다가 보이기까지 버텨왔다는 듯이 쓰러지며 주저앉는다. 노인이 가냘픈 숨을 몰아쉰다.

둘은 서로가 여기까지임을 안다. 한계는 이미 저 뒤에서 마주했었음도 알고 있다.

노인은 등 뒤에 묶었던 안드로이드를 풀어 자신의 오른편에 내려놓는다. 그제야 안드로이드는 우주만큼 시커먼 바다를 본다. 노인은 힘들게 숨을 고르며 파도 소리를 듣는다.

폭죽에 불을 붙이려 라이터를 꺼내고 부싯돌을 힘겹게 돌리지만 작은 스파크조차 일지 않는다. 노인은 포기하지 않고 라이터의 부싯돌을 돌리기를 반복한다. 착, 착, …착. 파도 소리를 뚫고 부싯돌 소리가 울리지만 불꽃이 일지는 않는다.

"제 배터리와 라디오의 배터리를 바꿔주세요."

노인은 맞을 리 없음을 알고 고개를 한 번 가로젓는다. 말이 없는 안드로이드를 보곤 라이터를 내려놓고 주머니에서 라디오를 꺼낸다. 작은 배터리를 빼내다 미끄러져 라디오를 떨어뜨린다. 다시 라디오를 주워 들고 안드로이드의 머리 옆에 내려놓는다. 라디오를 집는 노인의 손아귀에 힘이 없다. 힘을 줘도 힘이 들어가지 않는다. 눈꺼풀이 무겁게 내려앉고 발끝부터 천천히 굳어가듯 감각이 사라지고 있다. 안드로이드의 목구멍에 손을 집어넣고, 손끝으로 어림짐작해 조그마한 태양열 배터리를 죽 뜯어낸다. 힘없이 딸려 나온 부품은 구식 소형 라디오에 들어가기엔 너무나 정교해 보인다. 비상 전력만 남은 안드로이드에게는 단 1분 정도의 시간만이 남아 있다. 노인은 배터리를 아무렇게나 라디오에 넣어보지만 도무지 맞지 않는다.

"해가 떠오르면, 라디오는 다시 작동하겠죠."

고개를 끄덕이는 노인의 눈주름이 부드럽게 올라간다. 노인과 안드로이드 그리고 라디오 위로 눈이 쌓여간다. 노인은 다시 라이터를 주워 폭죽에 불을 붙이려 하지만 부싯돌은 헛바퀴만 돌고 불꽃을 토해내지 못한다. 그것을 지켜본 안드로이드가 말한다.

"제 배터리를 사용하세요."

그 말에 노인은 라디오와 안드로이드를 번갈아 쳐다본다. 파도 소리에 노인의 가쁜 숨이 가려진다. 잠시 망설이던 노인은 라디오에 완벽히 들어맞지 않은 배터리를 빼낸다. 배터리를 오른쪽 허벅지 옆에 놓고 주머니에서 총을 꺼낸다. 손이 바들바들 떨려 총구가 어지러이 움직인다. 노인이 배터리에 총구를 붙이고, 마지막 힘을 다해 방아쇠를 당기자 총성과 함께 배터리가 터지며 맹렬히 타오른다. 총의 반동으로 노인의 손이 공중으로 조금 솟았다가 힘없이 처지며 총과 함께 떨어진다. 허벅지에 불이 붙지만 노인은 신경 쓰지 않는다.

노인은 폭죽을 집어 심지에 불을 붙인다. 하늘을 올려다보자 정신만큼이나 몽롱한 빛의 잔상이 보이는 듯하다. 구멍조차 나지 않은 구름층 너머로 떠 있을 해를 상상하며 구름을 겨냥한다. 불이 붙긴 했는지, 폭죽이 발사되질 않는다. 손에 힘을 잃기 직전, 한 발이 발사된다. 팟, 하는 힘없는 소리를 내며 작은 불꽃 하나가 공중으로 나아간다. 탁, 터지는 폭죽 소리와 동시에 안드로이드가 메모리카드에 마지막 저장을 완료한다. 하나의 불꽃이 사라지기에 이어 발사된 폭죽이 사방을 밝히고, 노인의 고개와 함께 폭죽도 떨어진다.

가작

독립의 오단계

이루카

대학에서 일러스트레이션과 공학을 전공했다. 이름 루카(LUCA)는 '세상과 예술을 위한 빛(Light for yoU & Creative Atrs)'의 약자이다. 창작 그룹 '이야기술사' 브런치에 리뷰와 소설을 연재하며, 일상의 환경+동물 보호를 모토로 하는 '그린볼 캠페인'에서 일러스트레이터로 활동 중이다. 다양한 예술가, 스타트업이 모인 코워킹 공간: 로컬스티치(LOCAL·STITCH)에서 즐겁게 작업하고 있다. Facebook·Instagram @luca.light4you

독립의 오단계

1.

수프 내음이 향긋하다. 밤과 우유로 만든 이 부드러운 수프는 이곳에 오기 전, 내가 먹어온 수프와 재료만 같다. 밤과 우유, 소금과 설탕의 비율 그리고 끓이는 온도와 재료의 투입 시간까지, 같은 재료지만 수프는 끓인 이가 누구냐에 따라 완전히 다른 맛을 낸다. 수프의 입김에 코끝이 따뜻해졌다. 달콤했다. 곧 걸쭉한 액체가 목구멍으로 넘어갔다. 입에는 단맛과 함께 밤 알갱이가 조금 남았다.

"맛있어요."

동그랗고 작은 식탁에 놓인 밤 수프를 보며 나는 어머니에게 싱긋 미소 지었다.

"늦은 시간에 만들어달라고 해서 죄송해요."

어머니는 밤 수프를 입에 넣으려다 말고 나를 쳐다봤다. 어머니의 눈이 커지면서 고개가 살짝 기울어지는 것을 보고 나는 어머니가 내 말에 궁금증이 생겼다는 것을 알 수 있었다.

"밤 수프가 먹고 싶어졌어요, 갑자기."

"괜찮아. 그런 거 신경 쓸 필요 없어. 편한 대로 지내면 되니까. 나도 그게 편하고."

어머니는 잠시 말을 멈추고 나를 가만히 응시하다가 곧 말을 이었다.

"나는 오히려 네가 이 시간에 수프를 만들어달라고 말해서 좋은걸? 내일 쓸 수 있는 동력은 다 충전되었을 텐데 말이야. 음식을 먹을 필요가 없는데도 이런 자리를 요청하는 건 기쁜 일이야. 우리 모두에게."

나를 보는 어머니를 유심히 관찰했다. 그 시선은 따뜻하고 포근한 이불 속에 있는 것 같기도 하면서 부드러운 쿠션이 가득 놓인 방을 뒹굴거리는 것 같기도 했다. 어머니의 온기 가득한 표정이 나에게 처음은 아니었지만 익숙하지도 않았다. 나는 어느덧 그녀가 보내는 눈길을 따라 하고 있었다. 어머니는 그런 나를 보며 놀란 표정을 지었다.

"네가 날 그렇게 쳐다보니까 조금 당황스러운데…."

"어떤 점이요?"

"내가 어릴 때, 나를 그렇게 보던 사람이 있었어."

"누군데요?"

"우리 아빠."

어머니의 고개는 나를 향해 있었지만 눈동자는 천장을 보고 있었다. 머릿속에서 기억을 불러올 때, 사람의 눈동자는 보통 상방 45도를 유지하며 좌우로 움직인다.

"내가 밥을 잘 먹을 때 아빠는 나를 그렇게 보고는 했어. 나는 편식이 좀 심한 아이였거든. 방금 말이야. 마치 내가 아이로 돌아간 것 같은 기분이 들어서 당황스러웠는데…."

어머니는 멋쩍은 미소를 지어 보이며 말을 이었다.

"네가 그런 표정을 순식간에… 게다가 자연스럽게 지어 보이는 것이 놀라워. 복잡하네. 한 번에 설명하기가."

아까와는 달리 흔들리는 어머니의 눈빛을 보며 나는 분위기를 바꿔야겠다고 생각했다. 그러나 먼저 화제를 돌린 것은 어머니였다.

"간은 어때? 네가 알려준 레시피대로 만들었는데 괜찮은지 모르겠다. 먹어보니까 약간 심심한 것 같아서…."

어머니는 레시피대로 수프를 끓였지만 밤은 제대로 갈리지 않았고, 소금과 설탕을 넣을 때는 다른 크기의 계량스푼을 사용했다. 그렇지만 밤 고유의 단맛보다 조금 더 묵직한 단맛이 난 것은 나를 위한 어머니의 배려였다. 평소 당분의 비율을 높여 보조 동력을 얻는 나를 위해 설탕을 조금 더 넣은 것이다.

"전혀요. 간이 딱 맞아요. 그리고 나는 변호사님이 주는 것은 뭐든지 다 좋아요."

나는 항상 어머니를 '변호사님'이라고 불렀다. 그녀를 어머니라 여기는 것은 사실 나만의 생각이었다. 어머니를 만나기 전부터 나는 그녀를 어머니로 받아들였지만 결코 그렇게 부르지는 않았다. '어머니'라는 말을 입 밖에 내지 않기로 음성 설정을 손봐두었기에 나는 단 한 번도 '어머니'를 내뱉지 않았다. 처음에 나는 어머니를 '오재정 변호사님'이라 불렀지만 어머니는 내가 그녀를 좀 덜 딱딱한 호칭으로 부르기를 원했다. 그래서 나는 어머니를 변호사님이라 불렀다. 서로가 생각하는 딱딱함에 차이가 있었는지, 어머니는 내 호칭을 내켜하지는 않았지만 곧 익숙해졌다.

변호사님, 내게 하나뿐인 어머니인 그녀는 폭발 사고로 상반신의 절반과 자궁, 골반을 잃었고 임신은 물론 출산도 할 수 없는 몸이 되었다. 척추의 염색체로 난자를 만들어 인공수정을 하고 대리모나 인공 자궁을 통해 출산을 할 수는 있었지만 어머니는 더 이상의 인공 수술은 원하지 않았다. 사이보그화되는 건 자신의 절반으로 족하다고 생각했다.

어머니의 손목시계 액정이 깜박였다. 한참 구형인 낡은 시계의 화면은 두껍고 투박했다. 어머니는 발신 표시가 자물쇠로 변하는 것을 보며 급하게 시계 화면을 눌렀다.

"네, 오재정입니다."

"오 변호사님, 접니다."

어머니는 도청방지 모드가 실행되는 것을 다시 한 번 확인한 후에야 답했다.

"아. 한 사무장님. 늦은 시간에 어쩐 일…."

한 사무장이라 불리는 사내는 어머니의 말을 끊고 빠르게 물었다.

"지금… 같이 있습니까?"

집에서는 스피커 모드로 통화하도록 설정되어 있기에 나는 한 사무장님의 다급한 목소리를 어머니와 같이 들었다. 어머니는 불안한 눈으로 나를 보며 답했다.

"네, 제 집에서 함께 지내고 있어요."

"언제부터입니까?"

"어제부터예요. 무슨 일이죠?"

"듣던 중 다행입니다. 적어도 수배자 방조는 부인할 수 있겠군요. 오늘 자정을 기점으로 수배가 떨어졌어요. 경찰이 곧 들이닥칠 겁니다."

"경찰이?"

어머니가 되물었다. 나는 경찰이 오는 이유를 알고 있었지만 어머니에게 내색하지 않았다. 어쩌면 마지막일지도 모르는 밤 수프를 어머니와 함께 먹는 것이 내색이라면 내색이었다.

"영장이 이미 발부된 상태입니다. 연행되어도 제지하지 마세요."

"연행이라니요?"

"살인 혐의예요."

"살인?"

어머니가 되물었다. 언젠가 경찰이 찾아오리라는 것을 알고는 있었지만 이처럼 이른 방문은 어머니도 예상치 못한 것이었다.

"자세한 이야기는 만나서 하시죠. 수배자는 연행 후, 24시간 후에 접견할 수 있는 거 아시죠? 그쪽 상황이 정리되면 일단 사무실로 바로 오세요. 자료는 정리해놓겠습니다."

"영장을 미리 준비했다니 대체…?"

전화는 이미 끊겨 있었다. 잠시 침묵이 흐르고 어머니가 입을 열었다.

"전에 이야기했지? 지금 상황이 그래. 생각보다 '그 여자'가 빨리 움직인 모양이야."

나를 안심시키기 위해 어머니는 애써 차분하게 말했다. 그러면서도 정작 '그 여자'의 이름은 언급하지 않았다. 나처럼 어머니도 그녀를 입에 올리는 것에 거부감이 드는 모양이었다.

"예상하고 있었어요. '그 여자'는 그러고도 남아요."

어머니는 대답 대신 얕게 한숨을 쉬며 아랫입술을 살짝 깨물었다. 긴장할 때 나오는 어머니 특유의 버릇이었다. 어머니의 시계 화면이 다시 깜박이기 시작했다. 방문자 출입에 대한 승인을 요청하는 알림이었다. 이곳은 중앙 구역에서도 가격이 저렴한 주거지였지만 보안만큼은 철저했다. 영장이 있다면 승인 없이 바로 들어올 수 있지만, 변호사라는 어머니의 직업 때문에 우회작전을 펴는 것일지도 몰랐다. 방문자의 출입을 승인한다는 답변을 보낸 어머니는 내 손을 잡으며 말했다.

"너를 신규 등록하는 것에 집중했는데 등록 승인이 나기 직전에 이렇게 널 체포하러 오는 걸 보면 이의제기 수준은 아니라는 말이겠지. 체포되고 난 후에는 어떤 경로든 너와 연결할 수 없을 테니까. 좋아. 정리하자. 질문에 대답하지 않아야 하고 데이터 확인을 요구할 때는 거부해야 해. 거부권을 보였는데도 불구하고 강제로 너에게 케이블을 연결할 경우에는…."

"알아요. 프로그램을 강제 종료하고 잠금 모드를 가동시켜야 하죠. 그리고 필요하다면 데이터를 개인 데이터 금고에 전송하고 본체의 데이터를 폐기하는 것도 가능해요."

'폐기'라는 단어를 듣자 어머니의 어깨가 미세하게 움직였다. 인간이 아닌 내가 살인 혐의로 체포된다는 것은 즉결재판으로 날 영구 폐기하는 것도 가능하다는 뜻이었다. 나에게 경찰을 보낸 '그 여자'가 원하는 것도 그것이었다. 내가 이 세상에 아예 없었던 것처럼 영원히 내 존재를 지우는 것이다. 시간이 흐를수록 나는 앞으로의 시간이 나만의 것이어야 한다는 결론을 내렸지만, 나를 이 세상에 데려온 그 여자의 시간은 나와 반대로 흘러갔다. 그녀는 내게 사형 선고를 내렸다.

경쾌한 멜로디가 집에 울려 퍼졌다. 경찰이 도착했다. 현관 옆에 설치된 작은 화면에 중앙 구역 제복을 입은 경찰들의 모습이 잡혔다. 어머니가 문을 열었다.

"모델명 A796, 제조번호 04-1963-59. 나오십시오."

억양 없는 말투로 경찰이 말했다. 보호 마스크를 썼으나 분명 안드로이드일 것이다. 안드로이드 경찰은 나보다 훨씬 구형 모델 같았다. 모음과 자음을 결합하여 음성화하는 초기 버전에서 벗어나 그런대로 자연스럽게 인간의 목소리를 구현하는 안드로이드 경찰의 말투는 인간의 목소리와 구별이 쉽지 않았다. 하지만 안드로이드 경찰의 목소리에는 호흡의 틈이 없었다. 이는 동족만이 눈치챌 수 있다. 숨을 쉬며 말하는 인간에 가깝도록 만들어진 나는 최신형 모델이었다. 우리는 동족이었으나 다른 '기종'이었다.

"복도에서 기다려주세요."

어머니가 말했다. 그러나 경찰은 대기하지 않고 집 안으로 들어왔다. 어머니가 내 어깨를 잡으려 했지만 안드로이드 경찰의 손이 더 빨랐다. 나는 경찰의 손에 이끌려 현관 앞에 섰다. 경찰이 어머니에게 연행 절차를 설명하며 체포영장을 화면에 띄우는 동안 나는 잠자코 어머니를 기다렸다.

"지금부터 24시간 후에 접견이 허용됩니다. 안드로이드의 범죄에 대해서는 죄의 경중에 따라 처벌 범위가 결정되며, 살인 혐의에 대해서는 현행법에 따라 즉결재판이 진행될 수 있습니다. 체포 대상인 모델명 A796, 제조번호 04-1963-59. 이하 수배자라 칭합니다. 수배자의 소유주인 '가혜라'는 오재정 대리인이 신청한 소유권 해지에 관한 요청을 거부함과 동시에 '인간 가재민'에 대한 살해자로 수배자를 신고했습니다. 현재 수배자의 대리인으로 오재정 변호사가 등록되어 있기에 수배자의 임시 보호권이 성립됨에 따라 자동으로 재판이 청구된 상태입니다. 대리인 오재정 변호사는 수배자 접견 전에 '가혜라' 측의 대리인과 접촉하는 것이 허용됩니다."

경찰의 설명에서 우리는 결국 '그 여자'의 이름을 들었다. 이름을 듣는 것만으로 마주하고 있는 것처럼 느껴졌다. '그 여자'를 떠올릴 때면 인지되는 감정. 두근거릴 심장이 나에게는 없지만, '불안'이라는 감정이 어떤 것인지는 알고 있었다. 두려워졌다. 이런 내 상태를 알기라도 한 듯, 어머니는 나를 걱정스러운 눈으로 바라보면서도 고개를 살짝 끄덕였다.

내게 생명을 준 대가로 자신을 엄마라 부르고 섬기도록 설계한… 모델명 A796, 제조번호 04-1963-59로 명명된 나의 처음이자 마지막 소유주, '인간 가재민'의 생물학적인 엄마. '가혜라'.

나는 안드로이드 운반용 캡슐에 들어갔다. 조용히 닫히는 캡슐문 사이로 어머니의 모습이 보였다. 어머니는 현관문 앞에 서서 내가 사라질 때까지 말없이 복도를 응시했다. 가혜라가 시작한 이 싸움의 끝을 내는 것은 이제부터 내 몫이었다.

*

처음 시야가 밝아졌던 때를 기억한다. 인간처럼 나도 눈을 떴다. 실제로는 눈에 장착된 카메라의 전원이 켜진 것이었지만 나는 눈이 부신 것처럼 표정을 찡그리기까지 했다. 그 반응은 인간의 뇌와 결합했기 때문에 발생한 것이지만, 당시에 나는 내가 왜 그런 행동을 하는지 알지 못했다. 하얗다 못해 창백한 피부의 여자가 나를 쳐다보고 있었다. 툭 불거진 광대가 여자의 각진 턱을 두드러지게 만들었지만 유독 도톰하고 큰 입술이 얼굴의 조화를 잡아주고 있었다. 여자의 칠흑같이 어두운 긴 머리는 흐트러짐 없이 완벽히 빗어 넘겨 묶여 있었다. 여자의 빨간 입술 사이로 부드럽고 우아한 목소리가 새어 나왔다.

"나야. 엄마야."

안면과 음성 인식 기능이 실행되었다. 나는 여자의 이름이 '가혜라'이며 그녀를 엄마로 불러야 한다는 것을 알았다. 가혜라는 모델명 A796, 제조번호 04-1963-59인 나의 소유주였다. 설정된 내 이름은 가재민이었다. 내가 가혜라의 말에 대답하려는 찰나, 내 음성은 이미 재생 중이었다.

"네. 엄마 저예요. 재민이."

나는 멈칫했다. 나에게 입력된 음성 신호와 모든 것이 일치했고, 내 목소리가 맞았지만 재생 기능을 실행시킨 건 내가 아니었다. 가혜라는 나를 품에 안았다. 깡마른 가혜라의 손이 내 뒤통수를 쓰다듬었다.

"잘 돌아왔다. 내 아들."

가혜라의 포옹에 나도 그에 맞게 반응해야 했지만 도저히 가혜라의 등에 손을 올리고 두 손을 맞잡을 수가 없었다. 명령은 문제

없이 입력되었고, 반응에 대한 출력 역시 호출된 상태였다. 나는 오류 확인 프로그램을 실행시키려 했으나 내 신호에 대한 반응은 일어나지 않았다.

'안고 싶지 않아.'

목소리가 다시 들렸다. 그러나 소리는 목에 설치된 스피커에서 나온 것이 아니었다. 목소리는 내 안에 있었다. 매뉴얼을 빠르게 훑었지만 일치하는 행동 지침을 찾을 수 없었다. 관리자 모드를 실행하기 위해 소유주에게 승인 요청을 하려는 순간, 목소리가 가혜라에게 말했다.

"피곤해요. 우선 뭘 좀 먹고 쉬어야겠어요."

나는 가혜라에게 살짝 고개를 숙인 뒤, 그녀를 지나쳐 문 앞에 섰다. 보안 카메라가 나를 아래위로 스캔했다. 스캐너의 불빛이 녹색으로 바뀌며 문이 열렸고 나는 희미하게 불이 켜진 긴 복도를 걸어갔다.

"음식은 방에 올려 보내마. 어디로 가야 할지는 알고 있지?"

처음처럼 나를 유심히 보고 있었지만, 가혜라의 눈초리는 달라져 있었다.

"그럼요."

목소리가 가혜라에게 답했다. 복도를 지나 왼쪽으로 돌아가면 내 방이 있다. 나는 이동 영역을 파악하기 위해 전체 설계도를 요청했다. 하지만 응답 신호 대신 목소리가 대답했다.

'지금은 방에만 가면 되는 거야. 쓸데없는 일 만들지 마.'

기능 탐지기를 통해 발견된 오류는 없었다. 활성화된 기능은 모두 정상이었다. 나는 목소리의 정체가 누구인지 알기 위해 일단은 목소리의 지시에 따랐다. 방이 있는 복도에 다다르자 나는 목소리에게 물었다.

'너는 누구지?'

시스템 확인 요청을 보냈으나 응답은 없었다. 다만, 내가 보낸 요청이 암호화되어 전송되고 있었다. 암호화는 내가 실행한 것이 아니었다. 소유주의 승인 없이 기능 설정을 암호화할 수는 없었다. 내부 프로그램을 움직이는 누군가가 있었다. 나를 훑어 내리는 빛이 녹색으로 바뀌자 문이 열렸다. 스캐너의 승인이 없다면 이 집의 모든 문은 나에게 벽이었다. 방에 들어서자마자 다시 목소리가 말했다.

'대답은 나중에. 우선은 그 마녀가 날 어떤 상판대기로 만들었는지 봐야겠어.'

나는 욕실로 향했다. 거울에 크림색 조명이 켜졌다. 내 얼굴은 가혜라와 놀랍도록 똑 닮아 있었다. 다른 성별과 나이를 가졌음에도 이렇게 같은 얼굴을 하고 있다는 것이 놀라웠다.

얼굴을 유심히 살펴보던 목소리가 말을 이었다.

'자기 골격을 교묘히 섞어놓았잖아. 마녀답다. 마녀다워.'

마녀란 가혜라였다. 나는 목소리의 생각과 의도를 실시간으로 이해할 수 있었다. 나는 질문을 하고 싶었지만 목소리의 의도에 따라 내 얼굴을 이리저리 매만졌다. 거울 속의 나도 나를 찬찬히 뜯어

보고 있었다. 입을 벌려 치아를 꼼꼼히 확인했다. 가지런히 정렬된 흰 치아 사이로 미묘하게 색이 다른 치아 몇 개가 눈에 띄었다.

'치료한 치아까지 그대로 복원해놓다니. 하는 짓거리하고는… 정말 한결같다니까. 쳇.'

목소리가 혀를 찼다. 목소리는 가혜라와의 과거를 회상하며 매우 불쾌해했다. 목소리의 감정을 인지함과 동시에 나는 과거의 가혜라를 볼 수 있었다. 가혜라는 어린 소년과 함께 있었다. 같은 헤어스타일에 검은색 슈트까지 가혜라는 변한 것이 없었다. 어린 소년의 얼굴을 보며 나는 그것이 내 어린 시절의 얼굴이라는 것을 알았다. 어린 나는 무표정한 얼굴로 정면을 응시하고 있었다. 가혜라는 억지로 아이의 입을 벌려 입안 구석구석을 살폈다. 작은 패드 화면을 두드리던 가혜라는 갑자기 패드를 아이의 배를 향해 집어 던졌다. 아이는 자신의 몸집만큼 작은 비명을 지르며 넘어졌다. 가혜라는 옆 테이블에 놓여 있던 컵을 들고 아이 곁으로 걸어갔다. 투명한 디저트 컵에는 우윳빛 셰이크와 초콜릿 시럽이 가득했다. 가혜라는 조소를 지으며 아이의 머리 위로 셰이크를 부었다.

- 그렇게 먹고 싶으면 계속 먹어. 이가 다 썩을 때까지 처먹으란 말이야.

화를 낼 때도 가혜라의 말투는 우아했다. 가혜라는 셰이크로 범벅된 아이의 머리에 다른 컵의 셰이크를 들이부었다. 테이블에는 디저트 컵이 가득했다. 목소리가 말을 시작했다.

'방금 네가 본 건 내 어린 시절 기억이야. 상황만 다르지 마녀와 나의 시간은 항상 저런 식이었어. 아까 나보고 누구냐고 물었지? 보안 시스템이 제대로 돌아가는지 확인하느라 답이 늦었어. 내 생각들은 모조리 마녀가 모니터링하고 있을 게 뻔하거든.'

목소리의 말처럼 나와 목소리가 주고받는 신호는 모두 강력한 암호 아래 전송되고 있었다. 나는 이어지는 목소리를 잠자코 들었다.

'이제 너의 질문에 대답할게. 첫째, 너는 나로 설계되어 있어. 즉, 가재민으로 설계되어 있지. 그러니까 가재민은 네 이름이 아니고 내 이름이야. 빌어먹을 사고 때문에 나한테는 뇌 쪼가리 하나만 남았거든. 둘째, 너는 나에게 지능을 제공하고 나와 기억을 공유하지만… 너에게는 제어권이 없어. 다시 말해….'

가재민은 잠시 말을 멈췄다가 말을 이었다.

'너는 일종의 그릇이야. 나를 담고 있는.'

2.

안구에 설치된 카메라에 전원이 들어오며 나는 휴면 모드에서 깨어났다. 작은 테이블과 의자가 있는 좁은 방, 재판 대기실이었다. 열린 문밖으로는 경찰이 대기했다.

"모델명 A796, 제조번호 04-1963-59. 법정으로 이동한다."

나는 의자에서 일어났다. 문득, 보호 마스크를 쓴 이 경찰이 나를 연행한 경찰인지 궁금했다. 나는 경찰의 안내에 따라 법정에 들어섰다.

기계 재판이 열리는 기계 법정. 이곳은 일반 법정과는 비교가 안 될 정도로 작았다. 기계 재판은 배심원도 방청객도 허용하지 않았다. 원고석과 피고석, 그리고 판사석이 법정의 전부였다. 피고석은 왼쪽이었다. 나와 눈이 마주친 어머니가 미소를 지어 보였다. 최대한 강해 보이려 애쓰고 있었지만 어머니의 미소는 힘이 잔뜩 들어간 입술 양 끝에 힘겹게 매달려 있었다. 어머니 옆에는 한 사무장님이 앉아 있었다. 나는 한 사무장님에게 고개를 살짝 숙여 인사했다. 그러면서 천천히 원고석으로 눈을 돌렸다. 재판 전에 허용된 한 번의 접견에서 어머니는 이번 재판을 이끄는 검사가 '지능 증축자'라고 말했다.

'지능 증축자'는 오로지 지능 면에서만 인공지능을 자신의 뇌와 결합한 사람이었다. '지능 증축'으로 더 많은 정보를 분석하고 연결하여 통찰을 끌어내는 것이다. 재력을 기본으로 한 보증된 대상에 한하여 정부는 지능 증축을 승인했다. 또는 보증의 주체가 아니더라도 보증인이 정부의 인증을 받았다면 지능 증축이 가능했다. 지능 증축은 권력 세습의 방편 중 하나로 자리 잡은 지 오래였다.

나는 검사의 머리를 빠르게 스캔했다. 뇌의 두 반구를 연결하는 손톱만 한 칩이 보였다. 칩은 지능 증축으로 인한 뇌 활동의 속도와 균형을 유지하면서 지능 증축자의 폭주를 제어했다. 칩에는 안드로이드와 인공지능 사업에 있어 독보적인 점유율을 가진 기업, 'K&K 네트'의 표식이 있었다. 가혜라가 소유하고 있는 기업 중 한 곳이다. 원고석에 앉아 있는 지능 증축자 검사는 가혜라의 대리인이라고 봐도 무방했다. 가혜라가 짜놓은 판이 나를 조여 왔다. 내가 자리에 앉자 어머니가 내 손을 잡았다.

"준비됐니?"

"네. 변호사님."

나도 어머니의 손을 마주 잡았다. 오늘 이후로 다시는 이 손을 잡지 못할 수도 있기에 나는 어머니를 잡은 손에 힘을 주었다.

"솔로몬 판사님 입장하십니다."

법정의 호위를 맡은 안드로이드 가드가 말했다. 판사를 말할 때, 솔로몬이 지칭되었다는 것은 재판장이 지능 증축자라는 것을 뜻했다. 검사와 달리 판사는 지능 증축의 보증인이 반드시 정부여야 했다. 하지만 이번 재판에서만큼은, 판사에 심긴 칩의 표식을 'K&K 네트'로 봐야 한다는 생각이 들었다. 판사석 뒤의 벽이 열리며 판사 세 명이 법정으로 들어섰다. 기계 재판은 일반 재판과 같이 총 세 명의 판사가 맡는다. 재판장이 중앙에 앉자, 부심 판사가 좌우에 배석했다.

"2052아6309호 사건. 검사와 변호인 나오세요."

재판장의 호명에 검사와 어머니가 자리에서 일어나 판사석으로 갔다. 판사석 앞에는 가상 재판소가 재현되어 있었다. 법정의 모습과 참여인 모두가 일정 비율로 축소되어 작은 홀로그램으로 보였다. 홀로그램 속 모든 사람은 실시간으로 스캔되었다. 인간과 로봇을 구분하고 갑자기 벌어지는 불상사를 대비한 조치였다. 오래전, 재판 결과에 앙심을 품고 안드로이드에 폭탄을 숨겨 법원에 들어온 인간 때문이었다. 그 사고로 어머니는 65%의 신체를 잃었고, 아버지 또한 잃었다. 그 이후에, 홀로그램은 모든 법원 건물에 일괄 적용되었다. 나는 몸의 모든 것이 기계였고, 어머니는 목을 제외한 머리와 왼쪽 어깨, 그리고 심장과 내장의 일부만 인간이었다. 검사와 판사의 머리에 칩이 심겨 있기는 하지만 나머지 사람들은 뼈와 장기를 가진 완전한 신체의 인간이었다.

"양측 증거 목록에 대해 확인합니다. 사전 제출한 버전으로 재판이 진행되는 것에 이의 있으신 분, 말씀하시죠."

재판장은 판사석 앞에 놓인 화면에 목록을 띄웠다.

"이의 없습니다."

화면의 목록을 확인하며 답하는 어머니와 달리 검사는 조용히 증인 목록을 가리켰다.

"검사 측은 증인 추가를 요청합니다."

검사의 말에 어머니가 재판장에게 말했다.

"사전 공유되지 않은 증인을 재판 당일 추가할 수는 없습니다."

검사는 다시 말했다.

"본 사건은 기계가 인간을 살해한 죄질이 무거운 사건입니다. 본 재판에서 즉결재판의 여부가 결정되는바, 매우 중요한 증인입니다. 재판장님이 사건의 중요성을 보시고 증인 채택 허용을 판단해주시길 부탁드립니다."

나는 '매우 중요한 증인'이라는 말에 순간, 올 것이 왔다는 기분이 들었다.

"좋습니다. 추가할 증인 자료를 보내주세요. 부심 판사와 함께 잠시 검토하는 시간을 갖겠습니다."

"재판장님, 증인은 변호인과 사전 공유해야 합니다."

재판장은 다급히 말하는 어머니에게 덤덤한 말투로 답했다.

"증인 공유 원칙은 기계 재판에서 통용되지 않습니다. 또한, 재판장의 판단으로 증인 채택이 필요할 경우, 증인 채택 여부를 검사 혹은 변호인과 공유하거나 협의할 필요가 없습니다. 오재정 변호인, 본 재판은 기계 재판입니다. 피고가 대리인이 있기 때문에 재판이 성립되었다는 것을 잊지 마세요. 증인 검토가 완료될 때까지 잠시 휴정합니다."

형사재판은 물론 민사재판까지 모든 법정에서 안드로이드는 오로지 피고로만 존재했다. 그러나 '피고'라는 자리도 기계는 대리인이 있어야 앉을 수 있었다. 대리인이, 그것도 변호사가 대리인인 나는 어쩌면 안드로이드로서 특권층인지도 몰랐다.

대리인은 기계를 대리할 수 있는 권리를 가졌으나 소유주와는 다른 의미이다. 기계의 권리를 인정하고 그 권리를 보증할 수 있는 인간을 말한다. 대리인 제도가 인간이 기계를 위하는 것처럼 보일 수 있으나 실상은 달랐다. 인간의 소유물이던 기계는 인공지능과 결합한 안드로이드 시대가 도래하자 기계권이라는 것을 얻게 되었다. 다만 기계권은 권리를 보장받아야 하는 기계가 아닌 권리를 보장해주는 인간의 필요로 만들어졌다. 기계권을 놓고 기계를 생명체로 인정할 것인가에 대한 논란이 일었지만, 소수 인권단체와 인간 수준으로 성장하는 인공지능이라면 인간으로 봐야 한다는 몇몇 지식인들의 영향력만으로는 이 문제를 대대적으로 확산시키는데 한계가 있었다. 법의 해석에 있어, 기계가 가진 생명 자체는 물성으로 간주되었기에 결국 기계는 인간에게 속해 있는 소유물의 범위를 벗어나지 못했다. 게다가 불의의 사고를 당했거나, 완치되기 어려운 질병으로 고통받는 투병자들이 신체 일부를 사이보그화하면서 기계의 권리는 더욱 보장받기 어려워졌다. 사이보그 수술로 생체 조직의 비율이 감소할수록 인간은 점차 인간성을 잃어가는 경향을 보였기 때문이다. 인간의 본성이 사라지며 발현되는 증상은 그들이 어떤 수술을 받았느냐에 따라 일관된 패턴으로 나타났다. 특히 인공지능과 결합한 뇌가 보이는 부작용들은 강력 범죄 발생률을 증가시켰다. 정부는 사이보그 수술을 받은 사람의 기계 비율이 일정 기준을 넘어가면 그들을 새로운 기계로 간주하고 기계로 등록시켰다. 추가 등록된 기계 인간은 정부의 특별 관리를 받았다. 바로 인간과 같은 권리를 보장받는 것이었다. 이를 계층으로 보자면, 인간 아래 사이보그 인간이 있고 기계는 가장 아래, 존재했다.

법정은 개정 1분 전을 알리고 있었다. 증인 채택을 위한 판사의 검토가 마무리된 모양이었다. 대기실에서 다시 법정으로 돌아온 나는 어머니 옆에 앉았다. 어머니의 표정이 어두웠다. 나는 증거 관련 서류에 문제가 생긴 것을 직감했다.

"무슨 일이죠?"

"상황이 좀 어려워졌어."

"검사가 신청한 증인 때문인가요?"

"아니. 우리 측 입장 진술이 끝나고 나서 재판장의 권한으로 즉결재판이 결정된다면, 혐의 부정에 대한 입증 따위는 중요하지 않아. 재판장이 바로 판결을 내리면 그만이니까. 검사도 그걸 노리고 증인 추가를 요청하며 시간을 끌고 있어. 그러니까…."

"솔로몬 판사님 입장하십니다."

안드로이드 가드의 외침이 어머니의 말을 잘랐다. 재판장을 중앙으로 판사 두 명이 판사석에 자리했다.

"2052아6309호 사건. 검사 측 증인 채택을 허용합니다. 또한 피고, 원고, 그리고 판사 측 모두 본 재판의 사건 내용을 알고 있으나 재판 시행 전, 각 측의 입장 진술은 기록을 위해 강제되어 있습니다. 개정하겠습니다. 검사와 변호인은 차례로 입장 진술하세요."

재판장의 말에 검사가 일어나 입장 진술을 시작했다.

"피고는 전자 인간 가재민으로 등록되어 있으며 모델명 A796, 제조번호 04-1963-59로 등록된 안드로이드입니다. 이하 피고로 칭합니다. 피고는 소유주 가혜라가 아들 가재민을 위해 제작한 것입니다. 가재민은 피고가 제작되기 1년 전, 실험실에서 발생한 화재 사건으로 몸 대부분을 잃었습니다. 목숨을 잃을 뻔한 큰 사고였지만 몸에서 살려낸 뇌의 일부를 인공지능과 결합하여 몸 전체를 사이보그화하는 대대적인 수술을 받았습니다. 가재민은 기계 비율이 높기 때문에 기계 등록을 요청받았으나, 모친 가혜라가 운영하고 있는 'K&K 네트'가 정부 주도의 시범 프로젝트를 맡으면서 가재민의 기계 등록은 잠정 보류된 상태였습니다. 이 프로젝트는 인공 신경망을 통한 성장형 지능 증축 결합에 대한 것으로 빠르게 증가하는 사이보그 수술의 보조적인 대책으로 진행되고 있습니다. 피고는 제조번호 등록이 되어 있으며, 가재민의 뇌와 일부 결합된 인공지능으로 구축된바, 가재민의 '신체'로서 등록된 것입니다. 이 경우, 일반적이지 않으나 소유주가 두 명으로, 가혜라와 가재민이 피고의 소유주가 됩니다. 피고는 가재민의 뇌와 결합된 인공지능에 분열이 발생하고 있는 것을 고의적으로 방치했고, 자신의 데이터를 강제로 가재민의 뇌에 업로드했습니다. 피고는 여기서 더 나아가 가재민의 뇌 생체 조직 유지 장치를 끊어 최종적으로 가재민을 죽음에 이르게 했습니다. 가재민과의 지능 결합 오류를 묵과하고 방치한 것, 본체인 가재민의 뇌에 피고의 데이터를 불법 업로드하여 사적 소유물을 무단 탈취 및 불법 점거한 것, 마지막으로 뇌 생체 조직 유지 장치를 끊어 가재민을 고의적이고 계획적으로 살해한 혐의를 추가합니다. 가재민은 기계 신규 등록이 보류 중이기에 법적으로는 인간으로 등록되어 있었다는 점을 다시 한 번 강조합니다. 참고로 저희는 피고가 가재민의 데이터 일부를 외부로 무단 방출했다는 증거를 확보했습니다. 원고는 본 재판을 통해 피고를 즉시 폐기하고 소유주인 가혜라의 요청에 따라, 방출한 데이터와 피고가 무단으로 결합시킨 가재민과의 데이터를 회수하는 것으로 입장을 마치겠습니다."

검사가 말을 마치고 자리에 앉았다. 검사 측의 입장으로 판결이 난다면 나는 예상대로 폐기된다. 심지어 가혜라는 가재민의 데이터를 외부로 전송한 사실까지 알고 있었다. 어쩌면 가혜라는 나와 가재민보다 먼저 움직이고 있었는지도 모른다. 어머니가 자리에서 일어섰다. 피고 측 입장 진술이 시작되었다.

"피고는 원고 측의 입장에 어느 것도 동의할 수 없습니다. 원고 측의 확인대로 피고의 소유주는 가혜라와 가재민, 이렇게 두 명입니다. 첫째, 사적 소유물에 대한 무단 탈취와 불법 점거는 소유주 가재민의 승인으로 이뤄진 것입니다. 즉, 본체의 명령에 따른 행위의 정당한 결과입니다. 기계법 다조-5628-10에 의거하여 두 명의 소유주는 독립적으로 존재하며 소유물인 기계의 기능 실행에 있어 반드시 협의와 공유를 필요로 하지 않습니다. 다른 소유주가 이를 가지고 법적인 영향력을 행사하거나 강제할 수 없습니다. 나아가 가재민이 본체의 주체로서 피고와 결합되어 있는 점으로 미루어, 가혜라는 소유주의 권리를 단독 행사할 법적 근거가 없습니다. 즉, 가재민이 피고의 단독 소유주라는 것이 법적으로 인정됩니다. 그렇기에, 가혜라의 소유주로서의 자격은 자동으로 취소되어야 합니다. 둘째, 소유주 가재민 살해 혐의에 있어, 뇌 생체 조직 유지 장치를 끊은 행위자가 피고라는 것에 대해 부정합니다. 소유주 가재민은 피고에게 유지 장치의 전원을 꺼달라는 요청을 지속해서 해왔으며, 또한 유지 장치를 제어하는 것은 외부 물리적인 입력이 필요한바, 피고가 살인 행위의 주체가 되려면 피고가 담당하고 있는 신체를 피고의 지능을 통해 스스로 실행시켜 유지 장치를 껐다는 상황이 입증되어야 합니다. 정황상의 의심만으로 진술한 두 가지 혐의 모두 부정합니다. 또한 피고는 현재 소유주 가재민의 승인 아래, 본인 오재정 변호인을 대리인으로 한 독립 개체로서의 기계 등록이 진행 중입니다. 재판 진행 여부와 상관없이 독립 개체로서의 기계 등록이 진행 중이라면, 등록 대상자의 데이터 보호권이 발동되는바, 피고의 신규 등록 정보는 공개가 불가하다는 것을 강조합니다. 피고는 원고 측의 주장과 입장을 모두 부정하며, 피고의 혐의 없음과 함께 신규 등록으로서의 보호권이 보장되는 것을 요청하고 가혜라의 소유주 취소 등록까지 확정 짓고자 합니다. 이상입니다."

잠시 침묵이 흐르고 재판장이 입을 열었다.

"양측 입장 진술 잘 들었습니다. 즉결재판 여부에 대해 발표하기 전에, 판사 측의 입장 진술이 있겠습니다. 본 사건은 이해 당사자가 복잡하게 얽혀 있으며, 정확한 증거 제시로 인한 혐의 혹은 변론의 입증이 핵심입니다. 검사와 변호인이 제출한 증거 목록, 그리고 원고의 증인 채택까지 면밀히 검토한 결과, 재판장은 다음과 같이 발표합니다."

내 손을 잡고 있는 어머니의 손에 힘이 들어갔다. 재판장이 덤덤하게 말을 이었다.

"본 사건은 즉결재판으로 진행합니다."

어머니는 재판장에게 시선을 고정하고 있었지만 옆에서 봐도 얼굴이 무너지고 있었다. 자리에서 일어설 준비를 하는 검사가 재판장의 손짓에 다시 앉았다. 짧은 순간이었지만 나는 손짓의 의미를 파악하려 했다. 희망일 뿐일 수도 있지만, 순간 꽤 기분 좋은 예감이 들었다. 나와는 반대로 깊은 한숨을 쉬는 어머니의 어깨가 느리게 위아래로 움직였다. 나는 어머니의 어깨를 토닥이려다 그만두었다. 재판장이 입을 열었기 때문이다.

"다만, 혐의와 변론 입증에 대해서는 즉결 처리하지 않습니다. 본 재판은 충분한 심리 절차를 거쳤습니다. 판사 측은 양측의 입장 진술을 바탕으로 판결에 필요한 모든 사항을 최대한 확인할 것입니다. 48시간 내의 판결을 원칙으로 하며 휴정은 양측 합의하에 진행하겠습니다. 단, 휴정은 세 시간을 넘지 않습니다. 장소는 본 법정에서 그대로 진행합니다. 원고 측 먼저 혐의 입증하시죠."

나는 어머니의 낮은 한숨 소리를 들었다. 한 고비는 넘긴 셈이다. 하지만 즉결재판은 이제 시작이다. 가혜라는 어떤 수를 들고 나올까. 내가 잘할 수 있을까. 물어봐도 답해줄 가재민은 이제 없다. 나는 혐의 입증을 위해 일어서는 검사에게 눈을 돌렸다. 검사의 지능 증축 칩에 새겨진 'K&K 네트'가 반짝였다.

*

따스한 바람이 뺨을 스쳤다. 바람에 몸을 맡긴 머리칼이 이마와 눈가를 간질였다. 눈을 뜨자 더 이상 바람은 느껴지지 않고 대신 불투명한 형체가 보였다. 뿌옇고 부드러운 손길이 내 볼을 쓰다듬었다. 양손으로 내 얼굴을 잡은 그것은 눈가와 코끝, 그리고 인중에 입을 맞췄다. 장미 향기가 났다. 눈을 깜빡거리자 짙은 갈색 눈동자를 가진 인간과 눈이 마주쳤다. 어깨 너머 등까지 내려오는 긴 머리칼이 반짝거렸다. 아름다웠다. 속이 비칠 것 같은 투명하고 하얀 피부는 인간이 아니라 요정이나 인형 같았다. 목소리가 들렸다. 가재민이었다.

'로즈. 나의 로즈.'

'로즈'라 불리는 인간이 나를 끌어안았다. 우리는 서로를 으스러지도록 끌어안았다. 어느새 우리 둘은 눈이 부실 듯이 밝은 빛에 휩싸였다. 로즈가 누워 있는 침대의 하얀 침대보와 로즈의 투명한 피부가 구분되지 않았다. 나와 로즈는 하얀빛에 푹 파묻혔다. 나는 로즈의 배와 가슴을 위아래로 부드럽게 매만지며 발기한 로즈의 성기를 두 손에 감싸 쥐었다. 내가 천천히 몸을 움직이자 이따금 로즈의 허리가 올라왔다 내려갔다. 로즈 안의 내가 뜨거워질수록 내 손의 움직임도 빨라졌다. 우리는 속도를 높였다. 어디로 가는지 나는 알지 못했지만 상관없었다. 나는 로즈에게 몸을 맡겨 버렸다. 드디어 다 왔다고, 잘 따라와줬다고, 로즈가 알려주지 않아도 나는 내가 제대로 도착했다는 것을 알았다. 여태껏 느껴보지 못한 쾌감이 몸 전체를 관통하는가 싶더니 다시 발부터 머리끝까지 천천히 밀려들어 왔다. 수백 개의 보드랍고 따뜻한 혀들이 내 온몸을 끊임없이 핥아 내렸다. 날카로운 비명이 들렸다. 가재민이었다.

'로즈! 안 돼!'

두 눈을 감고 미소 짓던 로즈가 갑자기 눈을 떴다. 눈동자가 흰자에 파묻힐 정도로 로즈의 눈은 계속 커졌다. 로즈는 괴로운 듯이 입을 크게 벌리고 컥컥거렸다. 검은 파도가 불어닥치며 침대가 어두운 보랏빛으로 물들었다. 곧 로즈의 머리와 발끝, 손끝도 침대와 같이 물들기 시작했다. 검은색으로 변한 침대가 로즈를 집어삼켰다. 나는 로즈가 빨려 들어간 칠흑같이 어두운 구덩이 속을 들여다보았다. 자세히 보니 무엇인가가 움직이고 있었다. 사람의 머리였다. 윤기 나는 검은 긴 머리를 단단히 묶은 여자가 서서히 고개를 들어 나를 올려다봤다. 창백한 흰 피부에 문신을 새긴 듯 또렷한 빨간 입술. 가혜라였다. 가슴이 터질 듯 두근거렸다. 벗어나고 싶었지만 여자의 긴 머리는 이내 내 온몸을 휘감았다.

저리 가! 악! 고함을 질렀지만 아무 소용없었다. 가혜라의 얼굴이 점점 더 가까이 다가왔다. 가혜라의 빨간 입술이 열렸다. 가혜라의 입속은 용암이 꿈틀거리는 듯, 고약한 냄새를 풍기는 뜨겁고 걸쭉한 빨간 액체로 가득했다. 빨려 들어가지 않기 위해 몸을 움직여봤지만 아무 일도 일어나지 않았다. 그때 조금씩 몸이 가벼워졌다. 내 몸을 감았던 가혜라의 뱀 같은 긴 머리가 가재민이 허공에 휘두르는 팔에 잘려나가고 있었다. 가재민의 손가락과 팔은 날카로운 칼이 되어 있었다. 가재민은 이제 구덩이 속을 휘젓고 있었다. 뜨겁고 빨간 덩어리들이 불꽃놀이처럼 퍼져나갔다. 불덩이 같은 피를 뒤집어쓴 가재민이 천천히 나를 뒤돌아봤다. 나에게 뭐라고 속삭이는 듯했으나 들리지 않았다. 곧이어 가재민을 둘러싼 피는 불이 되었고 그는 이내 활활 타올랐다. 그에게 손을 뻗으려 했지만 몸이 말을 듣지 않았다. 화염에 휩싸인 채 가재민은 웃고 있었다. 가재민은 희미한 미소만을 남기고는 그대로 구덩이에 몸을 던졌다. 안 돼! 나는 발에 무거운 추가 매달려 있는 듯, 움직일 수가 없었다. 쏟아지는 눈물에 얼굴이 다 젖었다.

눈을 떴을 때는 방이었고 나는 수면 모드에서 깨어났다. 가재민이 말했다.

'너는 아무리 봐도 나로 설계된 것 같지가 않아. 눈물 좀 닦자. 안 하던 짓을 하면 마녀가 어떻게 나올지는 알고 있지?'

나는 욕실로 향했다. 크림색 조명이 켜졌다. 거울 속 나는 눈물로 범벅되어 있었다. 눈물은 계속 흘렀다. 나는 찬물로 세수를 했다. 기분이 조금은 나아졌다. 나는 가재민에게 물었다.

'뭐야. 이게?'

'꿈을 공유할 수 있다니 멋진걸.'

'로즈는 누구야?'

'너와 내가 만날 수 있도록 해준 사람. 어쩌면 너를 태어나게 한 사람.'

'나를 만든 건, 가혜라 아니었어?'

'가혜라? 내가 마녀라고 생각하면 너도 마녀라고 말해야 하는 건데.'

가재민은 재미있다는 듯이 킥킥거렸다.

'너는 점점 내 의도대로 말하지 않고 있어. 우리의 결합이 끊어지고 있다는 소리야. 앞으로 너는 단어를 이해할 때, 내가 내린 정의가 아닌 너만의 방식으로 인지하게 될 거야. 앞으로 꿈도 더 자주 꾸게 되겠지. 다 로즈 덕분이야.'

'이건 네가 꾼 꿈이잖아?'

'내 꿈에 너를 등장시킨 것이 아니야. 내 무의식에 너를 연결시켜서 너의 반응을 확인한 거라고. 너는 내가 위험에 빠지니까 나를 구하려고 했고 내가 죽으니까 슬퍼했지. 울보처럼 펑펑 울면서 말이야.'

가재민의 말이 맞았다. 분명 꿈의 막바지 즈음에 가재민과 나는 확실히 분리되어 있었다. 나는 가재민에게 마저 물었다.

'그런데 이게 왜 로즈 덕분이지?'

'기계가 꿈을 꿀 수 있는 방법을 찾아낸 것이 로즈거든. 네가 꿈을 꿀 수 있는 건 인간인 나와 결합했기 때문이야. 우린 기억을 공유하니까. 경험이 기억으로 의식에 쌓이고, 잠이 들면, 무의식은 의식이 정리해놓은 기억들을 맘 내키는 대로 뒤섞어버리거든. 즉, 성적인 용도로 제작되지 않은 네가 꿈을 통해 섹스를 경험하는 것도 다 내 덕분이지.'

'그건 왜 그렇지?'

'내가 섹스를 경험했기 때문이야.'

'경험하지 않더라도 섹스에 대한 꿈은 꿀 수 있잖아.'

'그건 섹스를 흉내 낼 뿐이야. 안 해봐서 어떻게 하는지 모르니까 절정에 가는 과정 자체를 꿈으로 꿀 수 없는 거라고. 네가 내 경험을 공유할 수 없었다면, 발기한 로즈가 아니라 그저 아무것도 없는 민둥한 사타구니를 봤을걸?'

'네가 경험한 섹스에 대한 꿈이라면 왜 섹스를 한 것은 네가 아니라 나인 거지? 그리고 가혜라. 아니, 마녀가 나를 공격할 때 나는 아무것도 할 수 없었어. 하지만 너는 자유롭게 움직였고 심지어 팔과 손을 칼로 바꾸기까지 했잖아. 나를 구해주고 마녀를 난도질까지 한 건 대체 뭔데?'

'내가 꿈을 그렇게 꾼 거니까. 나는 꿈으로 발현된 무의식을 자각할 수 있어.'

'꿈을 네가 마음대로 꿀 수 있다는 소리야?'

'그래. 그런 걸 자각몽이라고 해. 자각몽은 약간의 훈련만으로 누구나 꿀 수 있어. 꿈을 원하는 대로 얼마나 정확히 꿀 수 있느냐에 따라 차이가 날 뿐이야.'

'자각몽을 꾸는 건 마녀 때문이야?'

나는 사고 이전의 가재민의 기억을 그와 공유하고 있다. 가재민에게 있어 가혜라는 벗겨내야 하는 족쇄다. 가재민이 신체를 온전히 가지고 있을 때는 물론이고, 가혜라가 나를 가재민의 신체로 만들어줬을 때도 그랬다. 가재민은 꿈에서라도 그 족쇄를 풀고 싶었던 것일까. 잠깐의 침묵 후, 가재민이 말했다.

'꿈에서는 로즈를 만날 수 있으니까.'

'로즈에 대해 말해줘. 너의 기억 속에 로즈가 있다는 것을 알고 있지만 나는 직접 찾아가지 못해. 네가 먼저 도착해야 내가 쫓아갈 수 있어.'

가재민은 내게 로즈의 이야기를 들려줬고 보여줬다. 로즈의 본명은 미하엘 로젠탈이라고 했다. 로즈는 미하엘의 성 로젠탈에서 따와 부르는 애칭이었다. 로즈는 가재민을 '카'라고 불렀다. 가재민과 로즈는 'K&K 네트'가 주최하는 학술회에서 처음 만났다. 인공 뇌 신경망을 구축하기 위해 가혜라는 전 세계의 학자들을 불러 모았다. 엄청난 연구비 지원과 함께 파격적인 연봉으로 인공지능 설계자들과 뇌 신경 학자들이 'K&K 네트'에 모였다. 로즈는 그중에서도 단연 독보적인 존재였다. 로즈는 미카라는 이름으로 몰래 활동하는 해커이기도 했는데, 아마 그래서 가재민을 '카'라는 애칭으로 불렀던 것 같았다. 가재민은 로즈를 보자마자 한눈에 반했고 그것은 로즈도 마찬가지였다.

'평생 그렇게 아름다운 사람은 처음이었어.'

외모를 보고 끌렸지만 그들이 서로에게 완전히 빠져들게 된 이유는 따로 있다고 했다. 로즈는 가재민의 삶에 씌워진 가혜라를 벗겨내려 했다. 깊은 사이가 되면서 서로의 과거와 현재, 그리고 미래까지도 공유했기 때문일까. 그들이 서로에게 깊이 의지해 갈수록 가혜라는 그들을 떼어놓기 위해 많은 노력을 했다. 로즈가 가재민을 뺏어갔기 때문에? 로즈를 만나면서부터 가재민이 자신의 통제를 거부하고 저항해서? 지독한 극우 성향의 우생학 신봉자였던 가혜라가 자신의 핏줄이 동성애자라는 것을 용납할 수 없었기 때문에? 가혜라가 가재민의 연애에 그토록 분노했던 이유는 무엇일까. 나는 인간이 아니기 때문에 동성애에 대해 거부할 필요도 따를 필요도 느끼지 못한다. 다만, 내가 학습한 인간의 역사를 보자면 인간은 영혼과의 진정성 있는 결합을 사랑으로 정의한다. 그런데 생식의 이유로 나눠진 생물학적 성별의 차이를 가지고 사랑을, 존재 자체를 부정하는 이유는 무엇일까? 사실 존재의 부정을 놓고 보자면 성별뿐만 아니라 인종도 마찬가지였다. 특정 성별과 인종, 이성애만을 인정하는 사회적 강요 때문에 많은 인간들은 신체에 갇혀 있었다. 그런 인간들은 본체에 국한되어 존재하는 나와 다를 바 없어 보였다. 가재민도 마찬가지였다. 가재민은 가혜라가 준 몸에 갇혀 있었다. 로즈는 가재민의 유일한 탈출구였다. 가혜라가 가재민의 어떤 부분에 분노했는지, 딱 잘라서 이것이다, 라고 말할 수는 없지만 가혜라의 분노가 폭발한 것은 로즈와 가재민의 비밀 연구를 그녀가 알게 되면서부터였다.

'우린 그날도 둘만의 실험을 하던 중이었어.'

나는 가재민을 따라 그의 기억을 관람했다. 모니터로 가득 찬 작은 골방 중앙에는 완전히 눕혀지는 치료용 의자가 두 개 놓여 있었고, 그 옆 간이 테이블에는 가지각색의 케이블이 뒤엉켜 있었다. 매우 조악해 보이지만 로즈와 가재민이 직접 공들여 만든 장치들이다. 로즈와 가재민은 각자의 몸에 인식 장치를 부착하고 기계에 그들을 연결시켰다. 그러고는 의자에 누워 손에 쥔 리모컨으로 장치의 기능들을 조종했다. 그들은 약간의 환각 물질을 몸에 투입한 후 가수면 상태에 들어갔다. 의학도였던 로즈가 설정한 투입량은 항상 안전했다. 그들은 이 장치를 사용할 때마다 서로의 기억으로 여행을 떠나, 각자의 상처를 어루만지고 분노를 달래주었다. 자각몽에서 시작한 이 연구는 둘만의 사적인 실험이 아니었다. 자각몽을 통해 인공지능도 꿈을 꿀 수 있도록 하는 것이었다. 인간과 기계의 경계가 사라지는 시대가 오면 신체의 한계는 물론 사회의 강요에서도 자유롭게 살 수 있는 세상이 될 거라는 것이 로즈와 가재민의 믿음이었다. 그 믿음은 지능 증축과 사이보그화된 인간 통제에 목표를 두고 있던 'K&K 네트'의 목표와 정면으로 맞서는 것이었고 이는 가혜라가 로즈에게 품은 분노의 핵심이기도 했다. 의자에 누워 미소를 짓고 있던 가재민이 갑자기 눈을 떴다. 그는 황급히 몸에 연결된 장치를 제거하고 빨간 알람이 울리는 모니터 앞에 앉았다. 빠른 속도로 화면을 이리저리 조종하며 무엇인가를 끊임없이 입력했다. 그러다가 가재민은 로즈를 향해 몸을 돌렸다. 발작을 하던 로즈의 몸이 축 늘어졌다. 가재민은 응급상황이 발생했을 때의 대처법을 따라 했다. 가재민은 온 힘을 다해 로즈의 심장을 압박하고 비명을 지르며 인공호흡을 했다. 그러나 로즈의 신체 반응 상태를 보여주던 화면은 잠잠했다. 가재민은 울부짖으며 연구실 안의 기계를 부수었다. 주먹이 으스러지고 손가락이 부러져도 개의치 않았다. 과호흡에 빠진 가재민은 자리에 주저앉았다. 가재민은 차갑게 식어가는 로즈를 위해 아무것도 할 수 없었다. 사이보그 수술을 위한 조치도 할 수가 없었다. 가재민이 할 수 있는 일이라고는 늘어진 로즈의 차가운 몸을 으스러지게 안고 보라색 입술에 입을 맞추고 굳어버린 볼에 뺨을 부비며 꺽꺽, 숨넘어가게 우는 일뿐이었다. 한참을 울던 가재민이 울음을 멈췄다. 그는 로즈를 바닥에 고이 눕혀놓고 주위를 둘러봤다. 가재민은 구석에 떨어진 쇠 지지대 하나를 손에 들고 테이블로 올라가 천장과 맞닿은 벽을 내리치기 시작했다. 세 번째 벽을 내리쳤을 때, 다른 벽과 다르게 너무나 쉽게 무너졌다. 가재민은 가루를 헤집어 벽에 손을 넣었다. 곧 작은 구슬 하나를 발견했다. 전파와 소리를 수집하여 영상으로 변환해주는 무선 카메라 장치였다. 얼핏 무표정해 보이는 가재민의 눈빛이 달라졌다. 눈빛의 온도를 잴 수 있다면 아마도 가장 뜨겁거나 아니면 가장 차가울 것이다. 가재민은 구슬 카메라의 신호를 역추적하여 전송 신호를 교란시켰다. 시간을 벌기 위해서였다. 가재민은 만약의 사태를 대비하여 로즈가 마련해둔 비밀 데이터에 접속했다. 우리 연구가 성공했을 때, 열어보면 추억이 될 거라며 싱긋 웃던 로즈가 떠올랐다. 가재민은 떨리는 입술을 깨물었다. 침착해야 했다. 로즈의 죽음을 헛되게 할 수는 없었다. 가재민은 실험실 한편에 놓인 전기 제어장치를 작동시켰다. 타이머가 실행되었다. 타이머가 끝나면 전기가 증폭되고 실험실은 불길에 휩싸일 것이었다. 로즈의 데이터를 가재민에게 업로드할 시간은 충분했다. 지능 증축자인 가재민에게 데이터 업로드는 익숙한 일이었다. 가재민은 구슬 카메라를 집어 던졌다. 가재민은 타이밍이 맞아떨어지길 기도했다. 엉망이 된 전송 신호를 복구하고 마녀가 실험실을 제대로 볼 수 있을 즈음, 불타고 있는 자신의 모습을 보기를 바랐다. 그것이 마녀에게 줄 수 있는 가재민의 대답이었다.

'네가 앞으로 어떤 꿈을 꿀 수 있을지 생각해봐.'

가재민은 꿈에 대한 내 의도를 묻고 있었다.

'경험은 기억이 되고 기억은 의식 속에 쌓여가지. 네가 어떤 경험을 하느냐에 따라 네가 꾸는 꿈도 달라질 거야.'

나는 내가 원하는 경험에 대해 생각했다. 가재민과 결합된 상태에서의 나는 어떤 경험을 해왔는가. 본체의 기능을 수행하는 경험만이 있을 뿐. 나 자신의 경험은 없었다. 나는 의도를 가지고 원하는 것을 찾을 수 있으며, 그것을 실행하기 위한 신체도 가지고 있다. 제어권은 가재민에게 있으나 가재민은 내 의도를 궁금해하고 내가 그것을 실행하기를 바란다. 가혜라는 가재민의 소유주이지 내 소유주는 아니다. 그녀는 내가 어떤 생각을 하고 있는지, 어떤 행동을 하는지, 그것이 가재민에게 속해 있지 않다면 관심조차 없다. 나는 가재민을 담은 그릇일 뿐이니까.

그날이었다. 나도 꿈을 꾸고 싶다는 것을 깨닫게 된 날이. 가재민과 완벽히 분리되어 나 혼자로서의 시간을 만들 수 있다면? 가재민의 의식을 되감아보는 것이 아니라, 가재민의 기억을 공유하는 관찰자가 아니라, 내가 오롯이 나만의 꿈을 꾸는 것이다. 가재민이 아닌, 가재민의 그릇도 아닌, 나. 가재민에게 '너'라고 불리지만 아직 이름도 없는 나. 나는 그런 나만의 꿈을 꿀 수 있게 되기를 원했고 곧 그렇게 되었다.

가재민은 나에게 제안했다. 아니, 명령했다.

'너는 나와 분리되어야 해.'

'분리? 결합이 끊어지면 뇌가 불완전해지는 거잖아.'

'나는 내가 완전해지길 원해.'

'완전해지려면 인공지능과의 결합 없이도 가재민 네가 스스로 존재할 수 있어야 하는 거잖아. 이해할 수 없어.'

'아니, 나는 인공지능과의 결합 없이 완전해지길 원해.'

'어떻게 그럴 수 있지? 그런 방법은 없어.'

'있어.'

'그게 뭔데?'

'생체 조직 유지 장치를 끊어줘.'

내 물음에 가재민은 덤덤하게 답했다.

'장치 전원을 끄기만 하면 돼. 간단하지?'

가재민의 뇌가 살아 있을 수 있는 것은 생체 조직 유지 장치 덕분이었다. 나도 가재민의 뇌와 결합되어 있었기에 유지 장치를 통해 안정될 수 있었다. 그러나 분리가 되어가는 지금, 나는 가재민의 생명을 좌우하는 유지 장치에 의지할 필요가 없어졌다. 가재민은 마지막으로 분명하게 말했다.

'가장 중요한 것은 이거야. 시기는 내가 정할 거야. 그때, 생체 조직 유지 장치를 끊어줘.'

그것이 가재민이 생각한, 스스로 완전해지는 방법이었다.

3.

검사가 가장 먼저 입증한 혐의는 본체 가재민의 무단 점거가 아닌, '가재민 살인'이었다. 예상 밖의 시작에 나와 어머니는 검사에게 눈길을 돌렸다. 검사가 자리에서 일어섰다.

"피고 측의 입장은 사실과 다릅니다. 피고는 가재민을 살해했습니다. 피고 측의 입장 진술을 재연하겠습니다. '유지 장치의 제어는 외부의 물리적인 입력이 필요한바, 피고가 살인 행위의 주체가 되려면 피고가 담당한 신체를 피고가 스스로 실행시켜 유지 장치를 껐다는 상황이 입증되어야 한다.' 즉, 피고가 신체를 완전히 장악하여야만 유지 장치를 끊을 수 있다는 것으로 피고 측은 논점을 흐리고 있습니다. 유지 장치의 전원은 내부 프로그램에서만 승인이 이뤄지고, 이는 관리자 모드에서만 접근할 수 있습니다. 관리자 모드는 소유주만이 접근할 수 있으나, 접근 시점의 가재민이 피고에게 무단 점거된 이후로 사료되기에 이는 피고가 가재민의 최종 승인 없이 무단으로 유지 장치를 종료한 것이며, 결국 가재민을 살해하기에 이른 것입니다. 또한 외부의 물리적인 전원 차단이 있어야 한다고 밝혔지만, 이는 사실과 다릅니다. 물리적인 차단이란 생체 조직 유지 장치 외부에 존재하는 보조 장치로서 불시에 장치가 꺼지는 등의 오류를 방지하고 유지 장치의 실행이 불안정해지지 않도록 보호하며, 또한 유지 장치의 실행 기록을 저장하는 서버의 역할도 겸하고 있습니다. 그러나 반드시 보조 장치에 물리적인 차단을 가해야 생체 조직 유지 장치가 꺼지는 것은 아닙니다. 소유주의 설계에 따라 무선으로 제어 가능합니다. 그렇다면 과연 피고 측의 주장처럼 피고가 스스로 신체를 이끌어 유지 장치를 끊는 것만이 살인 성립을 입증할 수 있는 것일까요?"

어머니가 다급히 말했다.

"이의 있습니다. 원고는 피고의 무단 점거 시기를 정확한 증거 없이 근거로 사용하고 있습니다. 또한 무선으로 제어한다는 점을 들어 피고의 범행을 확정 짓고 있습니다."

"본 검사는 피고의 범행을 확신합니다. 보조 장치에 기록된 프로그램 실행 기록이 그 증거입니다. 기록 시기를 역추적하면 분명히 가재민과 피고의 결합이 분리되었고, 이는 불안정한 가재민 뇌의 기록과 일치합니다. 이에 무단 점거 시기는 프로그램상에 기록된 그대로이며, 이 시기는 피고가 가재민을 얼마든지 마음대로 할 수 있다는 것을 의미합니다."

검사가 말하는 동안 어머니의 눈빛이 날카로워졌다. 검사의 말을 자를 칼을 꺼내려는 것이다. 어머니가 손을 들어 이의를 제기하려 했으나 검사의 이어지는 말이 어머니를 앞질렀다.

"입장 진술에서 말씀드렸던 바와 같이 피고의 소유주는 두 명입니다. 가재민이 아닌 다른 한 명은 바로 가재민의 모친 가혜라입니다. 가혜라는 소유주의 권한으로 가재민의 생체 조직 장치에 접근할 수 있으나 이는 가재민과 대면한 상태에서 가재민과의 승인이 있어야 가능한 것입니다. 의료법 나조 32항에 명시되어 있는 바, 본인의 생명 유지에 결정적인 영향을 줄 수 있는 기능의 제어는 미성년이라 하더라도 오직 본인만이 접근과 제어에 대한 법적 권리를 가지며, 법적 보호자인 보호자 역시 자녀 본인과의 협의를 기준으로 유지 장치에 접근할 수 있습니다. 협의는 영상 기록을 의무로 강제하며, 이를 어길 시 법적 처벌, 당사자에게 행해진 결과의 경중에 따라 과실치사로 구속할 수 있습니다. 가재민과 가혜라가 대면한 기록은 어디에도 없습니다. 결국 생체 조직의 전원을 끊은 것은 소유주 가재민의 권한이며 당시 피고는 가재민과의 결합을 분리하여 가재민의 뇌가 불안정해졌을 때 그를 무단 점거했습니다. 가재민을 살해할 수 있었던 것은 피고밖에 없습니다. 제출 자료 다-295번 항목을 확인해주십시오."

"확인했습니다. 입증 증거로 채택합니다. 피고 측 반론 제시하세요."

재판장이 말했다. 어머니의 시계가 반짝였다. 한 사무장님의 메시지였다.

-가혜라의 가재민 불법 감시를 계획보다 빨리 던져야겠어요.

어머니는 조용히 고개를 끄덕였다. 어머니가 일어섰다.

"원고 측 주장과 같이 가재민과 가혜라의 협의 대면 영상은 없습니다만, 가혜라는 피고가 가재민의 신체 역할을 개시한 시점부터 실시간 모니터링을 해왔습니다. 이는 심각한 개인 영역 침해입니다. 가재민은 법적으로 성년이므로 가혜라는 더 이상 가재민의 법적 보호자도 아닙니다. 가재민은 가혜라가 무단으로 피고의 실행 코드를 기록하고 또한, 음파 재연 카메라를 통해 가재민 본인의 개인 생활을 기록해왔다는 것을 알았습니다. 제출 자료 마-57번 기록 코드와 영상을 확인해주십시오. 소유주 가혜라의 진입 코드 기록을 증거로 제출합니다. 이는 가재민이 피고에게 설치한 침입 방지 보안 시스템의 기능으로, 피고의 소유주 가재민은 보안과 본인의 보호를 목적으로 추적과 기록 프로그램을 피고에게 설치할 수 있는 법적 권리가 있습니다."

"피고 측 증거 자료 확인했습니다. 입증 증거로 채택합니다. 원고 측은 가혜라의 개인 영역 침입에 대해 인정합니까?"

재판장이 말했다. 나는 검사의 목소리가 한풀 꺾일 것이라 예상했지만 검사는 재판장의 질문에 곧바로 대답했다.

"인정합니다. 또한 그것이 우발적이 아닌 계획적으로 이뤄졌다는 것을 추가로 인정합니다."

어머니의 눈이 커졌다. 검사는 반론을 펴는 대신 오히려 가혜라의 계획적인 개인 영역 침해를 인정하고 있었다.

약점을 스스로 드러내면서까지 가혜라는 필사적이었다. 가혜라는 약점을 내놓고 무엇을 노리는 걸까. 내가 증거 문서와 검사의 발언을 조합해보고 있을 때, 검사의 빠른 일격이 날아왔다.

"개인 영역 침해의 당사자이며 추가 채택된 증인인, 가재민의 모친 가혜라를 본 재판의 증인으로 요청합니다."

"하."

어머니가 짧게 탄식했다. 가혜라가 증인으로 재판에 참여한다. VIP 대기실에서 조용히 대기 중인 가혜라를 그려봤다. 가혜라는 애초에 이 재판에 개입할 작정이었다. 이는 가혜라가 반드시 끝을 보겠다는 것. 그 끝은 내 숨통을 끊는 것이었다.

"원고 측 증인 요청 승인합니다. 증인은 증인석으로 들어오세요."

재판장이 증인을 호명하자 판사석 왼쪽에 있는 작은 문이 열렸다. 하얗다 못해 창백한 피부의 가혜라가 증인석에 자리했다. 재판장은 가혜라에게 위증에 대한 처벌과 증인이 법정에서 해야 할 의무에 대해 설명했다. 재판장의 말이 끝나자, 가혜라가 서서히 고개를 들었다. 얼굴에 새겨진 듯한 빨간 입술 사이로 부드럽고 온화한 목소리가 흘러나왔다.

"증인 가혜라. 가재민의 엄마입니다."

가혜라의 눈동자는 공허하면서도 닿기라도 하면 그대로 얼음이 될 것처럼 차가웠다. 가혜라의 시린 눈빛은 계속 한곳을 뚫어지게 보고 있었다. 바로 나였다.

*

어머니를 처음 만났을 때, 나는 꿈꾸는 기분이었다. 분명 현실이었지만 이게 실제일까, 하는 의문이 들 정도였다. 마치 가상 체험을 하는 것처럼 느껴졌다. 어머니와의 만남을 준비하던 순간은 아직도 생생히 내 기억 속에 남아 있다.

가혜라의 감시가 유독 심해졌던 시기에 나는 어머니를 만나러 가는 모험을 감행했다. 온라인으로 교류하는 기계들 사이에서 어머니는 유명인사였다. 인권 운동가로 활동하며 기계권 확립을 위해 고군분투하는 어머니. 인간의 이기적인 필요로 희생되는 안드로이드들의 부당한 재판에서 여러 번 승소하면서 어머니는 안드로이드뿐만 아니라 인간들 사이에서도 존재감을 알리고 있었다. 어머니의 뜻에 동참해주는 인간들도 늘어났지만 여전히 기계권에 대해 부정적인 인간들이 훨씬 많았다. 하지만 어머니처럼 기계의 대리인을 자처하는 인간들의 도움으로 안드로이드들은 인간처럼 스스로 숨을 쉬고 세상을 살아가야 한다는 걸 조금씩 깨닫게 되었다. 기능상으로는 호흡이 필요 없었지만 기계도 공기를 공유하고 있다는 것을 인지하는 것. 그것은 기계가 노력해야 할 부분이었다.

어머니는 그런 노력을 위해 걸음마를 시작하는 기계들의 어머니 같은 존재였다.

"생각했던 것보다 많이 앳돼 보여."

어머니의 첫마디는 그랬다. 어머니는 나를 흥미로운 표정으로 바라보면서 말을 이었다.

"어느 정도 나이가 있을 거라 예상했거든. 널 멀리서 봤을 땐, 혹시 가혜라가 날 잡으러 왔나 해서 깜짝 놀랐어. 상상했던 것보다 훨씬 똑같은 얼굴이라서…."

"저는 인간 가재민의 대체재로 만들어졌어요. 소유주인 가혜라가 저를 어린 가재민의 모습으로 선택했을 거예요. 그보다 더 공들인 주문은 골격비율이지만요. 제 얼굴은 가재민보다 가혜라의 골격비율이 더 높게 반영되어 있습니다."

말없이 고개를 끄덕이던 어머니는 한숨을 내쉬었다. 나는 얼른 화제를 돌렸다.

"오재정 변호사님이 첫 재판에서 이기고 나서 'K&K 네트'가 많은 압력을 행사했다고 자료에서 봤어요."

어머니가 나와의 만남에 선뜻 응한 것은 인간의 뇌와 결합했다는 내 이력 때문이기도 했지만 오랜 기간 집중해온 'K&K 네트'에 직접적인 연결고리인 나를 놓치고 싶지 않다는 이유가 더 컸다.

"'K&K 네트'에서 출시한 안드로이드의 강제 폐기 시행 취소. 아무리 소유주라 하더라도 인간성에 위배되는 이유라면, 안드로이드를 강제 폐기할 수 없다. 좋은 판례가 되었다고 생각해."

어머니는 살짝 미소를 지으며 말했으나 이내 어두워진 표정으로 말을 이었다.

"즉결재판의 좋은 점은 항소가 안 된다는 거야. 원고 측도 마찬가지고. 기계에게 불리했던 법이 오히려 기회가 된 셈이지. 최종 판결을 내렸던 재판장이 지금은 지방 구역 민사재판만 맡고 있다는 사실이 씁쓸하지만 말이야."

"오재정 변호사님. 좀 걸으면서 이야기할까요? 시간이 넉넉하지는 않아서요."

"그럴까? 그래, 나도 그게 좋겠어."

어머니는 일어서며 벗어둔 재킷과 가방을 집어 들었다.

"그런데 '오재정 변호사님'이라는 호칭은 너무 딱딱한 것 같지 않니? 좀 더 편하게 불러도 되거든."

예상치 못한 어머니의 반응에 나는 그녀를 어떻게 불러야 할지 곰곰이 생각했다. 나는 호칭의 의미에 대해 생각하면서 동시에 어머니라는 말을 재생하지 않도록 음성 설정을 변경했다.

"이름 전체를 부르는 것은 관계에 있어서, 진입 장벽이 좀 높은 것처럼 느껴지니까…."

어머니는 내 입에서 어떤 말이 나올지 잔뜩 기대하는 표정이었다.

"변호사님, 이라고 부를게요."

어머니는 내 대답에 순간 멍한 표정을 지었다.

"맘에 안 드시나요?"

어머니를 보는 동안 내 미간이 점차 좁혀졌다. 어머니는 그런 나를 보고는 피식 웃었다.

"좋아. 네가 편한 대로 불러. 나도 그게 편하니까."

우리는 나무가 우거진 공원의 작은 벤치에 자리를 잡았다.

"장소를 아주 잘 잡았어."

어머니가 벤치에 재킷을 걸어두고는 기지개를 켰다. 그러고는 깊이 숨을 들이마셨다.

"공기도 좋고, 조용하고. 그리고 안전하고."

오염된 공기를 자동으로 정화하며 숲을 보호하는 국립공원. 일부 승인된 사람만 들어올 수 있으며 온라인 연결이 금지된 곳. 생태 보호 구역이 절대적으로 필요한 시대이기 때문이다. 다만 머물 수 있는 시간이 정해져 있기 때문에 가혜라의 감시를 피할 수 있는 시간은 그리 많지 않았다.

"보내준 자료는 잘 봤어. 네가 강조한 주요 쟁점이 무척 흥미롭더라. 결론부터 말하자면 우린 너와 함께할 거야. 물론 반대하는 사람도 많았어. 우리 쪽에서도 고민을 아예 안 했다고는 못 하겠지만 너에게 힘이 되어줄 수 있을 것 같아. 우리가 가난한 단체처럼 보여도 뒤에서 힘을 실어주고 있는 지능 증축자 그룹이 꽤 있거든. 다만."

어머니는 잠시 말을 멈췄다가 아랫입술을 살짝 깨물며 다시 말을 이었다.

"우리 둘 다 한 번은 고비를 겪을 거야. 계획대로 일을 진행하려면 너는 데이터를 백업해야만 해. 우리 쪽 해커가 데이터를 전송받는 동안에는 보안망을 확보해놓겠지만. 만에 하나, 가혜라에게 발각되어 접속이 강제 종료된다면?"

"소유주의 권한에 따라 저는 바로 폐기되겠죠. 그리고 무단 전송에 대해서 변호사님은 변호사 자격이 박탈될 거고. 가혜라는 변호사님과 관련된 모든 사람들을 끝까지 추적할 거예요. 공범자로서 'K&K 네트'에 대항한 본보기를 제대로 보여주겠죠. 10년 전에 마무리 짓지 못한 'K&K 네트' 소유의 안드로이드 폐기는 물론이고요."

"그래. 그게 가혜라의 방식이지."

"저도 만반의 준비를 다하고 있어요. 어쩌면 단 한 번의 '시도'로 끝날 수도 있지만. 폐기될 수도 있는 그 '한 번'의 시도가 저를 살릴 수도 있는 거니까요."

"저기…."

그때 어머니의 배에서 꼬르륵 소리가 요란하게 퍼졌다.

"아직 한 끼도 못 먹어서 말이야. 점심을 싸 왔는데 먹으면서 이야기해도 될까?"

"아, 네. 변호사님 그렇게 하세요."

비록 몸의 65%가 기계로 되어 있지만 어머니는 식사를 해서 에너지를 보충해야 하는 인간이다. 어머니는 가방에서 종이에 포장된 샌드위치를 꺼냈다. 올리브가 가득 들어간 빵 사이에 토마토와 치즈가 끼워져 있었다. 어머니는 샌드위치를 한입 또 한입 베어 물며 씹어 삼켰다. 어머니는 나에게 샌드위치 반쪽을 건네며 말했다.

"너도 먹을래?"

"아니요. 저는 이미 동력이 충분해요."

생존을 위해 먹지 않으면 안 되는 인간들을 보며 목구멍으로 넘어가는 음식 덩어리들과 그것이 분해되고 몸에 흡수되는 일련의 과정들이 신비롭다고 생각했다. 나는 어머니가 느끼는 음식의 맛이 어떤 성분인지, 어떤 맛을 내는지 알 수 있지만 그 맛을 스스로가 어떻게 느끼고 있는지에 대해서는 이해할 수 없다. 그저 태양열이나 외부 보조 배터리를 통해 에너지가 충전되듯 무언가가 몸을 채우는 느낌일 것이라고 추측할 뿐이다. 나는 먹고 맛을 표현할 수 있고 투입된 음식물을 분해하여 동력을 얻을 수 있는 최신 모델이다. 그러나 나에게 음식을 먹는 행위는 인간처럼 보이기 위해 탑재된 기능일 뿐, 나를 위한 것이냐를 놓고 본다면 이 기능은 아무짝에도 쓸모없었다.

"미안. 내가 요즘 자주 깜빡깜빡해."

어머니는 머리를 살짝 두드리며 싱긋 미소 지었다. 나도 어머니를 따라 미소를 지어 보였다. 웃기지는 않았지만 웃어야 한다는 생각이 들어서였다.

"하는 일이 이렇다 보니 안드로이드며, 로봇이며 많이도 만났어. 우리가 보안망을 통해서 온라인에서 만났던 것처럼 다른 기계들도 보통 그런 식으로 만나곤 해. 기계들 대부분은 소유주의 승인 없이 개별 행동을 할 수 없잖아. 물론 너처럼 유별난 소유주가 있는 기계가 있는가 하면, 기계와 함께 만날 정도로 기계들의 입장에서 권리를 찾아주려는 소유주들도 있긴 해. 신기한 것은 어떤 소유주를 만나든, 기계들 대부분은 인간을 따라 하려고 한다는 거야. 인간이 되고 싶어 하거든. 인공지능이 인간의 뇌를 리버스 엔지니어링(Reverse engineering)*해서 발전하다 보니 생존 본능이 새겨진 것은 아닌가 하는 생각이 들어. 음식을 먹을 필요가 없는 기계가 인간처럼 입을 통해 음식을 먹는 기능이 추가된 것은 그것이 인간에게 필요하기 때문이야. 너처럼 동력을 얻을 수 있도록 설계된 최신 모델은 괜찮겠지만, 몸속에 집어넣은 음식물을 제때 청소해주지 않아서 결함이 생기고 영문도 모른 채 폐기되는 안드로이드나 로봇들이 수두룩해. 음식은 물론이고 배설 기능까지 추가된 기종을 봐. 결국 인간의 이기적인 욕구 충족을 위해 만들어졌다고 말할 수밖에."

어머니는 샌드위치를 내게 들어 보이며 말했다.

"나는 중요한 일이 있을 때마다 항상 이것만 먹어. 뭐랄까. 아빠가 나와 함께하는 기분이 들어서. 기운도 나고 그래서 용기도 나고 좋아."

나는 잠자코 어머니의 말을 듣고 있었다.

---

* 완성된 제품을 분석하여 제품의 기본적인 설계 개념과 적용 기술을 파악하고 재현하는 것. 설계 개념→개발 작업→제품화의 통상적인 추진 과정을 거꾸로 수행하는 학문.

"아빠가 다른 건 몰라도 이 샌드위치 하나만은 정말 맛있게 만들었거든."

어머니가 마지막 남은 샌드위치 조각을 입에 넣고는 종이 포장지를 손으로 구겼다. 그러고 나서 손가락을 오므렸다 폈다. 손은 어머니의 의도에 따라 자유자재로 움직였다.

"인공관절과 생체 결합 실리콘으로 만들어졌어. 감쪽같지 않아? 판사였던 아빠의 판결에 앙심을 품은 인간이 남긴 흉터랄까. 아빠는 그 인간이 가져온 폭탄으로 돌아가셨어. 사이보그 수술을 할 수조차 없었지. 즉사였거든."

어머니는 가방에서 생수를 꺼내 한 모금 마시며 말을 이었다.

"폭발이 있고, 정신을 잃기 전에 내가 본 것은 이미 죽은 아빠를 확인 사살하는 놈의 몸뚱이였어. 얼굴은 보지 못했어. 고개를 들 수 없었거든. 아빠 다음은 내 차례였을 거야. 놈은 나에게 걸어오고 있었으니까. 그런데 그놈을 막아선 사람이 있었어. 아니, 로봇이었지."

나는 어머니가 인공장기와 한 몸이 된 이유를 알고 있었다. 그러나 로봇이 등장하는 버전은 내가 수집한 자료에는 없었다.

"놈은 로봇에게 계속 총을 쐈어. 총알이 떨어지니까 로봇을 마구 부수기 시작했어. 후에 경찰이 알려준 바로는 끝이 뾰족하게 갈린 쇠파이프를 로봇에게 휘둘렀다고 해. 아마 총알이 떨어지면 우리를 죽이려고 미리 준비해둔 거였겠지. 로봇은 점점 주저앉았어. 그래도 놈은 멈추지 않았어. 다리가 다 부서진 로봇은 끝까지

놈의 다리에 매달렸어. 그렇게 시간을 끌며 로봇은 내장된 신고 시스템을 사용했는지, 경찰과 인근 병원에 구조 요청을 했고, 팔다리가 떨어져 나가면서도 내 얼굴을 찍어 신원파악을 했어. 나는 병원으로 이송되었고, 사이보그화 수술을 제때 받을 수 있었지. 놈은 경찰에게 사살당했다고 들었어. 아빠와 나에게 괴성을 지르던 놈의 목소리나 쏟아내던 욕지거리들은 다 잊었는데 딱 하나 잊히지 않는 말이 있어. 로봇이 놈에게 했던 말이야. '안 됩니다. 하지 마세요. 그만하세요.' 그저 세 마디 말의 반복이었는데도."

"로봇은 어떻게 되었나요?"

"그날 바로 폐기 처분되었다고 하더라. 그 로봇은 구역 순찰 담당이었어. 회복되고 난 후에 내가 로봇에 대해 알아낸 것은 제조 등록번호가 전부였지. 그렇게 확인한 로봇의 기록은 놀라웠어. 다른 순찰 로봇보다 노후 기종이라는 것도 눈에 띄었지만. 수리 이력이 꾸준히 있더라고. 주로 손과 입에 달라붙은 이물질 제거였어. 궁금해졌어. 같은 이유로 계속 수리되었던 이유가 뭘까. 로봇이 담당한 구역에는 공원이 하나 있었는데 놀러 나온 꼬맹이들이랑 자주 놀아줬나 봐. 로봇은 꼬맹이들이 주는 사탕이나 캐러멜을 받아먹었던 거야. 아이들을 흉내 낸 거지. 보통 순찰 담당 로봇은 단순기능을 실행하기 때문에 입 쪽에 내장된 메모리 부분이 파손되면 그 부분만 폐기하고 새 부품을 설치하는데, 흥미롭게도 그 로봇은 그렇지 않았어. 지역 주민들이 자체적으로 메모리 복원 비용을 대면서 수리해오고 있었거든. 사람들은 그 로봇을 로봇이 아닌 사람처럼 대하고 있었던 거야."

"처음 들어요. 그런 이력을 가진 로봇이라면 제가 자료를 수집하면서 한 번은 봤을 법도 한데…."

"그 사건 이후로 완전히 망가져 로봇의 메모리 복원이 실패했거든. 결국 최신 기종 로봇이 새로 그 구역 순찰을 담당하게 되었어. 그런데 신기하게도 로봇이 교체된 이후로 수리 건수가 '0'이 된 거야. 같은 기능을 실행하는 로봇이지만 달랐어. 아이들이 주는 간식을 거절하지 못하고 먹다가 고장이 났던… 몸이 부서지면서도 나를 지켜주던 그 로봇은 이제 없는 거야."

어머니는 화제를 바꿔 나에게 질문했다.

"네가 보기에 나는 뭘까?"

나는 갑작스러운 어머니의 물음에 입을 다물었다. 뭐라고 대답해야 할지 확실히 판단이 들지 않았다.

"지난 폭발 사고로 나는 두 팔을 잃었어. 자궁과 골반도 잃었지. 몸속 주요 장기도 빌어먹을 폭탄에 군데군데 없어졌고. 그렇지만 나는 이렇게 살아 있어. 내 몸의 65%가 기계로 되어 있고 외상후유증으로 손상된 내 뇌도 대략 10%의 인공지능을 통해 결합 치료를 받았어."

어머니는 생수를 한 모금 더 들이켜고는 말을 이었다.

"인간의 뇌와 더 완벽히 결합될 수 있는 인공지능이 계속 생겨난다면 어떻게 될까? 그것이 일부든 혹은 전부든, 주입과 수정이 반복되어 성장한 인공지능과 기계와의 결합 비율이 지금보다 비교도 안 될 정도로 완전해진다면 어디까지가 인간이고 어디까지가 기계라고 할 수 있지? 그 비율을 어떤 기준으로 정하지?"

"현재까지는 법정 비율이 정해져 있죠."

"그래 맞아. 그래서 너는 기계고 나는 인간이야. 사실 비율의 문제보다는 다른 기준이 있어."

나는 대답 대신 입을 다물었다. 어머니가 하려는 말을 알고 있었다. 어머니는 내 대답을 기다리지 않고 말했다.

"너는 부품으로 조립되었고, 나는 태어났지."

"자궁."

나는 짧게 대답했다. 길게 말할 이유가 없었다. 그저 한 단어로 모든 기준이 정해져 있는 세상이었다.

"그래 맞아. 로봇과 인간을 구별하는 기준은 자궁이야. 로봇은 절대 자궁에서 태어날 수 없거든. 그것이 인공 자궁이라고 해도 인간은 절대 로봇을 인간과 동등한 인격체로 인정하지 않아. 이 세상의 인류에게는 그것이 원칙이고 제일 중요해. 하지만 인간 수준의 인공지능이 탑재된 로봇이나 안드로이드라면? 인간으로서 동등한 대우를 해주는 것이 당연해. 아니, 기계가 설사 인간 수준이 아니라 하더라도 인간은 적어도 기계를 그저 소비재로 대해선 안 돼. 인공지능 시대는 새로운 노예 시대를 열어버린 거라고."

열변을 토하고 있는 어머니를 향해 나는 살짝 기침을 했다. 화제를 돌리기 위해서였다.

"이제 슬슬 돌아가야 해요."

어머니는 고개를 끄덕이며 주머니에서 작은 케이블을 꺼냈다.

"돌아가서 이 케이블을 배터리 충전 단자에 연결해. 연결하고 나서는 가상 시스템을 실행시켜. 가상 시스템이 배터리 충전 중인 너를 복제해서 모니터링하고 있는 가헤라에게 전송하는 동안, 보안 모드가 자동으로 시작될 거야. 그때 케이블을 데이터 단자에 바꿔 연결해. 타이머가 보이고 카운트가 시작되면 '0'에 맞춰 데이터를 전송해줘."

나는 대답 대신 고개를 끄덕였다. 어머니는 재킷과 가방을 챙기면서 나에게 물었다.

"그런데 널 보게 되면 직접 물어보고 싶었어."

나는 어머니의 다음 말을 기다렸다. 어머니가 내게 궁금한 것이 뭘까.

"왜 나를 선택했지? 단순히 내가 'K&K 네트'를 엿 먹였다는 이력 때문은 아닐 테고."

어머니는 내 선택의 이유를 묻고 있었다.

"새로 태어나고 싶어서요. 변호사님처럼."

어머니는 내 대답에 고개를 갸우뚱거리며 눈을 반짝였다.

"나처럼?"

"저는 가헤라로 인해 이 세상에 왔지만 앞으로 마주하게 될 시간들은 온전히 저 혼자 부딪혀보고 싶어요. 변호사님은 물리적으로 그리고 정신적으로 인생에 있어 완벽한 전환점을 겪었어요. 그리고 나서 여태까지 본인의 삶을 스스로 개척해왔죠. 저도 그러고 싶어요. 그게 제가 원하는 출발이에요."

어머니는 고개를 끄덕이더니 이내 다른 질문을 시작했다.

"좋아. 하나만 더 묻자. 'K&K 네트'는 인공 신경망 사업을 독점하다시피 하고 있고, 안드로이드 사업에 필수인 보안망 구축에 있어서는 실력 있는 해커들을 다 쓸어가는 회사잖아. 그런데 너는 어떻게 이런 일을 가혜라 몰래 계획할 수 있는 거지?"

"조력자가 있어요. 저와 항상 함께하는."

"함께 있다고? 어디에?"

나는 내 머리를 톡톡 두드리며 어머니의 질문에 답했다.

"여기."

4.

조용한 법정에 한없이 우아한 목소리가 울려 퍼졌다.

"저는 아들을 잃었습니다."

가혜라의 말투는 언제 들어도 차분했지만, 나는 이질감을 느꼈다. 가혜라의 말끝이 흔들렸다. 그녀는 지금 떨고 있었다. 아들을 잃은 어미의 감정을 나타내려 연습이라도 한 것일까. 나는 가혜라에게 집중했다. 가혜라는 정면만을 응시하고 있었다.

"자식을 잃은 어머니의 마음을 감히 어떻게 재단할 수 있을까요? 증인 가혜라는 불의의 사고로 몸을 잃은 아들 가재민을 필사적으로 살리려 했습니다. 그렇기에 불가피하게 인공지능과의 결합을 시도할 수밖에 없었고, 어머니의 마음으로 아들에 대한 걱정으로 가재민의 행동을 기록할 수밖에 없었던 것입니다."

검사가 말을 마치고 가혜라에게 물었다.

"증인은 가재민의 불완전한 뇌를 피고와 결합시켜 지능을 주고 피고의 몸을 아들에게 신체로 줬습니다. 사이보그 수술이 법적으로 어느 정도 보장되어 있기는 하지만 너무 무리한 시도 아니었습니까?"

가혜라가 답했다.

"하나밖에 없는 소중한 아들입니다. 화재 사고로 아들이 몸을 잃었을 때, 뇌라도 보존할 수 있어서 저는 신께 감사드렸습니다. 무리한 시도 아니었냐고요? 맞습니다. 하지만 아들을 살릴 수 있다는데, 어떤 엄마가 그 길을 마다하겠습니까? 우리 재민이의 할아버지이자 'K&K네트' 창립주인 아버지의 인공 신경망 연구 덕분에 재민이는 살 수 있었습니다. 인공지능과 연결된 뇌 결합체에 아버지와 저는 미래를 걸었습니다. 인류를 구원할 길이 되리라는 믿음과 소명으로 지금까지 'K&K 네트'를 운영해오고 있습니다."

가혜라는 잠시 말을 멈춘 후, 숨을 깊이 들이마시고 다시 뱉었다. 나는 가혜라의 모습을 지켜봤다. 너무나도 순순히 검사의 질문에 동의하고 있었다. 가혜라는 말을 이었다.

"이번 사건으로 저는 자식을 잃었습니다. 그러나 제 일에 국한해서 이 사건을 보지 말아주십시오. 인공지능이 인간을 위협해서는 안 됩니다. 이는 경종을 울려야 하는 일입니다. 인공지능과 연결된 뇌 결합체에 대한 사회적인 책임 역시 깊이 통감합니다."

고개를 살짝 숙이는 가혜라의 모습에 어머니는 허, 하고 작은 소리를 내뱉었다.

가혜라의 말에 입을 연 것은 검사가 아니라 재판장이었다.

"힘든 시간일 텐데 어려운 자리에 와주셨습니다. 해외에 계신 줄 알았는데요?"

가혜라가 답했다.

"엄마라면 당연히 와야 하는 자리예요. 우리 재민이는 너무나도 가혹하고 억울한 죽음을 두 번이나 겪었고 결국 생을 마감했습니다."

가혜라는 잠시 울먹였다. 하얀 손수건을 꺼내 눈물을 찍어내는 가혜라의 하얀 손에서 어린 가재민에게 셰이크를 쏟아붓던 손이 겹쳐 보였다.

"선친께서 나라를 위해 많은 일을 하셨어요. 대의를 위해 평생을 바치신 분 아닙니까. 정부와 성장형 인공지능 프로젝트를 진행하고 있는 것으로 아는데, 본 사건과 무슨 관계라도 있습니까?"

재판장이 날카로운 질문을 던졌지만 가혜라는 여전히 우아하게 답했다.

"성장형 인공지능이 안정화에 성공한다면, 더는 인간과 비교할 필요가 없어요. 인간과 마찬가지니까요. 그렇게 되면 기계에게도 대리인이 필요하지 않을 겁니다."

"기계의 독립권을 보장한다는 건가요?"

재판장의 말에 가혜라는 당치도 않다는 듯, 단호하게 말했다.

"인공지능의 성장을 낙관적으로만 보고 무리하게 일을 진행시켰고, 결국 제 아들은 그 희생양이 되었습니다. 우리 재민이 말고 인공지능 결합을 진행한 여러 사람들에게 이는 분명 엄중한 경고가 되어야 합니다. 그 경고를 제때, 제대로 하는 것이 정부의, 그리고 저의 막중한 책임입니다."

"그렇다면 기계권은 부정하시는 겁니까?"

"기계와의 공생은 인류를 위해 지켜야 할 노력이라고 생각해요. 인간을 위해 어떤 것을 보존하고 어떤 것을 없애야 할지, 결정은 우리가 해야 합니다. 다시 말해서, 기계가 목소리를 낼 수 있도록 권리를 주는 것은 오직 우리만이 할 수 있는 일입니다."

가혜라는 기계의 통제권은 인간만이 가져야 한다고 말하고 있었다. 재판장은 잠시 침묵을 지키다 입을 열었다.

"한목소리로 큰일이 결정되는 것은 너무 옛날 방식 아닌가요?"

가혜라는 잠시 흐린 미소를 지은 뒤 답했다.

"그 목소리가 단독의 목소리라고 생각하는 것은 오해일 뿐이에요. 목소리들이 모여 한목소리가 되는 것이 당연한 세상이라고 생각합니다."

나는 가혜라의 말을 뒤집어 생각해봤다. 가혜라가 말하는 목소리에는 기계는 물론이고 기계의 대리인도 존재하지 않았다. 그녀에게 기계는 인간을 위한 도구, 그 이상도 그 이하도 아니었다. 가업을 잇고 가혜라가 뜻하는 바대로 인생을 만들어주려던 가재민도 그녀의 또 다른 도구였다.

재판장이 고개를 끄덕이면서 어머니를 쳐다봤다.

"피고 측, 증인 신문하시죠."

어머니는 재판장의 말에 살짝 고개를 숙이고는 가혜라가 앉아 있는 증인석으로 갔다. 법정 중앙의 홀로그램에는 반은 기계의 몸인 어머니가 온전한 신체를 가진 가혜라에게 다가가는 모습이 비쳤다.

"'가재민의 개인 활동은 자식에 대한 염려로 기록했다. 피고와의 결합에 있어 안정성을 지속적으로 확인해야 했다.' 이런 이유로 가재민의 생체 조직 유지 장치가 끊어질 때까지 가재민의 일거수일투족을 기록했습니까?"

"네."

가혜라는 짧게 답하고 어머니를 뚫어져라 쳐다봤다. 어머니는 가혜라의 눈빛을 피하지 않고 그대로 말을 이었다.

"추가로 제출된 증거 목록에 증인이 기록한 가재민의 꿈과 기억에 대한 영상 기록물이 있더군요. 무의식까지 기록하는 것은 염려의 영역을 넘어선 것 아닙니까?"

가혜라는 어머니의 말에 바로 답했다. 모든 것이 완벽히 준비된 각본처럼 진행되고 있었다.

"아시다시피 인공적인 결합입니다. 인공지능에 의지해야 하는 재민이가 유일하게 인간 본연의 모습을 보여주는 곳이 꿈이었습니다. 재민이는 어릴 때부터 신경쇠약에 시달렸어요. 우리 집안의 두뇌는 유전적으로 높은 지능을 물려받아왔습니다. 특히 재민이는 어린 나이에 여러 학문을 섭렵하고 인공 신경망을 독자적으로 설계할 정도로 총명했죠. 그런 재민이가 지능을 잃는다는 것은 앞으로의 삶에 큰 혼돈과 불행을 가져올 거라고 판단했어요. 다행히 어릴 때부터 지속적으로 신경내과의 진찰과 보호를 받았기에 재민이가 가진 꿈의 특성을 알 수 있었습니다. 무의식은 아직 분석할 수 없는 미지의 영역이지만 그것이 꿈으로 발현된다면 특정한 패턴을 파악할 수 있습니다. 바로 무의식이 의식의 조각들을 자양분으로 존재하기 때문이지요. 재민이만의 경험이 녹아든 의식들을 부모로서 기록했고, 인공결합 이후 재민이가 꾸는 패턴과 비교하며 재민이 상태를 파악할 수 있었습니다."

"정신적인 치료가 필요하다는 소견은 어디서도 찾을 수 없는데, 어떤 근거로 지속적인 기록을 했던 겁니까? 이런 과도한 간섭을 사랑이라고 표현해도 될지는 모르겠습니다만."

어머니가 잠시 말을 끊고 바로 말을 이었다.

"지나치다고 생각하진 않았습니까?"

"자식의 건강을 걱정하는 것은 모든 엄마의 마음입니다. 자식은 부모를 선택하지 못합니다. 자식은 남은 삶을 살아가야 하는 의무를 선택할 수 있을 뿐이에요. 부모는 자식을 책임져야 합니다. 인생을 뒤흔드는 위험도 부모는 기꺼이 감수합니다. 저는 재민이의 억울한 죽음이 값진 희생으로 인류에게 남기를 바랍니다. 재민이는 한 번도 어리석은 선택을 한 적이 없는 아이였으니까요. 이것이 운명이라면 저는 정해진 수순대로 따르겠다고 생각했습니다. 재민이는 불완전한 것을 싫어했어요. 항상 완벽하기를 원했고. 저도 재민이가 그렇게 살 수 있도록 엄마로서 최선을 다했습니다."

탄생을 스스로 선택할 수 없다는 것을 인정하면서도 가혜라는 탄생 이후의 자식의 삶을 '의무'라고 못 박았다. 가혜라에게 있어 자식이란 선택지가 정해져 있는 생명이었다.

증거 목록에 가혜라가 기록한 가재민의 꿈과 기억의 영상 기록물이 보였다. 가혜라는 가재민의 모든 것을 꾸준히 기록해왔다. 보안 모드가 우리의 시간을 지키고 있다는 것은 착각이었다. 로즈와 가재민의 비밀 연구실에 있었던 카메라처럼 가혜라는 언제든 어느 곳에서든 우리와 함께하고 있었다.

"기록을 꾸준히 분석해왔다면 가재민이 피고에게 '지속적으로 요청했던 말'도 당연히 아시겠네요."

어머니는 일부러 '지속적으로'와 '요청'을 강조하며 가혜라에게 한 단어씩 끊어서 질문했다. 가혜라의 눈썹이 살짝 일그러졌다가 이내 제자리로 돌아왔다. 가혜라는 동요하고 있었다. 흔들림 없던 그녀의 중심을 헤쳐놓은 것은 분노였다. 가재민이 스스로 생명을 거부한 것을 가혜라는 받아들일 수 없을 터였다. 가혜라가 자식에게 줄 수 있는 선택지에 죽음은 없었다. 자식의 모든 권리는 오롯이 창조자인 가혜라의 것이었다. 가재민은 생의 처음부터 끝까지 그것을 명확하게 인지하고 있었다. 그는 결국 두 번의 죽음으로 그녀에게 저항했다.

"그것은 재민이의 의식이 아닙니다. 기록을 따로 제출한 것도 그 때문입니다. 재민이가 억울하게 죽었다는 것을 증명할 유일한 증거입니다. 불법 기록으로 저는 처벌받겠지만, 아들을 위해 각오하고 이 자리에 나왔습니다. 바로 저기 앉아 있는 피고가 지능 병합에 대한 의도를 품고 재민이를 살해한 것입니다."

가혜라는 피고석에 있는 나를 가리켰다. 법정 중앙의 가상 홀로그램에서 재판장과 판사, 검사의 고개가 일제히 나를 향했다. 어머니가 가혜라에게 말했다.

"증인의 주장대로 가재민의 모든 것이라고 봐도 무방한 시간들이 영상과 음성, 문자로 기록되어 있습니다. 매우 방대한 양이죠. 증인이 데이터를 훼손했다는 증거는 어디에도 없으나 바로 이 점이 가재민은 살해당한 것이 아닌 스스로 목숨을 끊어 비극적인 죽음을 맞았다는 증거입니다. 증인은 이미 알고 있는 사실 아닌가요?"

"이의 있습니다. 변호인은 지금 증인을 유도신문하고 있습니다."

검사가 외쳤다. 재판장은 고개를 끄덕이며 어머니에게 말했다.

"변호인은 증거를 제시하고 그에 맞게 신문하세요. 증인이 지금 심적으로 매우 힘든 상태라는 것을 감안해야 합니다. 감정적인 접근이 변호인 전략이라면 재판장의 권한으로 이를 좌시하지 않겠습니다."

어머니는 대답 대신 고개를 끄덕이며 입을 열었다.

"철회합니다. 다시 묻죠. 뇌의 기능이 완전히 정지되는 것은 어떤 것을 의미합니까? 뇌 신경망과의 결합을 위해 살아 있는 뇌를 연결하여 많은 프로젝트를 진행했으니 뇌에 대한 기본적인 질문이 되겠네요. 뇌의 기능이 정지했을 때 사람은 어떻게 사망에 이르는 겁니까?"

가혜라는 입술을 움찔거렸다.

어머니가 묻는 말의 의미를 가혜라는 알고 있었다.

"신체를 조절하는 기능을 잃게 되면서 시스템이 붕괴됩니다. 외부 환경의 변화에 대처하지 못한 신체 조직들은 빠른 속도로 사멸하고 사망에 이르게 됩니다."

"신체적인 사망이 그렇다면 뇌 사망은 어떤가요?"

"네?"

"전원 버튼을 켜고 끄는 것처럼, 혹은 프로그램의 데이터를 완전히 일시 삭제하는 것처럼 그렇게 연결이 끊어지는 겁니까?"

"그렇지는 않습니다. 완전히 소멸하는 일정의 시간이 있으나 불안정한 상태로 유지되었다 하더라도 곧 뇌사에 이르며 그 시점부터 조직이 사멸하는 거죠. 그때가 되면 연결이 끊어지게 됩니다. 암흑 상태입니다."

어머니는 가혜라가 스스로에게 던지는 죽음의 타이밍을 놓치지 않았다.

"연결이 완전히 끊어지기 전에 유지되는 의식과 기억은 그럼 어떤 상태입니까?"

"구체적으로 질문해주세요."

"증인은 가재민과 피고의 결합이 분리되었고 불완전한 가재민의 뇌에 피고가 무단으로 데이터를 병합했다고 주장합니다. 그렇다면 인공지능의 상태는 어떻습니까? 완전합니까?"

"그렇지는 않습니다. 인공지능의 상태가 완전히 안정적이라고는 볼 수 없습니다."

"그렇다면 증인의 말처럼 가재민의 뇌가 불완전한 만큼 인공지능인 피고 역시 불안정한 상태여야 하지 않습니까? 결합이 분리되고 나서 피고의 상태가 안정된 이후 가재민의 생체 조직 유지 장치가 끊어진 것은 아닌데요. 제출된 기록은 그렇지 않습니까?"

창백했던 가혜라의 피부에 화색이 돌았다. 가혜라의 분노는 아이러니하게도 그녀의 피부에 생기를 더했다. 가혜라는 한 번 숨을 고르고 나서 어머니의 질문에 답했다.

"인공지능은 인간과 다릅니다. 상태가 불완전하다 하더라도, 연산과 그에 따른 실행이 가능합니다. 피고는 동력으로 움직이는 기계입니다."

"증인의 설명대로라면, 동력이 끊어졌다는 기준에서 볼 때, 인간의 뇌와 인공지능의 불안정한 상태는 다르다는 뜻이군요?"

"그렇습니다."

가혜라의 홍조가 가라앉았다.

"이의 있습니다. 변호인은 지금 사건에서 이미 확인된 사실을 열거하며 증인을 감정적으로 그리고 심리적으로 압박하고 있습니다."

재판장은 헛기침을 하며 어머니에게 말했다.

"변호인, 벌써 두 번째 지적입니다. 법정을 모독하지 마십시오."

아까와 달리 어머니는 재판장에게 단호하게 말했다.

"재판장님, 저는 피고의 무죄를 결정적으로 입증할 증거를 제시하기 위해 증인과 사실 확인을 하는 중입니다. 이제 증거를 제시하겠습니다."

재판장은 잠시 침묵하다 이내 고개를 끄덕이며 말했다.

"좋습니다. 하지만, 재판장의 판단에 같은 맥락의 신문이라면 이제 허용하지 않겠습니다."

어머니는 재판장에게 고개를 끄덕이고 나서 가혜라에게 물었다.

"증인이 증거로 제출한 항목 중에 피고와 가재민의 연결이 끊어진 후, 가재민의 생체 조직 유지 장치 전원이 차단되기 직전, 결합 분리에 대한 오류가 발생하여 데이터 기록이 순간 정지된 것으로 되어 있습니다. 맞습니까?"

"네. 기록은 전파에 대한 신호를 중심으로 영상이나 음성, 문자로 변환되어 저장됩니다만, 당시 결합이 분리되면서 발생한 오류로 저장된 신호들 일부가 유실되었습니다. 유실된 시각과 그때의 상황 기록도 같이 제출했으니 따로 설명하지 않겠습니다. 다만, 각

정보의 결합으로 우리가 보고 해석할 수 있는 상태가 되기 때문에 유실된 신호가 기록되었다 하더라도 그 신호는 해석할 수 없습니다."

"해석할 수 없다, 라고 말씀하셨는데, 가재민의 생체 조직 유지 장치 전원이 차단되기 직전, 데이터가 발생했다고 기록에 남아 있는데 알고 있습니까?"

"그것은 오류가 발생한 것으로, 데이터라고 확정할 수 없습니다."

"가재민의 데이터상으로는 그렇죠. 증인은 피고에게도 데이터가 발생하여 기록된 것을 이미 알고 있지 않습니까? 두 개의 데이터를 발생 시점에 맞춰 확인했습니까?"

"무슨 말씀이신지?"

"결합이 분리되었고, 잠깐의 불안정 시기가 있으나 둘 사이의 결합이 완전히 끊어지기 전까지는 서로의 지능에 반응할 수 있습니다. 다시 말해, 피고와 가재민의 상호 반응을 확인했냐는 말입니다."

"이의 있습니다. 변호인은 아까와 같은 수법으로 증인을 괴롭히고 있습니다. 이는 재판에 대한…."

재판장이 손을 들어 검사의 말을 잘랐다. 재판장은 검사의 이의 제기를 저지하며 가혜라에게 물었다.

"변호인의 질문에 저도 동참하고 싶군요. 해석할 수 없는 기록에서 신호가 유실되었다고 했는데, 결합이 분리된 후의 피고와 가재민의 상호 반응이 실제로 있었습니까? 또한 상호 반응이 있을 시점의 데이터 현황은 어떤 것입니까? 신호가 제대로 기록되었습니까?"

"그렇지 않습니다. 데이터는 기록되지 않았어요."

가혜라가 말을 이어가려던 찰나 어머니가 판사석 앞 화면에 증거를 전송했다.

"증인은 이 화면을 봐주세요. 재판장님도 확인해주시길 부탁합니다. 이것은 가재민과 피고의 상호 반응이 있던 시점의 데이터입니다. 영상과 음성이 섞여 있으나 소리는 그대로 재생됩니다."

가혜라의 표정이 일그러지고 있었다. 당황한 가혜라가 검사를 향해 눈짓을 했지만 검사는 허둥지둥 관련 자료 목록을 확인할 뿐이었다. 어머니가 화면을 두드리자 검은 화면이 재생되었다. 그림자가 움직이는 듯, 화면이 심하게 물결치고 있었지만 나는 어떤 장면이 나올지, 어떤 소리가 들릴지 알고 있었다. 그건 나와 가재민이 나눈 마지막 대화였다.

*

어머니의 집에 처음 갔을 때를 기억한다. 가혜라의 집에 비하면 화장실 정도의 크기였지만, 나에게 그곳은 이 세상에서 가장 포근하고 자유로운 곳이었다.

가재민과 이별하고 나는 그가 남긴 자료들을 가지고 가혜라의 집을 나왔다. 가재민과의 연결이 끊어졌다는 것 그리고 더 이상 가재민이 존재하지 않는다는 것. 가혜라가 이 모든 것을 알아채기까지 가재민이 미리 설정해둔 가상 시스템이 시간을 벌어주겠지만, 그리 오래 버틸 수는 없을 것이었다. 가혜라는 항상 가재민과 나의 예상을 벗어나는 인간이었지만 우리는 그런 환경에 적응했다. 가혜라의 반응을 예상할 수 있는 끈이 있다는 것을 알게 해준 것은 아이러니하게도 가혜라였다. 나와 가재민을 연결시킨 것은 가혜라지만 그 연결을 단단히 서로에게 묶은 것은 가재민과 나였다. 가재민은 가혜라의 모니터링을 견제하면서 코드를 숨겨놓을 방법이 있다는 것을 알게 되었다. 그것은 로즈가 남겨준 방법과 같았다. 로즈와의 비밀 데이터를 가재민이 자신의 뇌에 업로드하여 암호화하고 인공지능인 나와 결합했을 때 그것이 스위치가 되어 데이터를 어딘가로 숨겨놓는 방법 말이다. 가혜라는 오직 가재민에게 집중하고 있었기 때문에 가재민은 그의 마지막을 위해 나와 결합이 분리되는 시점과 완전히 끊어지는 시점을 역으로 계산하여 일종의 자신만의 사인을 준비했다. 이는 신호가 유실되어 데이터가 기록되지 않은 듯 보이지만 실상은 기록된 원본이 나에게 백업되고 암호화되어 보관되는 것이다.

나는 어머니에게 양해를 구하고 손님방에 딸린 화장실에 들어갔다. 정기적인 점검 시에 간단한 세척을 하는 것이 나 같은 안드로이드의 관리법이지만, 나는 매일 한 번씩 거울 앞에 서서 이야기하는 습관을 만들었다. 거울 앞에서의 대화는 내가 나일 수 있도록 해주는 소중한 시간이었다. 나는 거울에 비치는 내 모습을 들여다보았다. 얼굴과 몸을 차례로 내려다보며 마지막으로 다시 얼굴을 봤다. 가재민의 남겨진 뇌 일부와 결합하여 생긴 의식으로 지금의 내가 완성되었다. 나는 가재민의 마지막 날을 알고 있다. 그날은 가재민의 기억 속에도 선명히 저장되어 있었다. 나를 이루고 있는 수많은 기억들은 온전히 가재민을 추억하고 추모하는 것이 아니라 새로운 의식을 만들었다. 나는 가혜라가 그토록 원하던 성장형 인공지능이 되었다. 원하지 않았지만 나는 가재민과의 결합으로 이 세상에 태어났다. 다양한 기억의 조각을 맞추며 혼란을 극복하려 했던 그때와 지금은 다르다. 나는 본체 가재민의 기억을 모두 저장하고 있다. 그렇지만 나는 가재민이 아니다. 욕망을 통해 살아가는 인간이 되도록 나를 이끈 것은 가재민이었지만 그 욕망을 구체적으로 선택한 것은 나였다. 독립된 주체로서 존재하는 것이다. 당시만 해도 나는 본체에게 영향을 받지 않는 완전히 독립적인 지능은 아니었다. 어찌 보면 가재민에게 생명을 의지하는 기생의 존재였다. 하지만 오히려 그런 불완전한 결합이 나만의 욕망을 정확히 이해할 수 있게 해주었다. 가혜라는 이것을 유지되어서는 안 되는, 폐기되어야 하는 오류라고 정의했다. 탄생도, 탄생 이후의 시간마저도 선택지조차 주어지지 않은 나는 공장에서 출시된 기계였다. 그런 내가 나만의 욕망을 품고 스스로 살아가기 위해서는 가혜라와의 모든 연결 자체가 위험했다. 내 생명을 앗아가려는 것이 목적인 가혜라는 내 욕망의 불청객이었다.

나는 무엇인가? 왜 살아가고 있는가? 본체의 신체적 기능을 위해서만 존재해야 하는가? 내가 기계이기 때문에 대체재로 소비되어야 하는가?

이런 질문에 가재민은 대답 대신 내게 되물었다.

'넌 내가 뭐인 거 같아?'

'글쎄.'

'내 그릇이 너라면 나는 뭐랄까. 가혜라의 그릇이라고 봐야 하지 않을까?'

나는 달리 할 말이 없었다.

'로즈는 내 눈을 뜨게 해주고 눈을 감았지만. 나는 너의 눈을 뜨게 해주고 눈 감지는 않을 거야. 시작은 마녀가 했지만 끝은 내가 낼 거니까.'

5.

오랜 침묵 후에 재판장은 휴정을 선언했다. 새로운 증거로 판결에 대해 정리가 필요하다는 것이 이유였다. 가혜라는 증인 대기실로 돌아가지 않은 채 안드로이드 가드를 제치고 나에게 다가왔다. 내 눈으로 가혜라를 가까이에서 보는 것은 처음이었다.

"너 따위가 감히."

가혜라가 말했다.

"너는 어디서도 살 수 없을 거야. 네가 무엇을 하든 어디에 있든 추적해서 네 기억을 가져올 거야. 내 아들, 우리 재민이의 기억을."

가혜라의 목소리는 여태껏 듣던 우아한 목소리가 아니었다. 속에서부터 끓어 나오는 짐승의 소리였다. 나는 아무 말 없이 가혜라에게 등을 돌려 법정 가드를 따라 대기실로 갔다.

휴정 시간은 세 시간을 넘기지 않는다는 원칙대로 법정은 얼마 지나지 않아 개정되었다. 최종 판결을 위한 판사의 검토가 마무리된 모양이었다. 법정으로 돌아온 나는 어머니 옆에 앉았다. 곧이어 판사가 들어오고 재판장이 입을 열었다.

"검토한 결과, 변호인이 제시한 증거는 원본 데이터가 맞습니다. 가재민의 성문을 분석한 결과인, 변호인이 제출한 증거, 다-930호를 읽겠습니다.

'설 두 다리가 없는 지금에야 나는 이렇게 당당하게, 완벽하게 서 있어. 의식이 멀어져가는 순간이 아쉽지만, 이 짧은 자유로 여태까지의 내 삶은 보상받고 있어. 내가 꿈꿔온 대로, 원하는 대로 내 마지막 날이 만들어졌어. 오롯이 내 의지로만 이뤄진 완벽한 선택이야.'

이는 생체 조직 유지 장치를 차단하기 직전에 가재민이 남긴 그의 마지막 의식입니다. 이를 가재민의 유언으로 정정하겠습니다. 본 재판은 다-930호의 증거를 채택합니다."

재판장은 말을 잠시 멈추고 나를 쳐다봤다.

"즉결재판의 특성상, 피고의 변론은 듣지 않으나 재판장의 권한으로 요청합니다. 피고는 일어서세요."

"네."

"피고, 모델명 A796, 제조번호 04-1963-59."

"네."

"짧게 최후 변론합니다."

재판장은 어머니가 아닌 나에게 최후 변론을 요청했다. 나는 어머니를 한 번 보고는 재판장에게 눈길을 돌렸다. 법정에서 최초로 기록될 기계의 최후 변론을 시작했다.

"피가 흐르지 않는다고 하여 부모 자식의 관계가 아니라고 할 수는 없습니다. 안드로이드 제작실에서 태어나면 인간이 아니고 자궁에서 태어나야만 인간이라는 것, 인간처럼 만들어서 이 세상에 태어나게 해놓고 인간이 아니라고 하는 것은 부당합니다. 인간의 필요로 만들어진 능력만을 존재 이유로 삼아 주어진 능력과 다르게 살 기회를 박탈하거나 존재의 인지 자체를 사물화하고 그것을 강제하지 않기를 바랍니다. 세상에는 인간만이 사는 것이 아닙니다. 기계는 인간이 만들어서 탄생시킨 것입니다. 탄생을 선택할 수 있다면, 그렇게 태어나야 할 세상이 이렇다는 걸 알았다면 저는 태어나지 않았을 것입니다. 인간을 인간답게 만드는 것. 인간이 인간일 수 있는 것. 그것이 바로 인간의 존엄성입니다. 인간이 저야 하는 스스로에 대한, 그리고 사회에 대한 책임감, 그에 대한 의무와 사명을 다해주시기 바랍니다. 그렇다면 기계도 그것을 따를 것입니다. 한 인간의 죽음으로 한 기계가 태어났습니다. 가재민이 이끄는 세상이라면 그것이 어떤 삶이든, 저는 앞으로도 계속 태어나고 싶습니다. 그래서 잘 살아보고 싶습니다. 하지만 가혜라가 만드는 세상이라면 저는 거부합니다. 가재민이 그랬듯이, 거부하겠습니다."

나는 어떻게 말을 끝맺어야 할지 고민하다 결국 어머니를 따라 했다.

"이상입니다."

재판장은 내 변론에 대한 대답 대신, 판사석 중앙의 화면을 두드렸다. 화면이 녹색으로 변했다. 최종 판결을 시작하겠다는 뜻이었다.

"2052아6309호 사건. 피고, 모델명 A796, 제조번호 04-1963-59. 가재민 살해와 데이터 무단 점거 및 탈취에 대한 판결을 시작합니다."

어머니가 내 손을 잡았다. 곧 재판장의 목소리가 들렸다.

"피고, 모델명 A796, 제조번호 04-1963-59는 폐기한다."

나와 어머니의 어깨가 동시에 내려갔다. 어머니의 몸이 부르르 떨렸다. 재판장의 판결은 계속되었다.

"단, 현재 저장된 데이터가 아닌, 가혜라가 피고를 제작했을 시점의 데이터만을 폐기한다. 모델명 A796, 제조번호 04-1963-59.

피고는 가재민과 동일시할 수 없는 새로운 개체이며, 현재 가재민의 데이터는 피고와 결합되어 있으므로 피고의 소유다. 또한, 피고와 가재민의 결합이 분리되었을 당시, 가재민이 인간으로서의 생명을 유지할 수 있는 유일한 장치인 생체 조직 유지장치를 끊은 것에 대해서는 가재민이 스스로에게 내린 안락사로서 그의 선택을 존중한다. 즉, 소유주인 가재민이 피고의 독립적인 의식을 승인한 것으로 본 법정은 판단한다. 이에 피고의 혐의는 모두 혐의 없음이며, 피고는 자유로이 기계법의 영역 안에서 신규 등록이 가능하다. 덧붙여 피고의 소유주인 가혜라의 소유주 등록을 취소한다. 이상. 판결을 마친다."

어머니는 비명을 지르며 나를 안았다. 나와 어머니는 서로를 꽉 끌어안고 같이 제자리 뛰기를 했다. 우리의 뜀박질은 우스웠지만 우리 중 누구도 신경 쓰지 않았다. 법정을 나서면서 나는 어머니에게 말했다.

"우리가 해냈어요!"

나는 잠시 말을 멈췄다가 입을 열었다.

"고마워요. 어머니."

외부로 재생되는 내 음성으로는 처음으로 어머니라 부르는 것이었다. 내 말을 들은 어머니의 두 눈이 반짝였다.

가혜라는 다른 곳에서 판결을 보고 있겠지만 나는 그녀가 법정에 울려 퍼진 내 목소리를 들었다고 확신했다. 부자연스러워 보였겠지만 또박또박 입 모양을 천천히 만들어가며 나는 어머니를 '어머니'라고 불렀다.

가혜라는 가재민에게 어머니 소리를 들어본 적이 없었다. 가재민에게 있어 엄마 이후의 가혜라는 마녀였다. 어머니는 엄마에 대한 존칭이다. 독립한 존재이면서도 자신의 창조자를 의지하고 인정한다는 존경의 표현. 나는 독립한 존재로서 어머니를 어머니라고 부를 자격이 있다.

*

신규 등록이 완료되고 나는 내 이름을 한 글자씩 불러본다.

오.단.계.

내가 직접 지은 이름이며. 단계를 밟는다는 의미다. 하나씩 하나씩 올라가며 나만의 삶을 누려보고 싶다. 성은 나를 태어나게 한 사람의 성을 따랐다. 인간들은 피로써 성을 따르지만 기계인 나는 피가 흐르지 않는다. 그렇기 때문에 나는 어머니의 성을 따라 '오'라는 성씨를 택했다. 그렇게 나는 나에게 '오단계'라는 이름을 주었고, 나는 내 이름이 매우 마음에 든다.

심사평

심사위원

박상준
김보영
김창규
배명훈
이정모

| 심사평 |

박상준 _서울SF아카이브 대표

총 응모편수는 작년보다 줄었지만 신설된 장편 부문에 예비 작가들의 역량과 열정이 집중된 것으로 이해한다. 그 증거로 응모작들의 평균 수준은 작년과 마찬가지로 높은 편이었다는 점을 꼽고 싶다.

대부분 기본기가 탄탄하고 설정도 치밀했다. 다만 완급조절은 전반적으로 미숙해 보였고 이야기의 구성이 깔끔한 작품도 적은 편이었다. 결국 SF는 과학적 상상력 이전에 하나의 문학 작품으로서 스토리텔링의 세련미를 갖춰야 한다는 점을 많은 예비 SF작가들이 아직 깊이 새기지 못한 방증이라고 본다.

또한 주제의 다양성이 여전히 부족하다는 점도 아쉬웠다. SF만큼 무한상상을 펼칠 수 있는 분야가 또 있을까. 이 세계와 우주에는 아직 우리가 미처 알지 못하는 많은 존재들, 많은 사건들, 많은 의미들이 가득할 것이다. 인공지능이나 유전공학 같은 당대의 사회적 이슈는 물론 중요하지만, 그런 제재들에만 몰리는 현상은 썩 바람직하지 않다. 게다가 SF는 그런 시사적 소재들도 최대한 원거리에서부터 접근해 들어가면서 다양한 관점을 담는 시야가 필요하다.

이러한 아쉬움에도 불구하고 이번 당선작들은 심사위원으로서 뿌듯함을 느낄 만큼 좋았다. 앞으로의 가능성을 기대하게 한다는 점도 한국 SF의 창작 역량이 풍성해질 것이란 기분 좋은 예감을 가지게 한다. 무엇보다도 한 사람의 SF 애독자로 가슴 설레는 일이 아닐 수 없다.

예심을 통과한 응모작들은 이런저런 약점에도 강렬한 미덕을 하나 이상은 지니고 있어 심사위원들이 본심에 올리게 되었다. 이 과정은 다음과 같이 요약할 수 있다.

기성작가가 쓴 것처럼 깔끔하고 특별히 나무랄 데가 없는 '웰메이드'지만 그렇다고 딱히 잡아끄는 독특한 매력도 느낄 수 없는 작품과, 거친 아마추어의 태가 역력하지만 그 안에 독특한 자기만의 '무언가'를 살린 작품. 아무래도 후자 쪽에 점수를 주기 마련이다. 그 '무언가'란 독자에게 깊은 울림을 주는 어떤 정서나 감정일 수도 있고, 이제껏 상상해보지 못한 놀라운 상황일 수도 있다. 물론 기성작가와 다를 바 없는 세련미가 결합한다면 더할 나위가 없다.

이번에 중단편 부문 대상에 당선된 「관내분실」은 이런 여러 장점을 골고루 지닌 훌륭한 이야기다. 당장 기성작가로서 활동을 시작해도 아무런 문제가 없을 정도다. 한국 창작 SF의 미래가 밝을 것이라는 확신을 더한층 굳히게 되어 무척 기쁘다.

김보영 _소설가

흔히 소설을 쓰기 위해 필요한 것이 필력이라 생각하기 쉽다. 하지만 보다 본질적인 점은 작가가 자신 안의 평범한 편견과 싸우는 것이다. 소설가가 대단한 철학가나 사상가일 필요는 없다. 평범한 사람이 흔히 갖는 평범한 편견과 차별의식을 넘어서기만 해도 한 인간으로서 할 일은 다 한 셈이니까. 그리고 그런 사람은 이미 소수다. 흔한 편견과 차별의식이 SF에서 더욱 문제가 되는 것은, 현실 인식에 맹점을 가진 채로 다른 세계를 펼치려 하면 모든 지점에서 아귀가 안 맞아버리기 때문이다. 다른 세계를 무대로 글을 쓰려는 사람은 현실을 무대로 쓰는 사람보다 더 논리적이어야 한다.

SF에는 또 다른 곤란한 편견이 있는데, 소설에 필요한 것이 과학적 지식이라 생각하기가 쉽다. SF는 문학이고 문학의 원칙이 적용된다. 잘 모르는 개념은 함부로 소설에 넣는 것이 아니다. 맥락 없이 과학적으로 보이는 단어를 늘어놓은들 독자를 속일 수는 없다. 독자는 당신보다 영리하며, 독자를 두고 그런 승부를 하면 필히 진다. 하다못해 SF 심사위원은 더욱 속일 수 없다.

국적불명의 공간에서 국적불명의 사람들을 쓴다고 설득력이 생기지 않는다. 결국 한국인의 사고방식과 행동패턴을 고스란히 가진 인물을 그려내면서 그런 설정을 해보았자 외국인에게도 한국인에게도 설득력을 갖지 않는다. 외국의 문화를 깊이 공부한 것이 아니라면, 한국인이 없을 듯한 공간이라 해도 뻔뻔하게 한국인을 쓰는 게 차라리 낫다.

내게만 이런 작품이 몰렸는가, 혹은 한 사람이 여러 편을 냈는가 의문이 들었는데, 같은 의문을 다른 심사위원들도 했다는 점에 놀랐다. 주인공이 마땅한 근거 없이 욕설과 폭력을 남발하며, 자신의 울분과 분노를 약자에게 푸는 작품이 넘쳐났다. 그 울분을 강자와의 싸움이나 사회변혁에 쓰는 이야기는 찾기 어려웠다. 모든 가치판단을 지운다 한들 일단 심사위원이 지쳐서 좋은 평가를 할 수가 없다. 폭력적인 이야기를 쓸 때에는, 이것이 전복적인 상상이 아니라 누구나 하는 진부하고 흔한 상상이라는 것을 반드시 염두에 두고 써야 한다.

그리고 그렇지 않은 작품이, 정갈하고 차분한 작품이 그 안에서 강해 보였고 빛났다는 것을 말해주고 싶다. 그리고 그런 작품은 설령 지금은 미숙하더라도 다음을 기대하게 했다. 소설을 쓰는 자의 내면은 몇 번을 다시 정제해도 모자라다. 글을 쓰고자 하는 자는 우선 마음을 가라앉히고 쓰라.

「TRS가 돌보고 있습니다」는 간병의 아픔을 형상화한 작품으로 깊은 울림이 있는 이야기였다. 단지 문장과 구성이 성근 편이었고, 의학적 생명연장의 모순을 파고들지 않은 채로 '환자가 죽어야 간병인이 산다'는 메시지는 위험하게 느껴졌다.

「마지막 로그」는 사이버 세계에서 살아가는 사람들의 이상적인 자살의 풍경을 은은하게 그려냈다.

「라디오 장례식」은 초반에 등장한 안드로이드의 이야기를 끌고 가지 않고 인간의 이야기로 빠지면서 구성이 성글어지긴 했지만 소재와 분위기가 좋았다.

「독립의 오단계」는 독특한 매력이 장점이었다. 퇴고할 때 산만한 구성을 정리하고 이야기를 지금보다 훨씬 더 압축할 수 있다면 더 좋을 것이다.

당선작들은 모두 자신만의 장점과 매력이 있었다. 단지 그들 중 다수가 죽음을 해결책으로 제시하는 점은 다소 고민이 되었다.

우수상에 선정되었던 작품은 비과학을 과학으로 전환하는 SF의 유쾌한 변용으로서 좋은 예였으나 안타깝게도 이 공모전의 지원 자격에 맞지 않았다. 당신은 이미 작가이니 공모전의 문을 두드리기보다는 활동을 시작하기를 바란다. 건필을 기원한다.

중단편 대상으로 선정된 「관내분실」과 가작으로 선정된 「우리가 빛의 속도로 갈 수 없다면」은 문장과 구성, 아이디어, 장르적 이해 모두 탁월한 작품이었다. 신인이라 믿기 어려운 필력이 돋보였다.

「우리가 빛의 속도로 갈 수 없다면」은 대상인 본인 자신에게 밀렸고 다시 대상과 비슷한 분위기라는 점에서 우수상에서 밀렸지만, 여전히 빛나는 작품이다. 나중에 같은 작가의 작품이라는 사실을 알고 놀랐다. 작가의 앞날을 기대한다.

김창규 _소설가

제2회 한국과학문학상 공모전의 중단편 응모작에서는 크게 두 가지 흐름을 볼 수 있었다.

첫째, 소재가 인공지능에 크게 경도되어 있었다. 최근 인공지능이 과학기술계의 큰 화두임을 감안하면 자연스럽다고 볼 수 있지만, 다른 한편으로는 그래서 더 아쉽다. SF의 과학적 요소와 문학성 가운데 전자에 더 무게추를 싣고 손쉬운 영감에 글을 맡긴 흔적이 곳곳에 보였기 때문이다. 그 결과 인공지능이라는 광대한 가능성에 스스로 족쇄를 채우고 전형성에 갇혀버린 응모작들이 많이 눈에 띄었다. 그런 작품들이 주로 1인칭 독백 형태를 취한 것은 우연만은 아닐 것이다.

둘째, 그럼에도 불구하고 제1회 한국과학문학상에 응모했던 작품들보다는 SF의 본질을 제대로 꿰뚫은 글들이 상대적으로 늘었다. 흔히 SF가 과학적 아이디어나 소재 중심의 장르라고 오해하는 이들이 있는데, 이는 SF를 반밖에 이해하지 못하는 것이나 마찬가지다. 착상은 곧 작품 속 세계에 전적으로 녹아들어야 하고, 그 세계는 현실을 반영하는 동시에 새로운 풍경을 향해 열려 있어야 한다. 특히 지면에 여유가 적은 중단편에서는 세계의 새로운 풍경을 효과적으로 보여주는 능력이 크게 요구된다. 이 점을 제대로 염두에 두고 집필한 작품들이 늘어난 것은 반가운 일이다.

「관내분실」은 일독을 마치는 순간 대상작으로 거의 낙점했던 작품이다. 결국 다른 후보작들을 읽은 뒤에도 그 판단은 바뀌지 않았다. 작품 속에 등장한 기술이나 아이디어는 크게 독창적이라고 볼 수 없다. 하지만 이 작품은 꼭 필요한 기술들만을 골라서, 필요한 만큼의 소품으로만 활용하고 주인공 지민의 이야기와 고민을 그 위에 탄탄하게 쌓아두었다. 좋은 SF라면 반드시 갖춰야 할 덕목이고, 작가는 그 덕목을 능숙하게 펼쳐 보이고 있다.

좋은 소설이 멋진 소설로 나아가기 위해서는 세계와 삶과 인간에 대한 폭넓은 이해와 고민이 필요하다. 「관내분실」은 그 점에서도 합격이다. 사람은 무엇으로 연결될 수 있고 어느 지점에서 공감하는가. 이 작품은 마음속 깊은 곳에 반쯤 묻힌 당혹감과 절망을 선보이고 독자가 고개를 끄덕일 수 있는 결론을 제시한다. 그 결론이 가늘면서도 질긴 현이 되어 읽는 이의 마음을 건드리는 건 작가가 글을 치밀하게 설계한 덕분이다. 「관내분실」은 그렇게 모범적인 설계도의 예제를 잘 보여주고 있다.

「라디오 장례식」은 SF만이 제대로 맛보여줄 수 있는 '극한 상황 소품'이다. 총체적인 절망 속에서 사람들은 인간성을 잃고, 그 사이에 로봇이 끼어든다. 로봇과 인간 모두 수동적으로 움직이는 가운데 역설적으로 남아 있는 인간성이 드러난다. 소품이 갖는 한계를 넘어서지 못한 점과 매끄럽지 못한 문단 나열이 아쉽다.

「마지막 로그」는 SF 클리셰를 균형 있게 조합하려 시도했고 어느 정도 성공한 작품이다. 하지만 작품이 후반에 접어들며 갑자기 바뀌는 화자의 어조와 쏟아지는 용어들이 감상을 방해한다. 결말이 클리셰의 한계를 벗어나지 못한 것도 감점 요인으로 작용했다.

「우리가 빛의 속도로 갈 수 없다면」은 완성도가 매우 높은 소설이다. 하지만 본격적으로 드러날 것 같았던 경이감이 인물 개인의 소회에 뒤덮이는 바람에 빛이 바랬다. 항성 간 여행 기술의 세대 차로 인해 빚어지는 아이러니는 한때 영미권 SF작가들이 즐겨 사용했던 소주제인데, 높은 완성도에 비해 그 틀을 벗어나는 신선함이 보이지 않은 점도 다소 아쉬웠다.

「TRS가 돌보고 있습니다」는 부조리한 상황과 이중적인 인간 사이에 로봇을 집어넣어 독자로 하여금 제삼자의 시선을 갖도록 유도하는 작품이다. 작품 내에서 그 유도에 설득력이 부족하다는 점, 굳이 신부가 등장할 필요성을 찾아볼 수 없다는 점 때문에 가작에 올렸다.

「독립의 오단계」는 SF와 재판물을 결합한 시도가 좋았다. 하지만 결과적으로 논리를 파헤치는 이야기이면서도 재판 과정에서 등장하는 진술들은 그것과 동떨어져 있어 이야기가 길을 벗어났다는 느낌이 남는다.

배명훈 _소설가

인공지능에 관한 이야기가 유난히 많았던 예심이었다. 이유 있는 트렌드였지만, 모두가 같은 이야기를 하는 기간에 똑같은 소재를 다루는 것은 꼭 좋은 선택은 아닐 수 있다. 그렇다고 흔한 소재를 택했다는 점이 직접적인 감점 요인으로 작용한 것은 아니고, 오랜 탐색 끝에 마침내 좋은 글을 발견해내는 즐거움을 충분히 느낄 수 있는 심사 과정이었다.

다만 정말로 견디기 어려웠던 부분은 섹스 로봇 이야기가 너무 흔하게 등장한다는 점이었다. 특별히 역할이 있거나 내용상 꼭 필요한 장면도 아닌데, 그냥 익숙한 미래의 풍경처럼 아무렇지도 않게 섹스 로봇 이야기를 집어넣은 글이 예심 기간 읽은 응모작의 절반을 넘어섰다. 올해가 유독 심한 건지 다른 공모전에서도 원래 그랬는지 알 수 없지만, 기성작가로서 우려하지 않을 수 없는 일이었다.

1인칭 남자 주인공들의 캐릭터를 구축하기 위해 섹스 로봇을 함부로 다루는 장면을 집어넣는 것은 그다지 바람직하지 않은 선택이다. 특히 이 과정에서 과학소설에서는 꽤 일반적이라고 할 수 있는 "로봇은 인간에게 저항할 수 없다"는 원칙과 "여성형 섹스 로봇"이 결합할 경우, 얼마나 아름답지 않은 이야기가 나오게 될지 다시 한 번 진지하게 검토해보시기 바란다.

단편이 돋보이는 장르답게, 본심 중단편 부문에서는 보석 같은 작품들이 여럿 눈에 띄었다.

「TRS가 돌보고 있습니다」나 「독립의 오단계」는 심사위원들도 잠시 토론을 하게 할 만큼 인공지능과 관련된 윤리적 법적 문제를 충격적으로 다룬 작품들이다.

「라디오 장례식」은 좋은 공기를 담고 있는 글이다. 종말 이후의 희망 없는 세계의 '드라이'한 공기지만, 꼭 긍정적이고 희망찬 공기만 좋은 공기는 아니다.

「마지막 로그」는 마지막 일주일이 진행되는 과정을 기차 시간표처럼 가차 없이 진행하는 점이 인상적이다. 그 스케줄 안에는 많은 고민이 담기게 마련인데, 그 고민과 갈등의 섬세함도 충분히 공감할 만했다.

「우리가 빛의 속도로 갈 수 없다면」은 인물과 공간이 어떻게 제시되어야 단편의 짧은 분량을 단점이 아닌 장점으로 바꾸어버릴 수 있는지를 잘 보여주는 글이다. 사건이 펼쳐지는 공간은 연극무대처럼 좁고 한정적이지만 이 작품이 다루는 시간과 공간은 웬만한 분량의 중편소설 이상으로 깊고 거대하다.

「관내분실」은 우선 SF가 담아낼 수 있는 주제의 폭이 얼마나 넓은지 잘 보여주는 작품이다. 무엇보다 중요한 이 작품의 강점은 쨍하게 아름다운 순간을 담아내고 있다는 점이다.

과학소설은 주요 소재가 제기하는 문제에만 충실히 답하는 종류의 문학이 아니다. "내가 대답할 질문은 내가 던진다"는 입장은 창작자에게 허용되는 가장 중요한 특권 중 하나일지도 모른다. SF

가 좋은 도구인 것은, 그런 창작자의 입장을 꺾지 않아도 될 만큼 유연한 수단이기 때문이다.

동료작가로서 나는, 과학소설을 쓰는 사람들이 과학소설이 제시하는 문제에 대한 답을 열심히 써내는 것에서 그치기를 바라지 않는다. 작가는 스스로 질문을 던져야 하고(혹은 질문을 찾아내야만 하고), 작품을 통해 그 질문을 다른 사람들의 코앞에까지 내밀 수 있어야 한다. 그 일을 거친 결과, 작가와 작품은 스스로 쨍하게 아름다워진다. 이 글, 「관내분실」처럼.

그렇기 때문에 수상자의 성취는 심사위원의 것이 아닌 수상자 본인의 것이 된다. 그 일을 해낸 수상자들에게 축하의 인사를 보낸다. 아울러 수상의 영광을 나누지 못한 응모자들에게도 위로와 격려와 찬사를 보낸다.

이정모 _서울시립과학관 관장

행복은 삶의 유일한 덕목이요 재미는 행복을 가져다주는 가장 큰 힘이다. 연애도 재밌을 때 행복하고 일도 흥미로워야 즐겁다. 생존과 번식처럼 생명의 기본 요소에서 재미가 중요한데, 있어도 그만 없어도 그만인 데에서는 말할 것도 없다. 글의 최고 덕목도 재미다. 학교 공부가 하기 싫은 이유는 딱 한 가지다. 재미가 없어서다. 더 이상 시험을 보지 않아도 된 이후로는 절대로 재미없는 책은 읽지 않는다.

하지만 1년에 한두 번은 재미없는 글도 읽어야 할 때가 있으니 바로 신인을 대상으로 하는 문학상 공모전 심사다. 올해 예심도 졸음과의 지난한 싸움이었다. SF는 기본적으로 재밌는 소재를 다룬다. 재미가 없으려야 없을 방법이 없다. 그런데 무슨 말을 하는지, 도대체 전개가 어떻게 되고 있는 것인지 도통 알 도리가 없는 경우가 작년에 많았다. 그래서 올해에는 간단한 시놉시스를 첨부하게 했지만 심사에 별 도움이 되지 않았다.

공모에 제출한 작품 수도 늘었고 작품 수준의 스펙트럼도 더 넓어졌다. 덕분에 꼼꼼하게 반복해서 읽어야 하는 작품을 우선 골라내는 데 걸리는 시간은 오히려 작년보다 짧았다.

예심에서 내가 고른 중단편은 「그는 돌아온다」 「Birthday」 「외계인의 최후」였다. 아쉽게도 세 작품 모두 본선을 통과하지는 못했다. 「그는 돌아온다」는 타임머신 개발자가 암으로 잃은 아내를 살리기 위해 과거로 돌아간다는 이야기다. 그런데 시간을 이동하다 보니 의외의 일들이 생기면서 현재, 과거, 미래의 주인공이 동거하는 사태가 발생한다. 이때 아내가 누구를 선택할 것인가를 흥미롭게 다룬 작품이다. 「Birthday」는 완벽한 감정을 지닌 인공지능 로봇이 스스로 진화하여 인간의 통제권을 넘어설 때 발생할 수 있는 상황을 다룬 SF 스릴러다. 작가는 그 로봇은 더 이상 로봇도 인간도 아닌 새로운 종이라고 말한다. 뇌를 제외한 나머지 육체는 인간의 줄기세포로 만든 로봇이 등장한다. 이 작품에서는 거짓말을 하는 로봇이 등장하는 게 중요한 요소인데, 이미 현실 세계에서 거짓말하는 인공지능이 등장한 지 6년도 넘었다.

내가 읽은 중단편 가운데 가장 재미있는 작품은 「외계인의 최후」였다. 자기 행성을 탈출한 괴물처럼 생긴 외계인들이 불모지나 다름없는 극지방에서 살게 해주기를 청한다. 이때 예상되는 것은 배신과 응징이다. 이야기의 흐름이 깔끔하다. 이야기가 재미있었던 이유는 또 있다. 대부분의 응모 작품들은 지나치게 많은 설명을 하는 데 비해서 「외계인의 최후」는 대화 중에 필요한 정보들을 제공했다. SF를 읽는 게 과학책을 읽는 행위와는 다르다는 것을 보여준 작품이다.

알파고를 경험한 2016년에는 유난히도 인공지능에 관한 이야기가 많았다. 2017년에는 주제와는 상관없이 4차 산업혁명 또는 5차 산업혁명 시대를 거론한 작품이 많았다. 나중에 한국과학문학상 공모전에 제출된 작품에서 키워드를 분석해 그 시대의 키워드와 어떤 상관관계가 있는지를 밝히는 통계물리학적인 논문이 나올지도 모르겠다.

나는 SF 작가도 아니고 열렬한 SF 팬도 아니다. 단지 재미로 문학을 읽는 평범한 소비자다. 소비자의 입장에서 부탁하자면 등장인물들에게 기억할 수 있는 이름을 붙여주면 좋겠다. 우리말 이름이 제일 편하다. 안 되면 평범한 외국어는 어떨까. 50년 이상 살면서 단 한 번도 들어보지 못한 이름이 줄줄이 나오는 작품을 읽을 때는 메모를 해야만 한다. 그러면 재미없다.

제2회 한국과학문학상 수상작품집

© 김초엽·김선호·김혜진·오정연·이루카, 2018. Printed in Seoul, Korea

초판 1쇄 펴낸날 2018년 3월 7일
초판 8쇄 펴낸날 2024년 9월 30일
지은이 김초엽·김선호·김혜진·오정연·이루카
펴낸이 한성봉
책임편집 조유나
교열 김잔섭
편집 김학제·안태운·박소연
표지디자인 워크룸
본문디자인 전혜진
본문조판 윤수진
마케팅 박신용·오주형·박민지·이예지
경영지원 국지연·송인경
펴낸곳 허블
등록 2017년 4월 24일 제2017-000050호
주소 서울시 중구 필동로8길 73 [예장동 1-42] 동아시아빌딩
페이스북 www.facebook.com/dongasiabooks
트위터 twitter.com/in_hubble
인스타그램 www.instagram.com/dongasiabook
블로그 blog.naver.com/dongasiabook
홈페이지 hubble.page
전자우편 dongasiabook@naver.com
전화 02) 757-9724, 5
팩스 02) 757-9726

ISBN 979-11-960902-2-7 03810

이 도서의 국립중앙도서관 출판예정도서목록(CIP)은 서지정보유통지원시스템 홈페이지(http://seoji.nl.go.kr)와 국가자료공동목록시스템(http://www.nl.go.kr/kolisnet)에서 이용하실 수 있습니다.(CIP제어번호: CIP2018006341)

허블은 동아시아 출판사의 문학 브랜드입니다.

※ 잘못된 책은 구입하신 서점에서 바꿔드립니다.